哈姆雷特的独白

王树兴 著

中国文史出版社

图书在版编目（CIP）数据

哈姆雷特的独白 / 王树兴著 . -- 北京 : 中国文史出版社 , 2020.12

ISBN 978-7-5205-2831-3

Ⅰ . ①哈… Ⅱ . ①王… Ⅲ . ①短篇小说—小说集—中国—当代 Ⅳ . ① I247.7

中国版本图书馆 CIP 数据核字 (2020) 第 254008 号

责任编辑：金　硕　孙　裕

出版发行　中国文史出版社
社　　址　北京市海淀区西八里庄路 69 号院　邮编 :100142
电　　话　010-81136606 81136602　81136603 81136605（发行部）
传　　真　010-81136655
印　　装　阳谷毕升印务有限公司
经　　销　全国新华书店
开　　本　650 × 960　1/16
印　　张　15.75
字　　数　200 千字
版　　次　2021 年 3 月北京第 1 版
印　　次　2021 年 3 月第 1 次印刷
定　　价　55.00 元

目 录

失 手

一

上班铃声快停时柏小飞急匆匆地骑车进厂。王澍见到他后突然想与他正面接触一下。他上前拦住柏小飞，示意他将车架到车棚后过来。柏小飞面对着保卫科长显然有点心虚，他想找借口脱身，抑或是故作镇静。他问王科长有什么事，说车间里有急的活等着他干。王澍看出他的慌张，也就十分注意自己的表情。他摸了根烟点上，凑到柏小飞面前不紧不慢地说："你把我车上的化油器下走了，也没什么用处吧？还不如还给我，怎么样？！"

柏小飞蒙住了。他很清楚，自己是偷了化油器，可现在保卫科以协商的口吻让他还给他，这有点不可思议。他想找出一个应付的方法，但马上就否定了。王科长非常认真，不容置疑的表情让他觉得抵赖是不行的，不承认很难。

接下来，王澍的话使柏小飞不得不承认了化油器在他那里，王澍说："你把化油器藏身上带出厂时我就知道。你身上有掩藏不了的汽油味。我不想当众出你丑，指望你还给我。哪知道你非得我找你不可。”

柏小飞说：“现在回家取化油器，上班就要迟到很久了。”王澍说：“没事的。我不记你迟到，也不扣你的工资。”柏小飞觉得王科长对他还是很宽容的，再说又是他父亲的朋友，他放心地回家取赃物去了。

王澍喜滋滋地回保卫科办公室，见副科长章归林又在看厚厚的一叠晚报。这回他没生气，还飞了根烟到章归林的怀里。章归林看报纸是连广告版和中缝都看的，只要晚报上了手就抬不起头来。王澍可恶他这种读报纸的读法。

“1 号案破了。”王澍将茶杯里的陈茶泼到窗外。章归林问：“是化油器的事？”

“当然。是一个你想也想不到的人偷的。谁？你认识。”王澍见章归林将手上的报纸放下了，打消了本来不想告诉他的念头，“精工车间的柏小飞。”

章归林说：“要死，胆大！人呢？来了狠狠地抽他一耳光。”

王澍想起来了，他发过狠誓的，抓着偷他摩托车化油器的人要狠抽他一巴掌。刚才一高兴把这事给忘了。

柏小飞进了保卫科办公室。这时候看他，确实有点鬼头鬼脑的。化油器用报纸包着，他小心翼翼地递给王澍。他有点憷王科长的目光，一直低着头。

柏小飞结结巴巴地说了些对不起、做了坏事之类的话，他指望王科长能让他走，哪怕骂一声“滚”也好。为了让王澍开口，他又补充一句：“东西完好无损。坏了我赔。”

“你赔？做了坏事也能一赔了事？”章归林来了这么一句。王澍认为他的话多余，他让柏小飞到墙角站着，又让他面对着墙。

章归林瞥了一眼，以为王澍要动手抽耳光了，见他面无愠色，只是不紧不慢地吹着茶杯里浮着的茶叶，像是要把它们全都吹沉下去才做其他事似的。

柏小飞很老实地服从了。不过只一分钟他就转过身来问："我不上班了吗？我不做事了吗？"

王澍说："从现在起你不用上班不用做其他事了，在保卫科停工检查。"

"你们有什么权利？"柏小飞问完这句，想想保卫科有这种权利，就又补充说："有什么权利让我这样站着？"

章归林说："你以为到保卫科来要给你端张椅子躺下呀？"

王澍觉得又是句不上纲不在谱的话。他对柏小飞说："在我们这儿算是你的福气，这事到了派出所，对你就是留置和讯问了。"

柏小飞不再吭气，背过身去。

"你交代你骑的摩托车，红色的雅马哈 80 是从哪里偷来的？"

章归林奇怪王澍这个问题，他盯着王澍看。王澍想看的却是柏小飞的表情和反应，他让柏小飞转过身来。

"是买来的。"柏小飞的表情很沉着。

王澍根本是不相信的。他哼了一声："你老实点！"

二

王澍的幸福 125 摩托车是厂里配的。在他就任保卫科长的第八天上午，车子的化油器被偷了。

摩托车放在仓库门前的车棚里，位置虽说是偏点，但避免了阳光的暴晒。仓库的库工发现摩托车漏出了很多的汽油，到保卫科报告说摩托车油箱漏了。

王澍到现场，见到他心爱的坐骑被开膛剖肚，油箱下的橡胶油管还在渗油，地上湿乎乎的一片。他赶紧将油阀关了，让抽着烟的章归林走远一点。他细看了一下痕迹，断定是用钢丝钳下的化油器。化油器位置上端，橡胶油管切口有点钝；下端与发动机连接的地方有钢丝钳钳嘴的齿痕。他默不作声地站了一会儿，像是默哀一般。这一刻，他产生了一个强烈的念头，抓住干这个事的人，一定要狠狠地抽他一耳光。他甚至想到被他抽的这个家伙脸上应该暴绽出五条“黄瓜”

回办公室后，王澍把这个想法告诉了章归林，他加了“一定要”三个字，这就有了誓言的意味。他打了个电话到设备科给登记领用工具的人，想查一下这几年都有谁领了钢丝钳。结果让他很失望，设备科没有对领用工具进行分类登记。也就是说根本没法搞清谁手上有钢丝钳。他想，钢丝钳是常用工具，谁手上有肯定有人知道。他安排章归林到各个车间查一下。章归林问是不是将钢丝钳都收到保卫科来，王澍说不用，但必须将见到的每一把钳子都闻一下，看是否有汽油味。章归林临出门时王澍还关照他：“此事不要声张。丑！”

章归林前脚走，跟着余书记到保卫科办公室来了。他觉得分管口子出了件不小的事，说是相当于市公安局局长家被窃了。王澍说确实不好意思，一定要查出来。

余书记帮助分析了一下，无外乎两种情况。一是搞破坏；二是偷了卖。前一种情况的可能性大一些，保卫科长在厂里执法，得罪的人多，毁你的东西泄愤。厂长家放楼梯过道的煤饼炉还被人拎了扔楼下的臭水沟里，捣你的摩托车简单多了。后一种情况也有可能，化油器是摩托车上的关键部件，拆下来拿到修理铺去卖也还能弄几个钱。他让王澍想一想近来和以前得罪过的人，排查厂里都有哪些人与摩托车修理铺有联系。

王澍汇报他已经着手查了，章归林已经下车间了。他对余书记说，抓住这个人一定要狠狠地抽他一耳光。

余书记说：“你敢？！这是违法乱纪的事情。”

三

红色的重庆雅马哈 80 摩托车是柏小飞现在骑的车。王澍追问他从什么地方买来的，他说在三垛镇。是下乡钓鱼时买的。对王科长的疑问他都一一回答了，过程无懈可击。

柏小飞说他与同学下乡钓鱼，有一个乡下人对他说起要卖摩托车的事。要价一千五，他居然砍到了八百。本来不想买的，见便宜就向同学借了三百，是凑了钱买下的。

王澍再问下去有点困难，他无法核实真伪。柏小飞的同学不是厂里的职工，他无法调查。如果是警察事情就简单了，只要打一个电话到车辆管理所查车辆档案，车主的情况就一目了然了。不过，他还是想出了突破的方法。他让柏小飞把摩托车的原始发票以及行车证拿出来。即使说这辆车未过户，发票和行车证也能证明车的合法来源。

柏小飞说没问题，他这就回家去取。他的态度让王澍一下觉得没戏了，柏小飞果真拿来东西，王澍就是没事找事和捕风捉影了。

柏小飞是空着手来的。他说他把行车证给丢了，不知塞到了什么地方。王澍表示理解，都有丢三落四的时候。他让柏小飞将发票找来证明一下。

柏小飞似乎有点弱智，他拿来了一张白条，证明他花 800 元买了这辆车。出售人还有个歪歪斜斜的签名。王澍看了一眼似乎明白了。

“柏小飞呀，你这东西来路不正。车没有过户，没有合法的交易证明，连起码的手续都没有。我不说你偷的，这张条子我一看就是你刚写的，或是找人写的。”

“王科长，我这车肯定是买来的。我可以带你到三垛镇去寻那个人对质，我认识他家。”

“我和你下乡去？白跑一趟！不是找不着人，就是记不清地方了。想都想得出。”

“不会的。真的就是真的，假的就是假的。”

王澍白了一眼柏小飞，见他明明在说谎却越说越顺溜了。他已经没有了刚开始的紧张和畏惧。

“我不问你真假，到公安局去你会主动交代的。”

“什么意思？当我是小偷？！你们要对我负责。”

“我们当然要负责。对事情负责就是将你送到公安局，由他们调查。那时没有弄不明白的。”章归林说完这番话，将手中的茶杯重重地搁在桌上，做一副貌似威严的样子。

柏小飞转过脸去望王科长。见他一言不发，只是盯着墙上挂的管理条例。

过了一会儿，王澍说："你写个事情经过，要说老实话。说清楚了，我们在厂里处理。说不清就送公安局，是你自己找的。"

柏小飞点了点头。王澍示意章归林拿纸和笔给柏小飞。信笺纸是保卫科专门印的，仿公安局的询问记录纸。章归林撕下三页给柏小飞："不够写可以续，写坏了再要是要花钱买的。一元钱一张。别以为在造纸厂用纸不花钱。"

柏小飞不一会儿就写出来了。是一个故事：他捡到一把车钥匙，就近找了一辆车，投进去竟然打开了。他把车骑了一圈又放回去。第二天车仍在原处，他又骑了一阵子。第三天他就将车骑回了家。

王澍并不去辨别真假，也没有给章归林看。他让柏小飞接着将那辆坏了化油器的本田摩托车来历写下来。柏小飞说简单，是同车间的孙方友给他的一辆卖不出去的坏车。王澍坚持让他写下来。

柏小飞写完后王澍并没有看，他让柏小飞随他出去一趟。

章归林贴着窗子斜着头看见他们站在厂门外面。王澍对柏小飞说了什么，然后反抽了柏小飞一记耳光。柏小飞捂了一会儿脸。

章归林觉得王澍抽耳光真是外行。用手背抽，疼的是双方，抽的人根本没有快感。他过去当武警时抽犯罪分子，那是用手掌"掴"，"噼里啪啦"的，打得抱头鼠窜。

四

柏小飞的姐姐柏茹霞打电话给王澍，说她弟弟真是不争气。让王澍该怎么处理就怎么处理，要给他一个教训，他太贪玩了。

柏茹霞的电话让王澍有些不知所措。就是这种感觉。他奇怪她这么快就知道了，他示意柏小飞站到门外去，还让章归林关上了门。

听了会儿电话，王澍还是镇定起来。他对她说这不是贪玩出来的事，在公安局够立案了。厂里知道这桩事的人不是他一个，怕是瞒不住，他只能力所能及。柏茹霞说，也就是让他秉公而断的意思。厂里有人跟她过不去，她怕连累了柏小飞。王澍认为没这么复杂。

搁下电话，王澍有点缓不过神来。他告诉章归林刚才打电话的是柏小飞的姐姐柏大美人。上中学时他与她同级不同班，追她的男同学用大客车也装不下。前年同学聚会时老校长笑着说她影响过当年的升学率。章归林马上问王澍，柏茹霞是不是说情来了，王澍说："是也不是。"

不一会儿，黄副市长给王澍打来电话，说他在深圳出差，让王澍晚上抽时间到他家门口转转。黄副市长是厂里的前任厂长，在任时得罪了一些人。曾发生过放在楼梯过道口的煤饼炉、自行车被人扔到门前河里的事。除夕夜窗户玻璃被砸也不止一次发生。有一阵子厂保卫科分三班在他家门口巡逻。做了副市长后搬了新居，仍有此类事情发生。王澍在节假日时常配合市政府保卫科、公安局内保股的一帮人做黄副市长的安全保卫工作。

黄副市长在电话里像是不经意地问起了柏小飞的事。他嘱咐王澍能在厂里处理就不要捅出去，哪怕处理重些也行。

王澍知道黄副市长兜圈子是为了柏小飞的事，也就满口应承下来。

想了一会儿，王澍觉得柏小飞没这么大胆做这种事，他说孙方友给过他一辆坏的本田摩托车，这车是从什么地方来的？事情肯定要比柏小飞交代的要严重得多。到这个份上，他希望柏小飞只是胁从，或者是受孙方友唆使。他把柏小飞叫进来问，除了将这件事告诉姐姐柏茹霞，有没有告诉其他人。柏小飞说没有。

孙方友从车间里被保卫科叫来时，举着一双油腻腻的黑手。他见柏小飞在场有点意外，只是一点点，稍纵即逝。他问王澍将他叫来有什么事。王澍挥手让柏小飞到隔壁的办公室去，并说要与孙方友核实一下情况。

柏小飞出去后王澍劈口就问孙方友，除偷了本田 125 摩托车外还偷了什么车。孙方友问："王科长这话从何而来？"王澍说："反正不是编的，一定要问谁说的就告诉你，是柏小飞交代的。"

孙方友"噢"了一声不再吭气。王澍说："这事情不小，看起来你孙方友的问题比柏小飞还要大。"

孙方友问："有多大？"王澍说："吃个枣子有个核。你自己明白。"孙方友说："既然这样，田鸡要命蛇要饱；他不仁我不义。我全告诉你们。"

孙方友揭发柏小飞共偷过两辆摩托车。一辆"重庆雅马哈 80"，另一辆"金城 50"。他说那辆本田摩托车确实是一个朋友给他的，他可以肯定来路不正，但与他无关。柏小飞偷了化油器安在本田摩托车上，由于不匹配不能使用。他就偷了"金城 50"，再后来又偷了更好一点的"重庆雅马哈 80"。柏小飞找他将这辆车进行了改装。他买了罐自喷漆，把原来的军绿色换成了紫红色。车后座还装上了只行李箱。

王澍问孙方友这些本领是从什么地方学来的，他说是跟朋友学的，就是那个送给他本田摩托车的人。

王澍觉得孙方友这个所谓的朋友问题肯定不小。他不敢再问下去，事情大了。他捅得越大，麻烦越大，他是要负责收场的。他想把情况先向余书记汇报一下。

到了余书记办公室，没想到坐着公安局内保科的许亚田科长。王澍与许科长寒暄了几句，给他们茶杯里添上水后想抽身离开，余书记叫住了他。

“你不是来说柏小飞的事吗？许科长都知道了，为这事来找我，我到现在都一无所知。你说我这领导还要不要当？”

“我想搞清楚了再向您汇报的。”王澍见余书记一脸恼怒，嘴里嗫嚅着再说不出什么。

“汇报？市长、厂长那里怎么有人先汇报了？！”余书记拍开了桌子。

“肯定不是我说的。”

王澍不用拿镜子照自己的表情，他一下子觉得自己跟柏小飞的处境是一样的了。许科长拿出烟来给大家抽上，替王澍说了些开脱的话。

晚上留许科长吃工作餐，喝上了酒，余书记仍余怒未消。王澍郁闷，多喝了几杯，为了怕失态，他到洗手间用手指伸到嗓子里抠出了喝的连带吃的。照了一下镜子，充血的眼睛像兔子的一样。

发誓破案件，打耳光。发什么神经？倒找了自己麻烦。他恨不能重重地打自己一记耳光。

五

第二天早上上班，余书记告诉王澍昨晚上还是喝多了。酒桌上许科长说柏小飞的事得交给公安局处理，王澍竟扭着通红的脖子与他争辩，说就是不行。王澍想，还好，没有说出是黄副市长的意思。余书记说赵厂长正临着提拔轻工局长的坎儿，对这事顶真着呢，一定要交公安局严办。王澍想说出黄副市长的意思，又不敢。涉及刑事，谁想兜都难了。他又想到，黄副市长和赵厂长是有矛盾的，可能还是仇恨，赵厂长怎么能坐上局长位置呢？有件事他一直没对别人说，保卫科长知道事情会比别人多些，但口一定得紧的，要紧到拿钳子撬都打不开的地步。

余书记说上午刑警大队会来人接手案件，他让王澍配合一下，将材料移交给他们。

王澍回办公室后见章归林不在，给黄副市长打了个电话。告诉他柏小飞交公安局处理了。黄副市长说做得对，对这种祸害应该交公安局处理。王澍解释说，这不是他的意思。他是要在厂里处理的，事不由己，怎么公安局就知道了。

“你要是庇护柏小飞，你就不对了，你就丧失了你的立场，你就是失职。”黄副市长的嗓门儿大了起来。

王澍的脑瓜被弄得像一锅粥，他想这是什么事呀，人一出鬼一出的。纳闷着的当儿，余书记又来电话了，问柏小飞在不在边上。王澍说柏小飞在隔壁的办公室写检查书。余书记要王澍想个办法让柏小飞知道公安局抓他与厂里无关。王澍问：“有这个必要吗？”余书记说：“让你做就有这个必要。”

王澍打了个电话给公安局内保科的许科长，请他一会儿打电话过来，一道唱个双簧。许科长笑了，说是做爷爷给奶奶看。王澍跟着说了句：“放屁脱裤子。”

王澍把柏小飞叫到办公室，问他检查书写得怎么样了。扯了半天也不见许科长的电话过来，就问柏小飞犯的事父亲知道了没有。柏小飞说，知道了又怎么样，他又不能打我，也不能骂我。说帮忙，他也帮不上。

柏小飞的父亲柏长庚承包了厂里的汽车修理厂，厂里人都知道他大捞了一笔。他不太识相，吃独食，连照顾他的领导也不买账，更谈不上对大家来点“毛毛雨”了。好处都被他得了就有点怨声载道。黄副市长做厂长时让财务科的会计里里外外查了他一个月的账，最后不了了之。谁也不知道查出了名堂没有。赵厂长一直想把他撤了，但厂里是与他签了合同的，有效期十年。

王澍见电话迟迟不来有点着急，刑警大队的人要是在电话前来，戏就唱不圆了。

电话响了，王澍按了免提，他是想让柏小飞听的。

电话是金工车间打来的，车间主任问柏小飞与孙方友的事什么时候处理完，一下子缺了两个人，工序都乱了。王澍赶紧回答他快了，也就是一两天就结束检查回车间了。刚断了电话，许科长的电话终于来了。

“我是内保科许亚田。王科长，有人举报你厂青工柏小飞、孙方友偷盗摩……”王澍拿起话筒，示意柏小飞回隔壁办公室去。

电话刚通完，柏小飞就灰溜溜地进来了，想必他一直在门外听着。柏小飞告诉王澍：“我腿有点发软。”

王澍说："你也知道了。赶紧到刑大去投案自首吧。"

六

柏茹霞对王澍说："不管怎么样我还是很感激你。"王澍觉得不好意思，在心里掂量她这句话的真假。犹犹豫豫的一阵子后他还是答应了她电话中的约请，晚上八点钟到城北一家叫作"爱琴海"的茶吧去见个面，聊一聊。

吃了晚饭，王澍在家里有点坐卧不安。老婆这天独巧没出去打麻将，平时只要老婆不打麻将，他们会早早地睡在床上看电视。作为企业的保卫科长经常需要在夜晚去查岗，王澍多半会在老婆不在家时去得勤一些，自愿一些。

他说他要到厂里转一下，说话时神情有点紧张，他老婆想不到他是以此为借口，"嗯"了一声。

出了门他一阵轻松，只是又心虚地回头看了一眼，像是怕老婆跟踪似的。快到"爱琴海"时他还是十分紧张，想会不会给熟人看到后凭空生出些是非来。就这么想着进去时，就有些鬼头鬼脑的。

茶吧里灯光昏暗，有穿着旗袍的服务员问他是不是柏小姐等的客人。他愣怔了一下点头说是的。心里好笑，柏茹霞也是三十出头的女人了，居然被称小姐。也不知道是不是她让人家这么称呼的。有点感慨自己不知了行情。

柏茹霞幽静地坐在那里。见王澍进来微微欠欠身子，一个甜甜的笑露出了依然那么好看的酒窝。王澍面对着这张姣好的诱人的脸，猛然想起他了年少时曾经萌发的爱意以及鲁莽的表达，不由得脸红。

柏茹霞给王澍倒了杯红酒，端起杯子说干杯，说感激王澍应邀而来。王澍碰了杯子后一扬脖子干了，见柏茹霞只是浅浅地抿了一口，然后把玩着酒杯，笑眯眯地看着他。

她提了王澍高中的几个女同学名字，问她们的情况。王澍不知道，说跟她们没有往来。她笑了，双颊又露出了动人的酒窝。王澍竟看得有点痴痴呆呆的，柏茹霞见他这样越发显出媚态，轻描淡写地点了几个男生的名，说他们给她写过情书，有的还在递给她的书中偷偷地夹过电影票。

“也真是的，不好好读书高考，搅乱了自己还毁了我。”柏茹霞一副怨天怨地的样子。

王澍可能被几杯红酒喝得亢奋了，他说：“我也给你写过，是情书。”

柏茹霞风摇脆铃似的一阵笑后说：“你最可爱，最勇敢。放学的路上拦住我，还放到我书包里。”

王澍好像想不起来是不是这样的，见她开心的样子也就想着当真吧，勇敢总不是丑事。

“你现在怎么不勇敢了？缩头缩脑的，见你一杯杯地喝酒，我就知道你胆小，你要掩盖你的紧张。”

王澍好像经不住激怒：“我现在的念头就很勇敢。想不想我告诉你？”

“你说呀。”

“我想摸摸你脸上的酒窝。”

“可以呀！”柏茹霞说着微微向他俯近了身子。好像迎合着他这种勇敢，她还闭上了眼睛。王澍双手捧住她的脸，继而轻柔地摩抚了她生出酒窝的部位。

一会儿柏茹霞挣脱开来，说：“好了，到此为止。”

她说她很理智，能控制住自己的情感，不会让它失控。她告诉王澍，前边提到的几个女生都离婚了，她们都出现了这样那样的问题。

说这话时的柏茹霞显得拥有情感的优渥，却又有能让它不泛滥生灾的得意。王澍不喜欢，他讨厌自以为是和幸灾乐祸的人。他把话题拉过来，说到柏小飞的事，为没能帮上忙而表示歉意。

柏茹霞说：“这件事不怪你。是厂长赵毕华公报私仇。”她告诉王澍，上初中时她与赵的妹妹同学，有一天上高中的赵毕华欺负她，摸了她胸部。事后她爸爸柏长庚一巴掌打掉了他一颗门牙。不信去注意一下，赵毕华做厂长后装了一颗进口的烤瓷牙，以前一直是装的塑料的，不能吃烫的东西，一吃满嘴塑料味，熟悉他的人都知道。说到这她笑弯了腰。

王澍说：“复杂！”

柏茹霞说：“更复杂的是黄东成，做了市长把什么都做成交易。”

“柏小飞的事也怪不得别人，迟犯不如早犯，弄大了一辈子毁了。”

“也是。”柏茹霞说完轻轻地哀叹了一声。

从“爱琴海”出来，王澍见柏茹霞没有骑车，不好马上就走，只有陪她跑一截。他怕熟人看见，瞄着前边的岔路口，想到那地方就马上分手告辞。低着头走的他没想到柏茹霞会去主动地与人打招呼，还拉了他一把。

黄副市长和赵厂长从他们的对面踱步过来，一路上在谈论着什么。他们应着柏茹霞的招呼，还客气地摆了摆手。王澍蒙住了，他尴尬得脸都僵硬了，说不出什么，连手都未能抬起来应付一下。

快到家门口他才缓过劲来。他掏出柏茹霞在“爱琴海”门口说还给他的东西，从信封里掏出了一张泛黄的作文稿纸。他看了看后掏出打火机点着烧了，他惊讶自己还敢看一眼过去的冲动。进门前他拍了拍身子，他不想把哪怕是一丝的纸灰带回家。

七

两个月后，王澍调原料库担任消防队长。原料库距厂区 49 公里，距市区 51 公里。有像楼房一样高的草垛 362 座，是一级防火单位。王澍在任期间为第一安全责任人。

王澍在得知调动时找过赵厂长。赵厂长说黄副市长是市里主抓安全生产的，纸厂原料库是火山口，是全市安全生产的重中之重，他当然希望我们配可靠的干部力量。他是很相信你的。

打电话给黄副市长，他好像有点发火：“老赵怎么想的？保卫科更重要啊！”王澍不想说什么了。

临上任前厂里组织中层干部为王澍设宴送行。席上余书记套着王澍的耳朵说：“我帮你掩了件事。你居然自作主张地就给法院去了函。”

王澍好像喝得舌头大了。他说：“多大的事啊？！”他甚至把这份保卫科的函当众复述了一遍：

> 柏小飞在我厂普法教育中认识到自己有违法行为，向厂保卫科主动交代罪行，并请带其去公安部门投案自首……

没念完就被赵厂长罚了一茶杯啤酒。王澍说：“你嘴大我嘴小。喝。想当年八百万禁军教头林冲不也做了看草场的消防队长？”余书记嚷起来：“说这些，再罚。”王澍又说：“喝。多大的事啊？！”

王澍去洗手间时柏长庚离席跟上了他。柏长庚扶了一把有点踉跄的王澍，挨近他说：“我们现在不在桌上，私下里我问你：你是不是打了柏小飞一耳光。”

王澍脸红了，他说是的。他马上找出了理由：“不是在厂里，也不是以保卫科长的身份。做出这种事，我以老大哥的身份教训了他一下。”

柏长庚“噢”了一声。王澍知道他是想掴他一下的，他脸感到火辣辣的，好像已被掴了一样。他说：“我就不该想着打这一巴掌。你要就还给你吧？！”

告别时刻

瞿小芹中午拎着保温饭盒到医院时，住院部楼前的消防车还在，她看到有消防员在太平间进进出出忙碌着。到病房后守在父亲病床边的李炜用眼神示意了一下临床的姚告别，姚告别平躺着，眼睛紧闭，病床边上加了一台监护仪。她凑到李炜面前问怎么了？她的声音很轻，眼睛瞟着姚告别那边。

李炜站起身来要瞿小芹到外面去，瞿小芹出去时回了一下头，见到父亲的眼光在尾随着她，她有些不悦。

到门外的走廊上，李炜告诉瞿小芹，是姚桐跑到太平间去烧花圈，引发了火警。

“姚桐怎么会做这样的事呢？”瞿小芹觉得不可思议。李炜说他有天夜里看到姚桐在消防通道里用打火机燎纸盒，纸盒里有一个纸折的小人。瞿小芹明白了，说那个纸折的人一定是他老子姚告别，姚桐对伺候他老子已经很不耐烦了，巴不能他早点死。李炜连连点头，“姚桐的情绪压不住了，要发泄。”

瞿小芹很是感慨，说谁也受不了姚告别那样的人，要是她的话也早崩溃了。李炜说久病床前无孝子，像瞿小芹这样真不简单，他和同学们都钦佩。瞿小芹被赞美后有点不好意思，说要不是有李炜和帮助她的同学，她真的不知道怎么办，指望病到这种程度的父亲早点走也是有可能的。李炜说瞿小芹不会这样，怎么也不可能。再说，再怎么困难也还有一帮同学帮着。

瞿小芹感激地点了点头。她到病房来接班，李炜就可以走了，但他宁愿饿着肚子也要与她聊一小会儿。

李炜离开医院后并不是回家吃午饭，而是在附近的一家小面馆吃了碗两块钱的阳春面，觉得没有饱又加了两个茶叶蛋。这两年瞿小芹父亲住院有五六次，他在医院的陪护生活，百十顿午饭基本上都是这样对付的。他心里有过抱怨，希望瞿小芹能问他一声午饭怎么吃的？但又能够理解她，她一门心思都放在了父亲身上，每天上班要想着病着的父亲，下班得赶紧做了饭送到医院，夜里的陪护也都是她一人顶着。

瞿小芹是独生女，李炜和帮助瞿小芹照看她父亲的五位同学也都是独生子女，成立互助组的主意是李炜想出来的。李炜对五位同学说：“我们现在帮瞿小芹等于帮自己，把闲着的时间存起来。”说起来，李炜的姿态是最高的，他的父母亲死了好几年。大家知道他坚定不移地对瞿小芹有意思，但并不以为他是借此有所图，因为他是一个心眼儿好的人，脾气好，人老实。只是瞿小芹对李炜就是不来感觉，几个同学明里暗里的工作不见成效。

李炜混得不好，在经纬纺织公司当消防员。所谓混得好与不好是同学之间的一种说法，以一个“混”字概括出息。相对于班上的其他男同学，李炜三十出头了连对象都没有，这是别人眼里最大的失败。瞿小芹目前也没有对象，她谈过一个没有成功，她长得漂亮，一般人不放在眼里，她被患病的父亲拖累了，她和李炜的情况不一样。

李炜吃完饭回病房，见到姚告别的几个亲戚在帮着收拾东西，姚告别要出院回家了。出院是他强烈要求的，他的眼睛此刻睁了开来，直勾勾地看着病房的顶板。不时地舔一舔嘴唇，像是在做说话之前的准备。

姚告别的这句话在他被抱到手推车上，要离开病房的时候才说出来："妈的，我怎么死不了呢？"

姚告别说这句话时带着极为深的怨怼，语气粗重。没有人应他的话，李炜和瞿小芹对视，只有一个掩藏意味的表情，李炜抿了一下嘴唇。

到姚告别出门后，瞿爸才吃力地坐起半边身子来，他冲外面大声喊："老姚……都死不了……"

瞿小芹轻声说："走了好。以后清静了。这次是真告别。"瞿爸白了她一眼。

姚告别是瞿小芹替他起的名字，他本名叫姚凡。他比瞿爸迟两天住进来，和瞿爸一样的病，糖尿病并发症。他住进来以后，只要有人来看望，他就与人家做生死别，交代自己的后事，一副马上要死的样子。他的口头禅是："就此一别，我到火葬场你们就不要再去送了。谢谢哦！"

姚告别的告别仪式对瞿爸是有影响的，等于提醒瞿爸来日不多，也该对后事有准备和有所交代。瞿爸因此情绪很低落，病情也在姚告别住进来以后突然加重。最后是李炜的安慰起了作用，他说：“瞿爸，你是到医院来医治的，不是来等死的！”

姚告别住院期间陪护的人不多，一个侄女偶尔来看看；儿子姚桐二十四小时全天候陪着；姚桐母亲只负责烧三顿饭，每次送过来时拉着脸，从来没见过她笑的模样。姚告别精神好的时候会和儿子聊两句，总是说：“养儿子，养儿子，养儿子几十年，这时候就看见儿子作用了。”

瞿爸听见他这么说，就要看看女儿是不是在边上，会对着她或者自己轻声叽咕女儿比儿子好。姚桐对父亲不耐烦的样子瞿爸是看在眼里的，自己女儿的孝顺让他心里倍感幸福。当然，情绪不好的时候也会觉得对不起女儿，拖累了她。

姚告别走了以后不到十分钟，护工还在整理着病床，就有新的病人住进来。一个脸色蜡黄，瘦得皮包骨的中年男人。

新来的一床忙着安顿，病房里因为彼此生分而冷清，瞿爸干脆像姚告别那样紧闭起眼睛平躺。这种情况下，无所事事的李炜只有用手机上网斗地主。他玩得心不在焉，想到瞿爸的情绪又受到了影响。

到傍晚，瞿小芹带着晚饭过来，李炜闻到她身上一股沐浴露的香味。这个味道甚至比她揭开饭盒后饭菜的香味还要浓烈。李炜每次在瞿小芹带着饭菜过来时肚子总会咕咕响几声，这回没有。

瞿小芹好奇地打量着新来的病人，接下来这几个人要和她在一间不大的病房里朝夕相处，晚上她甚至要和这家或男或女的什么人将折叠床挤在一起，抵足而眠。她有些紧张和不安。

晚上瞿小芹给回家的李炜发了不少的短信，有一搭没一搭地说一些闲话，一直到夜里一点多。瞿小芹对李炜说到一件事，她这两天要出差一两天，夜间这边的照顾就没人了。夜班都是瞿小芹值，除李炜外，参加互助组的几位同学都是女的，也都有家庭，她们轮流在白天照护瞿爸，有时候也由丈夫来代替。瞿小芹有顶夜班这样的困难也只能和李炜说。李炜爽快地答应了，说他可以与队友调一下班。

李炜在单位将轮的夜班调到日班，本该上班的晚上在家待着就闲得慌，医院似乎是首选的去处。

到病房他有点诧异，看到瞿小芹和瞿爸的脸色都不对，别着头不看对方。

瞿小芹看到李炜进来马上跑了出去，一会儿闪进头来示意他出去。李炜看看闭起眼睛的瞿爸，赶紧跑出去，想知道他们父女之间发生了什么。

“你怎么这时候来……”瞿小芹口气生硬，像是怪罪李炜，李炜见她生气就紧张，支支吾吾，说他马上就走。

瞿小芹换了口气，说她不是要李炜走，是她觉得气人。老爷子要回家，说什么可以回家等死了。他是看到姚告别回去心里不好受。

“你说他跟着闹什么？”瞿小芹愤愤地说。

李炜附和着她意思：“就是，回家怎么行呢？那是放弃治疗。不行！”

瞿小芹脸上有了些笑意：“老爷子不听我的，在意你说的。你去劝劝他。”

两人进病房后瞿小芹到床边对父亲说要去超市，瞿爸不理会她，眼睛还是闭着，眼皮抬都不抬。

李炜坐到瞿爸面前，瞿爸还是半天不吭气，直挺挺地平躺着。以前李炜到他身边，他不说话也都要有个动作，或者表情。

李炜问瞿爸，是不是想家了？瞿爸摇摇头，睁开了眼。他看着李炜缓缓地说："家，家是跟着人走的，人在什么地方，家在什么地方。我现在的家是在医院里。"李炜嗯了一声，觉得他说得有道理。

瞿爸说："小李，你语文学得怎么样？"李炜说："一般。"瞿爸说："那我考你一下，'寿终正寝'是什么意思，你给我解释一下。"

李炜有些为难："这不是一句好话……"瞿爸说："可这也不是句坏话，人到寿限了，能死在家里的正屋里，才是死得其所，才是安宁和幸福。我多想最后的日子属于自己。我羡慕老姚，他目的达到了。"

李炜劝他："您还没有到那个时候，那是以后的话。"瞿爸说："我知道自己的情况，比医生都知道。人要顺应天时，该闭眼的时候就闭眼，回家的临终关怀不是更好……"

李炜无语。他看到瞿爸越说越激动，他不能让他激动。

"我要回家。坚决要！"瞿爸表达了决心，还下劲点了点头。

一会儿瞿小芹进来，李炜对她无奈地摇了摇头。

瞿小芹说她明天出差，可能两天，也可能三天。李炜看到她脸色不对，口气也不对。

瞿小芹没有到她所说的张家港出差，只是到离城二十多公里的乡下，一处叫东湖度假村的地方。在单位她则说是家里有事，领导都知道她父亲病危住院的情况。

到度假村有班车，瞿小芹坐在车上一路上想着同事杜湘，她给瞿小芹讲过她和情人在东湖度假村厮混的情形。看着前面一对情侣头靠头依偎着，瞿小芹就想杜湘和她那位敢不敢这样？答案是他们不敢，为了目标小一点他们都不敢开私家车，像她今天这样，是坐着车下来的。

“这样藏藏掖掖的有意思吗？”瞿小芹十分认真地问过杜湘，杜湘说有意思，到哪天没意思时就结束。

杜湘和瞿小芹一个办公室，她比瞿小芹还小两岁，结婚早，都有了一个三岁的孩子。老公也不错，是个模样端正的公务员。在瞿小芹看来，自己要是有这么一个家庭绝对不会去做出轨的事，不能身在福中不知福。她又想，杜湘或许身体太好了，她那么肥白丰腴，浑身的肉颤颤颤的，找这么一个人是因为生理需要。

到度假村，瞿小芹戴上了超黑，这个墨镜网购回来只在家里戴起来照过几次镜子，在外面戴这是第一次。办入住的时候，她发现两个办退房的男人不时地瞄她，有一位办完了还不走，磨磨蹭蹭地想与她搭讪。

这地方真的有点暧昧。

客房是小木屋，在一大片湖泊的多个岛屿上，掩在一株株高大的水杉树丛中。汽艇将她送到一个独立的小岛屿，导游告诉她上岸的吊桥在什么位置，此前在办入住的时候，发给她一张度假村的指南，里面有一张折叠的地图。

汽艇开走以后，这近两百平方米的小岛上就只有瞿小芹一个人了。

进了小木屋，她看到里面是一个标准房的配置，电视、电话、网线这些她觉得都是多余的，这里应该与世隔绝，一点点联系没有才好。她关了手机，洗了洗脸后滚到床上，她想先美美地睡上一觉。

李炜傍晚的时候到了医院，接女同学娄丽萍的白班，他是提前到的，拎着一个保温饭盒。下班以后做了饭，他草草吃了几口就过来了，带来了给瞿爸熬的鲫鱼汤。

娄丽萍瞅李炜一眼说："我们家那位要是有你一半，我就做梦都要笑醒了。"李炜装不明白，问她有一半什么？娄丽萍本意是说他对丈人好，碍着瞿爸面只得说李炜对老人这么好很难得。

李炜说："我这是找到了机会，否则对谁好啊？！"娄丽萍马上想到李炜双亡的父母，不再说什么，把话岔开去。

娄丽萍临走的时候告诉李炜，瞿爸中午在医院食堂里买的饭只吃了很少一点，见到医生就说要回家。李炜赶紧将保温盒端到瞿爸面前，要他乘热喝鱼汤。瞿爸要了调羹，小口小口地喝了起来，中间只停下来说了一句话："我要回家，你要帮我！"李炜点点头，先应承下来，怕他搁下鱼汤不喝了。

一会儿瞿小芹的电话来了，问父亲的情况。李炜简单说了一下，要瞿小芹放心。瞿小芹便告诉李炜，她刚刚吃过晚饭，洗过澡，住的地方非常安静。

李炜听她说洗澡，马上就觉得她身上的那股沐浴露香味在面前飘浮，话筒里就没有声音了。

瞿小芹问李炜有没有和一个喜欢的异性出去旅行过，在一个非常幽静的地方，美好地度过几天？李炜说自己没有过，不要说几天，一分钟也没有过，因为他连女朋友也没有。

“想过没有？”瞿小芹追问他。“想也没想过。”李炜回答。

“李炜，你这个人很无趣。”瞿小芹很失望地说了这么一句，接着问他和女同事有没有一起出过差，棉纺织厂那么多女工，机会总是有的。

李炜紧张起来，马上说也没有过，跟着问她是不是在和男同事出差？瞿小芹愣了愣，笑起来，她说她是一个人出差，现在独自在宾馆里。

“……我对你解释什么？”瞿小芹接着有点愠怒。

电话结束后李炜显得惴惴不安，瞿爸看出来了，问他怎么回事？他说没什么，真的没什么。

瞿小芹一觉睡到天黑，睁开眼听外面一点动静也没有，睡前窗外有鸟的啁啾和喧闹。她懊悔错过了傍晚看白鹭归巢的时候。杜湘给她看过用手机拍的白鹭照片，白鹭在水杉的梢头翩翩起舞。

挂了李炜的电话她觉得肚子饿了，看了一下指南手册，去餐厅要放下吊桥到对面的一条小路，要走 1.2 公里。距离不是问题，只是天黑了，窗户里可以看见的这条小路没有行人，单身女子走在上面不得不考虑人身安全。好在还可以送餐，电话里服务员说只提供鸳鸯套餐，没有单人餐。既然没有选择，总归要吃饭，鸳鸯就鸳鸯吧，一个人扮。

等送餐的过来时，她想来这地方的大概成双结对的多，送餐的会不会以为她被男人放了鸽子？

她不由得想到一些和前男友约会，共度时光的情景。

他们刚好上的那会儿总喜欢窝在什么地方，周五两个人到一起就不再出门，有这个城市所有快餐的电话号码。为了多样化，经常叫两三家的快餐一起吃。她想，要是和他一起到这里来会仍然叫快餐吗？杜湘说这里的农家乐餐厅很好，有放养的野鸭子和咸菜一道炖汤，特别鲜。

为什么要想到他呢？瞿小芹对自己又气又恼，想同他一起来还不如想别人，哪怕是李炜也好。

李炜很无趣，但他会对自己非常殷勤，这一点坚信不疑。殷勤不是所有人都喜欢，但也是一般人难以拒绝的。父亲对李炜有好感，很难说与李炜对他的殷勤无关。

前几天父亲问她，他死了以后会不会想他？她以不耐烦的态度来表现对问题的不满，说父亲都被姚告别传染了。父亲说，人拥有着什么不在意，失去以后就觉得珍贵了。又说，人舍不得死很大程度上是对亲人的牵挂、放心不下。

见她不予置评，父亲沉默一会儿以后莫名其妙地说："你会有真正伤心的一天的，不是为我。"她说："奇大怪了，我还会为其他什么人伤心？"父亲说："会的，到李炜找了对象，与人家结婚去了，你会比我死了还要难过。一定的，我这话说在前面！"

她装作对父亲说的不以为然，拿起暖瓶去打水。在热水间她发了一会儿呆，回病房以后坐在父亲睄视不着的一处地方。

鸳鸯餐过了近一个小时才送过来，送餐的人从小路骑自行车过来，吼了一嗓子，要她放吊桥。她跑到吊桥面前，摸索着找到绳子放下吊桥，收下来人递给她的快餐，再用劲拉扯着绳子收起吊桥，这个过程她觉得很滑稽。

一个人的鸳鸯餐吃得很不是滋味，头脑里乱糟糟的。

想这个想哪个干吗，不是说抛开一切让自己放松一下的吗？还是再睡一个踏实觉吧，一个人舒舒服服地滚滚床单，一两天的轻松过后便又是煎熬，家、医院、单位，继续疲于奔命。

木屋的窗户吹进湿润的风，带着微微的腥味。瞿小芹努力地去想绿茵茵的湖水，把自己当作一条自由自在的小鱼，迷迷糊糊地，她觉得游来游去了……

第二天清晨，她打了个激灵，一个鱼跃起床。

她听到了长长的，拖曳的，愉悦的鸟鸣，由远及近，由近及远。

她轻手轻脚地打开门，倚在门框上，看到头顶上有三五只白鹭在翩飞起舞……

她看得入神，羡慕它们的自由与欢乐，她忽然泪如泉涌。

她站在那里大哭了一场，她觉得委屈，她觉得不公平，她觉得不甘心……

这几年因为父亲的病情，她的生活已经完全脱离正常轨道，她知道这是自己作为子女应该做的，但总免不了抱怨。为什么就不能有别人那样轻松惬意的生活？为什么人家父母双全、老人身体好好的，自己竟这么倒霉？

到她哭得不想哭了，她模糊的目光落在远处树梢的鸟巢上，觉得自己是坐在那上面的。她不敢动弹，风吹过来，高高的树梢在摇摆着……

她的头有些眩晕。

瞿小芹没有在度假村继续待下去，她感到这偷来的片刻空闲并不能带来真正的安宁。

她坐班车回城，在城郊下了车。她不想回家，更不想去医院。

她这时发现，自己每天鼓足劲头往那里奔的地方，其实是自己极为厌恶的地方。她现在理解姚桐所做的了，他只是宣泄一下，他太压抑了，太劳累了，心理负担太重了。他麻木地或者是无所谓地一按打火机，是不怕以犯罪的方式来表示自己的愤懑。

想想与姚桐有一样处境的自己，她与他不同的是她将一切藏掖着。至多也就是找借口脱离一下。这种方式有用吗？她觉得是适得其反的，得到了短暂的安宁和休整，却感到了无比的孤独，对自己可以预料的未来越发感到害怕。

她沿着公路不知不觉地走进了城区，定不下来这时候该去什么地方。犹豫之间竟发现走到了李炜所住的小区附近。她看了看表，给李炜打了电话，说她出差回来了。

李炜说他刚从医院出来，给单位请了假，白天不去上班了，老爷子要吃菱塘镇的盐水鹅什，他回家一趟马上去买。

瞿小芹告诉李炜她就在他家附近，正好可以到他家看看。李炜一听她这话慌了神，问能不能改一天？她说不行，她今天是顺便，改日子就不知道是哪一天了。

“我也就是看一看，你这么关心我，我也关心一下你。不行吗，不欢迎吗？”

见瞿小芹都这么说了，李炜只得答应，连声说好。

不一刻，瞿小芹见到匆忙赶过来的李炜，他一副紧张的样子让瞿小芹觉得好玩。李炜在前面带路，领她到住的小区，进门前说了好几次家里很乱。

待李炜打开家门，还没有进去的瞿小芹就皱起了眉头，屋里有一股怪怪的味道，辨别一下，居然是浓重的来苏水味。

“你家里要消毒啊？”她以为李炜是怕把医院里的病菌带回家而这么做，马上就有些不满。

李炜打开门后就往卧室跑，这是他一段时间以来回家的习惯，赶紧到大床上滚一滚，舒展一下身子。他走到卧室门口时，听到瞿小芹的问话站住了。

“我不是的……经常待医院，倒觉得这种味道好闻了，闻到这个味道睡觉都是踏实的。我就……从厂里医务室弄了一瓶回来，偶尔在家里洒一点……”

瞿小芹笑了，因为他的解释，也因为她看到了高中毕业的同学合影照，她家里也有一张，没这么大，他这张一定是翻拍放大的。她看到了自己，也找到了李炜。照片上的她和他离得远远的，排在两端。

李炜惴惴不安地站在瞿小芹身后。她问他，要是让她改天来，他有机会将家里收拾一下，他最不想让她看到的是什么？

李炜挠挠头，说也没什么，起码得搞得窗明几亮，有他们队里值班室那样的干净程度，他喜欢条理和洁净。瞿小芹坏笑着说：“你就当我是领导，来查卫生的，让我看看你的厨房。”

瞿小芹其实最想看的是李炜的卧室，她不好意思，就看了厨房。到厨房里打量一番出来，她对李炜竖了竖大拇指：“你一个单身的大老爷们儿，将日子过得这么仔细、认真，我实在佩服……”

听到瞿小芹夸他，李炜心里一阵高兴。哪知道她话锋一转：“我也担心。你这样，不会是性格上有问题吧？像那些惊悚片里的主人公，就特喜欢把家里搞得一尘不染的……”

李炜笑了，知道她在很开心的时候才会和他开玩笑。

看到茶几上有一只码表，瞿小芹好奇地拿起来，打量一番问他：“这个是干什么用的？”李炜说：“是给动作计时的，譬如穿衣服、脱衣服……”他话没有说完，看到她脸红了一下。

他拿起一件衣服比画，双臂交叉着套进衣袖，将衣服甩到身后穿起来，一眨眼就扣好扣子，速度非常快，她看得目瞪口呆。

他再抓着衣服的下摆，一手拉扯，五颗衣扣一下子解开。“这么解扣子衣服不会坏啊？”她问。他回答：“练过的，有技巧。”

她问李炜，一个人住这么大的房子害怕不害怕？李炜说，没有什么可害怕的，一点也不害怕。这房子是父母去世以后用交通事故赔偿金买的，当时是户型最大的一种。父亲在世时一直想买一套大房子。

瞿小芹不想李炜再说下去，她最怕的就是哪天父亲去世了，留她一个人住在空荡荡的家里。

她问李炜为什么不在棉纺织厂找一个女朋友，厂里那么多的女工，是不是挑花了眼？李炜说男工在女工多的地方还是很吃香的，他就不时地遇到找借口接近他的女工。

瞿小芹马上很有兴趣地打听，她们都以什么借口，怎么接近他的？李炜说保全工和消防员是棉纺织厂女工最喜欢接近的对象，她们看中谁就给谁送夜餐，带一些小吃食，泡一桶方便面送过来，花色繁多。

瞿小芹追问有没有女工给他送过？李炜说当然有，前两天还有的，有个女孩给他送了一袋芋头和一瓶桂花糖露。他没有接她的东西，躲了开去，他一直躲这样的事情。

瞿小芹点点头，说李炜有觉悟，是霓虹灯下的消防员。她注意到了，李炜说到这件事的主人公是女孩，不是前面统称的女工。

李炜说他分到消防队上班第一天师傅就交代他，不许接近厂里的女工，这是纪律。特别不能吃她们的东西，夜餐什么的是糖衣炮弹，“能送东西给你吃，就什么事情都能跟你做。”师傅的话听起来过于武断，以后知道师傅和师娘的事就知道这是语重心长了。师娘是厂里的女工，师娘结婚后送夜餐的爱好还在，给其他男工也送过夜餐。师傅不仅听说，也看到过。

瞿小芹问李炜，前两天给他送芋头和桂花糖露的女孩长什么样子，漂不漂亮？李炜不好意思起来：“不说了，不说了……”瞿小芹咯咯笑起来：“李炜，你这个人其实挺好玩的。”

李炜愣住了。他转过脸，看到瞿小芹停住笑在温存地看着他。她说：“我什么时候到你们厂给你送夜餐？”又说：“李炜，你不要当真，我逗你玩的。”

瞿小芹话说得颠三倒四是由于慌乱，她忽然觉得，她对李炜有了一种好感，是带着一点点钦佩的，还存有些许的怜悯。她意识到自己的态度让李炜尴尬，她向他告辞，要他休息一下，睡一觉再下乡。李炜说，不能迟，迟了就买不到了，他答应瞿爸今天一定能够吃到盐水鹅什的。

瞿小芹突然冒出和他一起去的念头。李炜一听说，有点不相信自己的耳朵。

李炜和瞿小芹从乡下回来，将盐水鹅什送到病房的时候还热乎，看他们的样子像是看了一场电影回来。瞿爸鼻子嗅了嗅，吃力地要坐起身子来，李炜赶紧替他将病床摇得高一点。

一套鹅什包括鹅头、翅膀、鹅掌和鹅肝鹅胗，瞿爸要吃二十只鹅掌，李炜便就买了十套鹅什来。瞿爸看起来早有计划，留下鹅掌，其他的都送给护士们尝。二十只鹅掌放在比脸盆小一点的不锈钢盆里满满当当的。

病床医生过来招呼瞿爸，并不反对他做一回饕餮，要他能吃多少就吃多少，放开来吃。

瞿小芹想用水果刀给父亲剥鹅掌，他直摇手，流露出近鄙夷的表情。他不能接受这种粗劣的，去除他享受过程的吃法。

他挑了一只肥厚丰腴的鹅掌，从掌骨的指尖吃起。他吃得很缓慢，微闭着眼睛一小块一小块地摘扯，但看得出从指尖到舌尖都不愿意怠慢。从他的脸上可以领略陶醉，看到满足的惬意。祖传卤料做出来的鹅掌，非浓油赤酱，也不香艳麻辣，可他就是觉得好吃。

看到病入膏肓的瞿爸如此享受，在细致的啃食中心满意足的样子，边上的李炜心里乐滋滋的，而一边的瞿小芹则若有所思。

瞿爸只吃了三只鹅掌就再也吃不下了，一堆细碎的小骨头干干净净，连肌纤维和脆骨渣都没有，像是水洗过的一般。剩下的鹅掌他逐一拿起来，看看，嗅嗅，再放下，摆成一个圆圈。他叹了一口气。“嘴大喉咙小！”瞿小芹一边收拾剩下鹅掌的盆子，一边嗔怪父亲。瞿爸不理会她，微闭上眼睛。

待他睁开眼睛时，他问李炜能不能再陪他一个夜班？李炜说没有关系，他可以硬转班，也可以调休一两天。

瞿小芹觉得父亲真是不把李炜当外人了，这么差遣李炜让她不好意思。她没有急着回家，想陪着李炜待一会儿。哪知道瞿爸挥手让她回家，要她马上就走。

瞿小芹有些不情愿地离开，时间不长就又踅回来，她从超市给李炜买了一包夜餐。

这当儿李炜在忙着照料瞿爸，端盆热水给他洗脸，让他把脚从被子里伸出来，替他用热水浸过的湿毛巾擦了又擦。

待瞿小芹再又离开，瞿爸问李炜白天是不是和瞿小芹在一起的？李炜没想到他问这个，解释说，早上遇到出差回来的瞿小芹，她知道他要下乡买鹅什，就与他一起去了。他没有说瞿小芹到他家看看的事，也没有说他和瞿小芹在乡下玩得很开心，他们中午是在湖边的船餐厅吃的饭。

瞿爸听了李炜说的，嗯了一声，接着问李炜有没有对瞿小芹说他要回家的事？

李炜说他还没有对瞿小芹说，瞿爸问他是不想说还是忘了？李炜不好意思吱声，跟瞿小芹在一起时真的把这件事忘到汪洋大海里去了。

瞿爸有些愠怒，他把李炜端到面前的茶杯推一边去。李炜很沮丧，觉得自己是应该和瞿小芹说一下这件事的，不管是一个什么样的结果。

瞿爸问李炜知不知道狮子是怎么老死的？李炜说不知道，确实不知道。瞿爸说，狮子知道自己死期即将到来，便找一个不受惊扰的洞穴，伏在那里安静地等待那一刻。

“我们人，是比狮子更智慧，更灵性的。我们的洞穴其实就是家……你们……”瞿爸的话充满哀怨，对不让他回家表示了极其的不满。

这以后，两人之间沉默了，一个不愿再说什么，一个不知道说什么好。其间瞿小芹发来一则短信，说她到家了，问他这边情况怎么样，李炜回了两个字：挺好。

瞿爸竟知道是女儿来的短信，让李炜要瞿小芹马上到医院来。李炜想不出瞿爸这时候有什么急事，替瞿小芹说话，说她刚出差回来，又和他一起去了乡下，能不能要她明天早上过来？瞿爸说不行，必须立刻过来。

瞿爸从李炜放下手机开始就等着瞿小芹到来，他突然想起什么，急招手让李炜到他面前，瞿小芹带回家的鹅掌他还想吃。李炜无奈地出去给瞿小芹打电话，让已经快走到医院的她返回去，将已经放到冰箱里的鹅掌隔水蒸一下拿过来。

瞿小芹来了以后瞿爸硬撑着吃了两个鹅掌，看起来没有傍晚吃得那么香。他把剩下的鹅掌挨个儿地咬了咬，看着他的瞿小芹和李炜不知道什么意思。他说：“不用再吃了，就算这辈子吃够了。”

李炜端个脸盆出去打水时，瞿爸问瞿小芹：“你烦不烦我？”

瞿小芹不出声，瞿爸追问她：“你给我一句实话。我要听一句实话。”

瞿小芹站得更近一点，说：“我不烦，我什么时候烦过你？”

瞿爸不相信地摇摇头：“说没烦过我，我不相信。我一点不相信。”

瞿小芹急了，眼里噙着眼泪：“我真的不烦，要没有你……”

她抽泣起来，“我就一个人了……”

见李炜进来，瞿小芹转过脸去，从床头柜上的纸巾盒里抽两张纸擦眼睛。她问父亲，如果没什么事的话她就先走了。瞿爸说：“你走吧，这里有李炜，他对我好得很！”

瞿小芹走后瞿爸接过李炜递给他的热毛巾，捂在脸上半天，拿掉毛巾后问李炜：“你对我烦不烦？”

李炜不假思索地说：“不烦。”接着他问瞿爸为什么问这个？瞿爸说：“我相信你不烦我。”李炜点头。

瞿爸说：“我知道你人好，你和小芹是好同学，你们的互助使我们这些老东西能够得到照应。”李炜说：“这是一个好方法，大家都有好处。”

瞿爸问：“你付出得最多，我看过你们的小本子，你为我值班的时间好多都没有记下。为我做的，你以后会不会觉得不值，因为这些……怨恨起小芹？”

李炜说：“我不会！”瞿爸说：“你说说为什么不会？”李炜说，他家里没什么人了，他特别希望生活中能够有亲近的人，能够对他们好的那种人。做这样的事的时候，起码觉得自己是不孤单的，是有作为的，是有用处的人。主动地，高兴着去做的事情是享受过程的。

瞿爸笑笑，说李炜将来会有真正值得亲近的人。找到对象，可以对对象好，对对象的家人好，结婚后便就不会像现在一个人，就有亲戚了。“一个对别人好，能够帮助别人的人，对自己的爱人一定会非常好的，我相信你是一个好人。”

李炜早上离开医院后，瞿爸要瞿小芹给他调病房，他要住到VIP病房去。

医生查病房后将瞿小芹叫到办公室，不等她开口说调病房的事，就告诉她情况不妙，瞿爸没几天了，或许就在早晚，让她有思想准备。

瞿小芹一听这话，眼泪哗哗地下来了，她控制不住情绪，站在医生办公室失声痛哭。

哭了一气她抹抹眼泪告诉医生，她不准备将父亲接回家，她恳求医生尽一切可能救她父亲，她不惜一切代价。医生只是摇头，说情况真的很糟，难有回天之力。

瞿小芹在医院里待得很久了，看过很多这样的情况，在医生说出这一类的话后，病人家属就将病人带回家，带着氧气袋、输液瓶。这是小县城里的人通常的做法，人之常情的做法，不想让亲人死在医院里。

医生见瞿小芹不想让父亲回家，也就调给她一间VIP病房。瞿小芹给李炜打电话，语气坚决："我绝不让父亲回家等死，这两年在医院进进出出，病危、抢救也不是一次两次了。我相信他这次也会挺过去。"

李炜说，"你这么做是对的，我们不做放弃，尽所有的努力……"

瞿小芹被李炜一劝，反而哭开了，她哭诉："我不能让父亲死，他一死我就一个人了……"

李炜让瞿小芹不要着急，他马上向单位请假，这几天时刻陪着她。

瞿爸换到VIP病房以后情绪明显地好了，见到李炜来，他说自己没事，要李炜回去上班。

李炜说他有很多的加班条在，是凭条补休，没问题。

瞿小芹背着父亲问李炜假条的事，是不是真的，会不会扣工资、奖金？李炜说是真的，他有备下来的假期，是准备将来旅行结婚的。瞿小芹感激地看了他一眼，没再说什么。

瞿爸住进VIP病房以后吃了一小碗稀饭，就着他非常喜爱的扬州酱菜。这种酱菜因为甜，过去是不敢给他吃的。

瞿爸吃完后嘴唇抿动着，品咂着滋味，李炜喂了他几勺水后他还是咂巴着。他说他现在像是陷入沼泽地，整个身子已经下去，就剩下头露在外面，已经感到没有力气呼吸了……他说话的声音越来越小。

“你替我做些事吧！”瞿爸将头偏向李炜，李炜说了声“好！”凑近他。瞿爸说他想擦一下身子。

这个事情自打瞿爸住院就一直是李炜在做。瞿小芹说回去拿点东西离开了病房。

李炜将室温调高了一点，用电水壶烧水将暖水瓶装满备用，再用两个洗脸盆兑出温热的水。李炜忙的当儿，瞿爸一直眯着眼，洗脸盆端到床前时，他感慨了一下，说要是能在浴池里泡一泡多好。

两个盆里都放着毛巾，在一个湿毛巾上李炜浅浅地打上香皂，揉均匀后先替瞿爸擦脸，他配合地闭上眼睛，擦到腮帮时他将脸上的肌肉挤了一下。再用另外一条湿毛巾将脸上打理清爽后，他睁开了眼睛。

擦他身子的时候，他甚至幽默了一下，拉长语调说：“洗着澡，看着表，舒服一秒是一秒。”

擦完身子，李炜轻嗅一下，瞿爸身上那股老油味和酸气明显少了，他显得很舒适，闭起眼睛轻声说：“我不要回家了。”李炜跟着嗯了一声，表示赞同。

瞿爸说：“我不能死在家里，要那样小芹以后一个人住在里面多害怕啊。”李炜说：“小芹不会老是一个人，她以后会找对象的，会结婚，您放心。”

李炜说这些根本无须过脑子，顺着瞿爸说的话哄慰他已经成为一种习惯。瞿小芹的将来，其实是一个令他十分紧张的问题，他知道瞿爸去世后瞿小芹会很快处理个人的事，他也怕瞿爸死，也担心这一刻的到来。

瞿爸说，瞿小芹可怜，七岁就没有妈妈了。她走过一段弯路，也算好事，要是跟那个人结婚了不满意，不还得离婚。李炜说，谈恋爱很少一谈就成的，瞿小芹所经历的也不能算弯路，只能算是一个小插曲。

瞿爸睁开眼，很严肃地瞪着李炜：“小李，我可以写一个遗嘱，写下我的遗愿。我要小芹以后找你这样的人结婚，甚至都可以说白了，希望她能够嫁给你……我要立遗嘱，想明确的就只有这个……”

李炜连声说：“不行，不行……”他脸憋红了，“瞿小芹会反感的，怪罪到我头上，千万别这样，我吃不消……”

瞿爸说：“我是真心的。觉得你不错。不仅仅因为你替我做过什么……”

李炜说：“还是让我们顺其自然好，她最近对我挺好的……她喜欢谁跟谁好……嫁给谁由她，不是我说了算……”他语无伦次，他着急和紧张是真的，不想瞿爸为这事写遗嘱。

瞿爸叹了一口气，说李炜胆小鬼。

李炜承认这一点，他说他以后在生活中会主动，会大胆一些。

瞿爸从这天晚上开始不肯进食，医生给他输营养液，李炜和照看瞿爸的同学多了一样重要的任务，防止他拔管子。

瞿爸对每一个看望他、劝说他的人说：“就此一别，知道你们会送我去殡仪馆，谢谢你们，无以为报……”

瞿爸的神态竟然和曾经的病友姚告别一模一样，大家也就由他去说，不再阻止。

第三天的中午瞿爸平静地过世，李炜找医生要了瞿爸最后的一截心电图做纪念。瞿小芹很平静，没有哭，连悲戚的面容都没有，只像是终于做完了一件复杂的事。

互助组的几个同学来帮瞿小芹料理父亲后事，这几位独生子女都没有经历过这样的事，不知道怎么去办一件丧事，大家也就只能由李炜拿头。

瞿爸到殡仪馆火化时，李炜安排了一个告别仪式，他让大家最后对瞿爸说两句，或追思，或哀悼。两三年间大家和瞿爸朝夕相处，已经不是亲人胜似亲人了。

瞿小芹先说的，她的语气很平静：“爸你问过我，这辈子有没有对你特别有意见的地方，你硬要我说一件，我说就是名字替我起得不好，到老也还有一个‘小’字。你说，以后有爱人叫起你名字小芹，有这么一个‘小’字，他会想到呵护你，要疼你一辈子。我明白您的意思就不再怨您了，我非常感激您。您对我特别有意见的地方我知道，您最后想回家，我没有让您回。要知道，回家意味着放弃，是对您撒手。我不能没有您，天下的人，只有你这一声‘小芹’是最贴我心的，可我以后再也听不到你喊我了……”

瞿小芹是压抑悲痛的，她不想哭，不让自己哭。

女同学朱燕对瞿爸的告别语带着哀怨：“这世上，我们的亲人这么少，为什么还不让他们多陪伴我们？我们今天的各位，在以后的生活里应该亲如兄弟姐妹，互相帮助，且行且珍重……”

瞿小芹为同学所说的而感动，但她还是没有哭，只是泪眼模糊。

李炜是最后一个说的，他对着瞿爸的遗像深深地鞠了一躬：“瞿爸，我们会怀念你。我知道你对瞿小芹的深爱和不舍，你最后不想回家，不想在家里离世，是怕瞿小芹以后一回家就想到你……”

“爸爸……”瞿小芹心中悲痛的闸口开启了，她终于大声恸哭，哭得涕泗横流，哭得身子瘫软如泥。

向瞿爸遗体做最后告别时，瞿小芹死命地抓着告别棺不放，被同学们硬架出去。

此后瞿小芹木呆呆地坐在休息室里，几位同学搜肠刮肚地找出体贴、安慰她的话说，她听了只是摇头。

她劝同学们先走，说依照风俗得由她抱骨灰盒回去，不能留这么多人在这里。

同学们只有先回去，走到休息室的门口，她们看到李炜也跟了出来。

大家不约而同地停下脚步。

娄丽萍推了李炜一下，其他同学什么也不说，大家都推他，或者是搡他一把，直到他转身回去。

休息室里，瞿小芹一直对着门看，她巴望着李炜早点走过来，走到她身边来。她要问他一句话，人对世上最大的牵挂是不是亲人？她还要告诉他，她现在和他的身份和处境都一样了。

哈姆雷特的独白

生存还是毁灭？

——哈姆雷特

关键词：还是

夏天即将结束的时候，徐殷子的婚期即将来临。

本来他并没有准备在那年结婚，父亲患慢性胰腺炎，医生说这种病情保养得好根本没事，可突然病情恶化就逝世了。徐殷子当时面临一个选择，在七七四十九天的忌日内结婚，或者等到服孝满三年以后，当地的风俗就是这样的。徐殷子要做孝子，他是父亲捧在手心含在嘴里长大的。徐家的叔伯们都生的女孩，五房就一个男孩，也都怂恿他“孝内操”快点将婚事办了。徐殷子的女朋友叫杨玉婷，皮肤白白的，身材高挑，比我们这些同学的女朋友都要漂亮。他们关系很深了，她已为他堕过两次胎，若再等三年不知身体又要吃多少苦，她也同意赶时间把婚事办了。婚期定在这年的国庆节。

结婚要置办一套家具。徐殷子的房是家里建的，卧室有三十多平方米，买来的家具放在里面显小，不合适。徐殷子找人设计，照着房间的尺寸让木工打造。徐殷子向我们介绍过，在他的大卧室里什么地方摆一溜的衣柜，什么地方搁书橱，什么地方放电视、组合音响。奇怪的是他设计了一张圆床，直径有二米五。我们背地里都觉得新鲜，揣测这种样式的床是否舒适，答案竟是肯定的，圆桌子比方桌子好就是佐证。徐殷子说，在床上，快活的就是能翻身打滚。

家里有木工打家具，徐殷子就要做后勤保障，不时地去采购砂纸、钉子、活页和乳胶什么的。每天忙得灰头土脸和一身臭汗。

木工师傅下班后徐殷子便去洗澡。到大运河去洗，他家就在河边上。

夏天我们都有在傍晚去河里泡泡的喜好。汗腥烂臭的身子下到河里马上就清爽了。游一圈，趸到岸边，往身上打满香皂。再下到河里时悄悄褪下三角裤缠手腕上，赤条条地裸泳一气。那时候，觉得自己是运河里的一条欢畅的鱼。洗完澡上岸，天已擦黑，可能会打个寒战。待擦干了身子，贴河面上吹来的习习凉风便让人想赖在河堤上，尽管肚子开始咕咕叫了，家里有冷的海带冬瓜汤和咸鸭蛋、大头菜就绿豆粥，还是想在还有些烫屁股的石头上再坐一阵子。

徐殷子这天怎么说也不该下到河里去洗澡。事后许多人都这么说。头天，他洗澡时被河边的碎瓷片或者是玻璃屑戳破了脚趾，流了不少血，伤口还没好透。这天傍晚时下起了小雨，雨不大，是那种丝丝的小雨，但气温降下了许多。他到邻居李雷家唤他一道去洗澡，李雷说天凉了不去。徐殷子一定要逗他去，为了说服他还磨嘴费牙了一番。李雷就是没去，还反过来劝他也别去了，可他偏去了。

天黑透了后徐殷子还没有回家。他妈妈急了，跑到运河堤上去喊，扯着嗓子喊。听不到回应她就到河堤下面对着乌漆麻黑的河面喊，喊着喊着就带着哭音了。

我和一帮同学是相继赶来的。见到杨玉婷蹲在地上嘤嘤地哭，我以为已经肯定徐殷子出事了。大概问了一下情况，我们就去买手电筒，把运河边上小百货店里的电筒都买光了。大家分了工，以上下游五公里为范围，分头分段去找。一时间，河面上无数个电筒光扫来扫去，呼唤声此起彼伏。到夜里十二点多，我们的嗓子喊哑了，腿跑得抬不动了，电筒也打瞎了。有人说，怕是完了。天这么凉，水里极容易抽筋的。

我们将呼天哭地的徐殷子妈劝回家。我们想出最好的可能性安慰她，说徐殷子不会有事的。我说徐殷子没准扒上拖轮跑得远了，我们经常扒逆水的拖轮，乘好长一段后再下水往回漂。船主很讨厌从运河里湿漉漉爬上船的人，有时会抓住一个不放，载得很远时才松开，算是教训一下。我们倒希望徐殷子遇到这样的事。也有人说，或许徐殷子根本就没有下河洗澡，到什么地方去玩了，兴许坐在谁家的牌桌上打麻将呢。徐殷子妈说话的力气都没有了，只是不停地在摇头。

第二天有人说，在停泊岸边的一条大铁驳船上找到了一双新的拖鞋和一条干的毛巾。徐殷子妈一听到这个消息就昏死过去。徐殷子的大伯见此情景就站出来了，他请了湖西渔业队的人到运河里去捞尸体。这事是避着徐殷子妈的。我们也觉得很要紧，就怕尸体漂起来随运河水淌得远了。

渔业队来了一条渔船和三个人，围着大铁驳船往河里下了几十把滚钩。这是种特殊的工具，每年运河里都会有溺死的，捞死人是他们捕鱼以外的一项副业。捞了半天也没捞到徐殷子的一根汗毛，渔民们就急了，抱怨捞得迟了捞不到了，要收了钩走人。我们几个赶紧用好话央求他们，又给他们买了一箱亲亲八宝粥还有一条石林牌香烟。这当儿公安局水警大队来了个老警察，他盯着船猛抽了几根烟后站起来，到大铁驳船上让船员将船移一下。船员收了跳板起了锚，只移动了半个船身的位置徐殷子就浮到了水面。

事后刑警大队的法医证实了老警察的推断，徐殷子从船上跳水，一头栽到水里露出半截的铁锚上后扎到了船底。他的头顶上有一处鸡蛋大的钝击伤，因窒息而死亡。

徐殷子火化前杨玉婷问我她要不要去殡仪馆。我说，你看着办吧。她咬着食指不让自己哭，眼泪却流下来了。我心软下来，劝她说可以不去，没谁会计较她。她后来没去，但她托我给徐殷子做一套冥器，不管花多少钱。要扎一个大大的纸房，里面有成套的家具和最高档的电器。她还关照我，床要做圆的。说完她又哭了。我在纸扎店里对扎纸师傅提到一张圆床的要求时他大吃一惊，说是不作兴和忌讳的。我说你就照样做吧，反正人也死了。

事后，我们最怕的就是遇到徐殷子妈，怕见到她悲戚的面容，也怕她像祥林嫂一样喋喋不休地说徐殷子。我们还是很关心她，想知道她的情况。有件事情让我们很感动，自打徐殷子那年溺水后，她每年夏天都到大运河里去捉那些背着大人偷偷下河游泳的孩子，还跑到人家门上去告状。这些孩子还不懂道理，恨她恨得牙痒痒的，居然有性子野的孩子向她扔过砖头。我悄悄地去看过她，她拿张小木杌子做河堤下面，用一张芭蕉扇子遮着毒辣辣的太阳，向河里面逡巡着。

去年，她找到我家说，三画，你儿子小小年纪也骚胆了，我看见他跟同学到河里趴河底学狗刨了。我心里一热，把她让进屋里。她不吃我递给她的冰西瓜却对我又说起了徐殷子。她问我知不知道徐殷子死在什么东西上。我说知道，是那把铁锚。错！她用手上的破芭蕉扇拍了我一下，告诉我说是一双拖鞋。

“我给他爸买了一双很贵的拖鞋，那年夏天他住院后就没舍得穿。他死后就一直搁柜子里。徐殷子的脚趾被戳破了，我怕他的脚趾被皮凉鞋挤得疼就拿了这双鞋给他穿。穿得舒服了，脚不疼了。他就出去跑了，就下水洗澡了。他怕新拖鞋搁岸边被人偷了，才上船将拖鞋放船头上，他好盯着。从船上下水要跳水……”

关键词：生存

有一天早上六点多，我还在睡梦中，老弟打来电话说姐夫时坤在南京闯祸了。我听了有些不以为然，绝对没想到是天大的祸事。直到现在我仍然认为我那做副厂长的弟弟表达能力是有问题的。我当时竟恼火地说了句：“闯什么祸呀？！我睡觉呢。”我一直以为像时坤这样胆小谨慎的人是不会闯什么大祸的。说闯祸也只是一般的交通事故或者是被偷被抢之类的。直到四弟一字一顿地告诉我：“时坤在南京死了！”我才清醒过来。我赶紧挂了他的电话打电话到二姐家里，电话通了后我便听到里面传来家里什么人的哭声，我什么也没说就挂了电话。我的腿软了。妻子问我怎么了，我大吼一声：“死人了。”

我们一家子生活在扬州边上的一座小城，在这个城市由于姐姐的出嫁我们才有了亲戚。姐夫时坤是个干部子弟，但品质很好，不是那种纨绔的干部子女。平时我们会在周末家里的饭桌上碰到，他没做财务科长时滴酒不沾，以后能喝了点。我和四弟喜欢与他闹酒，撒手锏是他两个小舅子的老婆与他拼酒。把他喝得晕晕乎乎的再打牌，通常的情况下他都要输个百十块钱，上次打牌时他发现我和老弟串牌，他还是认输了，笑呵呵地付了钱。

我赶到二姐夫家时见他们家的大门敞开，春节贴的红门联已经被揭下来。时坤的母亲也是一退下来的局级干部，她坐在一张凉椅上，见到我说：“家里的天塌下来了，大舅舅你要帮我啊。”我点点头，也不知道说什么好。二姐可能已经哭过了头，在低声抽泣着，眼睛红得像个桃子。我默默站了一会儿就出去了，我找外甥桑桑。桑桑今年十岁，长得肥头胖脑敦敦实实。他呆坐在椅子上，不像以前一见我就叫舅舅。他已经知道发生的这件事对他意味着什么，小孩总是会在一件突发的事变中一下子成熟起来。我按着桑桑的肩头说：“你现在是家里的男子汉了，知道吗？”他点了点头仍然不吭声。

时坤的父亲在南京住院，赶周末的时间他和两个姐夫一道去南京探望，去时带了几箱本地有名的双黄鸭蛋送医生。确切地说，时坤是死在宾馆里，送到医院里已经没有呼吸了。时坤母亲在电话里听到两个女婿泣不成声的报丧倒是很镇定，她说，死的和活的统统从南京回来。

她找了两辆车去南京，一辆小车到医院里去接时坤的父亲，一辆市人民医院的救护车去拉时坤的遗体。照规定遗体是不能出院更不可能转移到异地的。时坤母亲要求两个女婿想尽天法也要把医院的工作做下来。

时坤的父亲先回来的，下了车两腿站不住由人背着进门的。意想不到的事情发生了，桑桑扑过去对爷爷说："我爸爸是因为你死的。"以后背时坤父亲的人说，当时一下子觉得背上重了许多。我这个做舅舅的在这个时候还是要表示一下立场的，我大声斥责桑桑："你胡说八道什么？！"他竟说："就是，就是的！"

我把桑桑硬拉到边上："你不能不懂道理。这么与爷爷说话是不对的。"桑桑气呼呼的，做出副谁也不理睬的样子。我去看望时坤父亲，他拉住我的手，大声地叹气。一声"唉"从口腔里顶出一大口气，在喉结间颤颤巍巍地振动。

家里安排人在巷口等着接时坤遗体的救护车的到来，见着了车子急慌慌回来报信。院子里即将像油锅里泼进了水一下子炸开了，呼天哭地的声音响成一片。时坤的遗体用医用担架抬了进来，两个姐夫灰头土脸地扶在担架的两边，看他们那副双手无力两腿发软的样子，知道他们这一夜遭受了多么大的打击。桑桑在看了一眼他爸爸的遗体后，拉上我叫两个姑夫到房间里，他还关上了门。桑桑问两个姑夫，他爸爸是怎么死的。两个姑夫像小学生被老师提问一样的回答桑桑："吃完晚饭睡觉了，发现你爸爸的脸色不对，唤他也没有反应，就赶紧送医院了。医院没有抢救过来。"

桑桑说："反正是你们让我爸爸死了，他好好地跟你们出去的。我恨你们。"他说这些话时是咬牙切齿的。姑夫们像是被他抢白住了，说不出话来。我只有愣愣地看着他们，不知说什么好。

时坤单位的书记和工会主席闻讯赶来，他们震惊得不得了，一个劲儿地说："怎么会这样呢，怎么会这样呢？"过半天他们才缓过神来，向时坤的家属表示，单位组织班子帮助处理丧事，有什么困难都可以对单位说。第一个向他们开口的是桑桑，他要求弄清他爸爸究竟怎么死的。书记答应下来，他只有答应。

书记真的很负责任，他认真地做了调查，问了从南京回来的每一个人。他告诉桑桑，他爸爸是因为累了，劳累而死的。桑桑哪会相信，嚷嚷着要到公安局去报案。桑桑这么一搅和，家里更乱了。书记只有拿眼睛盯着我，他告诉桑桑："你舅舅就是公安局的，他是警察会弄清楚这件事的。"我点了点头，显得很可靠的样子。桑桑稍稍平静了一点，继而看着我，像是催促我快去调查。

我也希望知道事情的真相，说实在话，我也感到蹊跷。时坤平时身体很好，从来没有听说过有什么疾病。一个活蹦乱跳的人，怎么说死就死了？

时坤的两个姐夫都当着副局长。大姐夫董升在税务局，二姐夫魏宁在环保局。这会儿他们躲在一边抽闷烟，一大口一大口地抽，面前的两听亲亲八宝粥原封不动地放着。我凑过去，他们当然知道我的意图，沉默了一会儿董升向我叙述了事情经过。

尽管一大早出发，到南京后也已经中午了，先去看了老爷子，然后见他的病床医生、主治医师、科主任。我们计划凡是对老爷子有帮助的医生我们都要表达一下谢意。下午事情没有办完，只有找了家宾馆住下来，晚上吃了饭没有逛街也没有打牌，大家都觉得累了就早早地睡了。我们开了一个标准间，两张床三人挤一下。起初我是和时坤睡的，他的鼾声太响，我受不了就睡到魏宁那张床上去了。魏宁十一点钟起来喝水时发现时坤的鼾声没有了，脸色非常难看，就推了他一下，没有反应就叫他，也没有反应。我们慌了。宾馆就在医院边上，我和魏宁轮流背着时坤，赶紧送他到急救室。医生一检查说早死了，一点生理反应都没有了。我们瘫坐在急救室地上，半天才想起来往家里打电话。

我问他们，医生有没有说时坤具体的死亡原因，魏宁说是脑猝死，症状像脑溢血。我们要求医生在死亡通知书上说得具体一点，他们说要这样就要做尸体解剖。桑桑奶奶怎么也不同意做。

我把这个情况先跟桑桑奶奶说了，我想让她和我一起做桑桑的工作。她说医生说的病因是具有可能的。一会儿她又强调一句："极有可能。"

时坤火化后的那天晚上我和董升、魏宁他们在一桌吃饭。大家都默默无言。我想打破僵局，我说喝点酒吧，可能会好受一点。大家都不动弹。我喝了口酒问身边的董升，在南京的那天晚上是不是喝了酒。董升迟疑了一下说喝了，说喝得不多。我不想再问下去，喝得不多是什么概念。董升和魏宁的酒量都很大，魏宁一扬脖子能将一斤白酒不吸气就灌下肚，有小喇叭的绰号，他还特别喜欢劝别人的酒，劝不动就强制执行，往人家嘴里灌。

坐在董升边上的魏宁肯定听到我问了什么，他端起酒杯说："喝吧，喝吧！"

这一天我们都喝得烂醉如泥。魏宁醉得最厉害，被送到医院去输液。他其实喝得并不多。我那天说的最多的酒话就是："桑桑以后的成长靠大家帮助了。”我老弟则在回家的路上口口声声地说，时坤的死与魏宁肯定有关系。

几年后桑桑高考，成绩不好只考到“三本”，但还是上了名校，花了一大笔钱。

我从公安局调到检察院反贪局做检察官，不久遇上了魏宁受贿案件。我依法回避。案件结束后我调看了卷宗，魏宁只有一笔受贿款，整五万元。他交代收受这笔钱是为了替妻侄交学费。

我在魏宁生日这天去他劳改的农场看他。我问他，凭他家的收入情况是出得起五万元的，为什么要背着妻子去用受贿的赃款。他说他妻子虽说是桑桑的姑妈，终究是一个女人。我走时他最后一句话是：“这一切都是我应该承担的。我现在轻松了。”

桑桑在家里这些大的变故中成熟起来，考研究生时考了南大的公费生。寒假时带回一个漂亮的女孩，是他的同学。二姐告诉我他们住在一起。

桑桑开学前的一天二姐打电话给我，说桑桑明天出门要早点休息，不能太累了。她觉得不知道该怎么说这些意思。

我打电话给桑桑问他明天是不是就走了，他说是的，问我有什么吩咐。我说你今天什么事也不要干，早点睡觉吧。他有点疑惑，问我怎么了。我说没什么，反正你今天晚上不要和女朋友干坏事。明天赶路，不要太累。桑桑“噢”了一声就再也没有声音了，好半天没有声音。

我问他怎么了，他抽泣着说：“好多时候想起爸爸的事。”

关键词：毁灭

工商银行的一位经警被同事的手枪走火枪杀了。晚上，我过去的老上司武劲找到我家里，他说这个叫阚龙的经警是他的妻侄，死得太惨了，吃一颗子弹，还打在脑门上，惨不忍睹。我有些敏感，以为案件的事找到我们检察院，他说不是。出人意料的是他提出让我帮他到殡仪馆开后门，阚龙一个感情很深的同学在苏州读研究生，他跪在阚龙家人面前一定要看一下阚龙的遗体。由于阚龙遗体是刑事案件的重要物证，公安局肯定对负责保管的殡仪馆有要求，这是件让我为难的事。可武劲是培养过我的人，回不起他的面子，我还是给殡仪馆孙馆长打了电话。

孙馆长以为又是我什么亲戚朋友殡葬的事，劈口问我："时间、地点、人物？"

我说："时间，明天早晨五点；地点，停尸间；人物，看一下阚龙上面一层的那具遗体。"

孙馆长说："看下面一层的那一具吧，阚龙是放在顶层的。"

我说孙馆长太精明了，他提出不能碰尸体，也不能太激动。武劲在旁边一个劲儿地点头，我说："行，我保证。"

第二天我没有陪他们去殡仪馆。碰巧的是，省公安厅为阚龙案件来到高沙市指导侦查的痕迹专家李建军是我的同学，我去见他时他在殡仪馆检验阚龙的尸体。孙馆长见到我说，早上来的人往阚龙的尸体上扑，拉都拉不住，还哭得惊天动地的。

阚龙的相貌绝对不像短命鬼的样子。年轻、俊秀，皮肤白皙。上身着一件那年流行的槟榔色王子 T 恤。枪眼醒目地在脑门上，边缘有暗褐色，是血液干了后留下的。殡葬工帮助李建军将阚龙的尸体翻了个身，这样就看到后脑勺有一个比脑门上大的窟窿。李建军用尺量了一下创口，他看过案发现场，勘查过现场阚龙卧尸的位置以及弹头的着落点。他对身边高沙市刑警大队的刑警说：“确实是近距离开的枪，枪几乎顶着脑门。”事后我知道，这与开枪者的供述是吻合的。

晚上我陪李建军以及省厅来的另一个法医吃饭，此前他们对枪案给了个指导意见：以定误杀为宜。饭桌上还有市公安局一位分管刑侦的副局长，大家谈笑风生，没有一点沾案件的话题，我们喝了不少的酒。

公安局对枪案定性为过失杀人。阚龙的亲属对公安局的结论有异议，他们不能接受，为此他们在找检察院后准备到北京去上访。他们怎么也不相信这是走火是开玩笑造成的。

武劲对亲戚们说：“我相信！杀他的人是他的同事，是他的朋友，他们无冤无仇，这人根本没有杀人的动机。”

武劲在公安局工作，是郊区一个派出所的副指导员，局里不会不知道他与死者阚龙的亲戚关系，找他出来做工作是有可能的。

果真，武劲对局里的结论也是不能接受的。他找到我多次陈述他的疑问，要求检察院重视案情。我只有劝他照程序来。从他的陈述中我大概知道了枪案的一些情况。

那天本该阚龙当班，他女朋友硬拉他去看电影《卡桑德拉大桥》，于是他就向队长请假，与同事罗文绎调了班。看完电影将女朋友送回家见时间还早，大概十点钟不到吧。他到超市买了包花生去银行看替他代班的罗文绎。他们是负责金库保卫的经警，都是退役武警。金库值班室是有摄像机 24 小时录像的。事后调出的录像，阚龙从进值班室到枪响倒地 3 分 24 秒。

阚龙把带来的花生拆开包，俩人隔着桌子对坐着，边吃花生边聊《卡桑德拉大桥》，罗文绎说到一部美国西部片，手舞足蹈地站起来比画，他欣赏牛仔拔枪的动作。罗文绎的枪当时是放在桌上左手位置的，他背起枪套做了几个拔枪收枪的动作，阚龙笑着摇头，可能是不欣赏他。罗文绎再次拔枪出来时是对着阚龙脑袋的，距离约 1.2 米。手枪击发时罗文绎嘴里发出“砰”的枪响模仿音，但是被真的枪响覆盖了。这一声“砰”很重要，录像机里提出的音像资料经过技术处理证实他确实有这么一声。

所有的问题在于枪怎么就响了。值班时的枪械除了遇到情况才能上膛，经过训练的持枪人在上膛后会有一个习惯的打开保险的动作，瞄准后击发前也有一个打开保险的动作。而且，用枪口对着人这是禁止的，更不用说击发了。

罗文绎为什么这么做？找不出理由。但是，罗文绎要是想杀阚龙，他就可以利用这一点，利用人们通常在因果关系中找答案的心理。

武劲一定认为罗文绎有问题，觉得他是铤而走险。他说这可能是一种真正意义上的谋杀，以承担过失杀人罪为代价，掩盖其杀人的真正动机。我说罗文绎在案发后一直以泪洗面，并长跪在地痛不欲生。武劲说这一切都可能是伪装的，恐惧会催生他的悲哀，让他装得更像。

后来的一段时间，阚龙家的人提出对罗文绎使用测谎仪，说即使不能作为证据他们也要一个明白。测谎仪的结果开脱了罗文绎，他被检察院以过失杀人罪提起公诉，法院判了他七年。

银行在次年分来一个长得极像罗文绎的小伙子，他遇到了一件令他非常尴尬的事，门卫赵老头的精神病女儿见到他就发疯病，在众目睽睽下解开裤子往他身上贴，这种事发生不止一次，造成了很不好的影响。倒霉的小伙子不得不调到一个小镇上的储蓄所去做营业员。

高沙市有一个叫王大澍的作家被触发了灵感，他写了部推理小说演绎了枪案。小说中“作家”在案情中找到了“罗文绎”枪杀“阚龙”的动机：“罗文绎”奸污门卫精神病女儿被“阚龙”发现。与其案发臭名昭著的强奸罪，不如杀人灭口顶一个过失杀人罪。这样起码在出狱后容易被社会接受。“作家”找到“罗文绎”服刑的劳改农场，告诉他案情大白了，“罗文绎”说他以为事情已经过去了，他早真的认为自己就是过失杀了“阚龙”，说再做一次测谎还是这样。“作家”告诉他录了音，他一口唾沫唾到“作家”脸上。如获至宝的“作家”走出劳改农场的会见室后发现由于操作不当，他并没有用MP3录下对话。

阚龙的家属们并没有十分在意这篇小说，他们丧失亲人的悲哀已经淡化了。在这件事以后，他们想到，即使罗文绎故意杀了阚龙，再枪毙他也于事无补了，他们觉得必须接受这个事实，让生活有安宁，恶有恶报，善有善报。

有一天奇怪的事情发生了。法院民二庭的陶庭长告诉我，他有一个女当事人仲娟说是她害死了阚龙，她在承担一辈子的自责。

仲娟是阚龙生前的女朋友，他们恋爱到谈婚论嫁商定婚期了。她陪他看了生前的最后一场电影《卡桑德拉大桥》。

仲娟说她与阚龙很相爱，很亲热，就是没有突破底线。她觉得这种事应该发生在新婚之夜。看完电影后阚龙提出到他家坐一会儿，她没同意。在前一天他们激情难抑差一点到了那一步，这天要是去了肯定要发生。阚龙没有坚持，他哪怕再要求一下，或许只是揽一下她的腰，她就会跟他到他家的。阚龙的这种态度她理解为对她的尊重，代价是他失去了生命。

阚龙死了后仲娟痛不欲生，陷入深深的自责中不能自拔，她打定主意独身一辈子。三年后阚龙的同学，好朋友路朝发从医学院毕业后回到高沙市中医院做了医生。他经常找机会安慰仲娟，并对她产生了感情。他向她求婚时她答应了，但她说他将来会后悔的。

结婚后他们有了个漂亮的女儿，仲娟起名字叫路小龙。他们夫妻关系存续期间的话题永远离不开阚龙。

仲娟和路朝发是协议离婚的。路朝发说他再不离婚就要崩溃了，仲娟总是说不是这个如果或是那个如果，阚龙不会死。仲娟说："我们谈对象时就是这样的。现在，他受不了了。"

馋　痨

我以前的厂长现在的毛总找我，一见面就把温暖的柔软的手伸过来。我手脏，骑人力三轮车过来时车链条落下了，搞得油腻腻黑乎乎的，他瞄了一眼，但没在乎。这一下子就让我对他的怨气消了一大半，俗话说得好，只有永远的利益，没有永远的敌人。他在让人捎信给我时说过，有好事找我聊一聊。

“陈秉章要回来了你知道吗？”毛总问我。

我说我知道，其实我不知道。陈秉章回来怎么会告诉我呢，我又不是他什么人。这话我倒是没说出口，也幸亏没说出来。

“我就知道他会告诉你的。”毛总自信得好笑，我等他接下来说什么。他居然说是让我回造纸厂上班。

我说：“毛总你拿我开心，皮我啊？”皮是耍弄的意思。他说没有，我仍然不相信。“厂里的地皮被你们都卖给温州开发商砌商品房了，我们都下岗了，哪还有什么厂呀？”

“错！”毛总拿出厚厚一沓子资料，说厂里准备在经济开发区征一百亩地上十万吨包装纸生产线项目，市政府都有批文下来了。

我一下子兴奋起来，那一刻我才知道，我还是很想回厂里上班的。

毛总瞄了一眼我的饭碗，那辆刷着绿漆的人力三轮车说："生意不好做吧？风吹日晒的，载个人在城里转一圈才赚两块钱。"

我说也不错，是下岗工人再就业。他说："我还是想你们都回到厂里来，做光杆司令有什么意思？"

我想想也是，做几个人的厂长确实没有什么意思。接着他把安排我的工作说了一下，让我回厂里到保卫科当副科长。我吓了一跳，回到家我老婆也吓了一跳。她不相信我的运气一下子变好了，要不是看到我从厂里开回来的保卫科的偏三轮摩托车停放在家门口，怎么说她也不会相信的。

家里人都为我高兴，我老妈妈买了小螃蟹回来掏了做蟹粉狮子头，菜还在锅里时我就夹了根垫底的菜白帮子，浸了油的汁水鲜得我直咂嘴。

女儿给我盛饭，招呼我："王科长，吃饭了。"夜里和老婆那个时她还想着我当科长的事，说这是突击提干，心里总有点不太踏实。

王副科长上班后根本没事干，头天就被几个其他部门的科长拉着打纸牌斗地主，毛总看到大家这样也不管，还跑过来看了一会儿，给每人发了一根烟。我了解了一下，厂里现在一无设备二无厂房，是个空架子，一帮行管人员租了几间办公室在吃厂里卖土地的钱。现在，吃厂子的人又加上了我一个。

不知过了几天，毛总端了个茶杯到我办公室，问我陈秉章什么时候回来。我不假思索就说是春天。毛总问为什么要到春天，我说春天桃花灼灼，他问桃花灼灼又怎么了？我说有桃花鳜吃，桃花鳜馋死他了。

毛总点点头，说我和陈秉章毕竟是好朋友，对他了解。他关照我不要对别人说与陈秉章的关系，干脆就说不认识，省了麻烦。我当然要答应，工厂里讲究政令畅通的。

晚上回家我对老婆说毛总关心陈秉章什么时候回来，老婆智商一直比我高，她的反应就是快。她让我一定要搞清楚陈秉章回来的时间，我历来是言听计从的，马上就在家翻陈秉章留给我的电话。翻了半天找到了，我把它记在一本汪曾祺的小说书上。老婆让我打给他，我有点舍不得长话费，考虑明天买张 IP 卡回来再打。老婆不同意，逼着我立即打。我打了半天都没打通，老婆教我打外地手机要加 0，我说这还不知道？再打仍不通，把电话号码数数，只有 10 位，少记了一位。老婆给我出主意，加上一位数字从 0 到 9 挨个儿拨，我也有聪明的时候，想陈秉章现在是个老板，尾数可能是个 8 字，一拨还真就是他。

电话里的京片子问："您哪位？"我大着嗓子喊："馋痨！我小喜子。"那边笑起来，口音马上变成了高沙话："你怎么舍得花钱打电话给我？"我说不要废话啰唆的，告我什么时候家来。他想了想说："春上，回来头天告你。"怕我不相信还加上了"一定"两个字。我想不出再说什么，也不想就挂了电话。倒是他问了我几句家里的情况，临了是他要挂的，他说："不聊了，见面说，电话再打下去又花掉一个买蒲包肉的钱。"说这话时我分明听见他咽了下口水。

搁了电话我睡不着觉，老婆问我为什么叫陈秉章馋痨，我说他馋得很。老婆说他现在有钱了，听说是亿万富翁了，恐怕不馋了。我说他的馋病肯定是到死都好不了的。我听出老婆对他有钱还是很羡慕的，就忍不住贬他一句，馋人品行一般都不好。老婆偏要我证明不是胡说八道，我就给她讲了我和馋痨上学时的事。

那时班上有个叫董鹏程的同学为了做表现，在放学后做好人好事，擦黑板、扫地，把地上的废纸捡到纸篓里，有时还把墙上屋顶也打扫一遍。第二天上课时老师进教室眼睛一亮，会问："谁能告诉我哪位同学做了好事？"教室里鸦雀无声。等不了一会儿陈秉章就举手了："报告老师，是董鹏程做的。"老师通常便就表扬一下董鹏程。陈秉章每次放学都是跟我一道走的，按理说并没有看见董鹏程做好事。我知道陈秉章被董鹏程收买了，他根据馋痨对老师报告的精彩程度奖励给他云片糕。优秀 10 片；良好 5 片；一般 3 片；差 0 片。

陈秉章放学回家和我并不是一条道，每次与我同行是为了路过高沙饭店。中午的时候炒菜的香味从饭店蹿出来往人的脸上扑，他会站在饭店的门口挪不开步子，下劲地嗅鼻子："这多好闻的味道。"他能分辨出是炒肉丝、炒肥肠还是烧杂烩的味道。我会在他吮口水时重复我一百遍的建议：长大你就做个厨子，顿顿好吃好喝。

我老婆说陈秉章没有做成厨子，出息成亿万富翁了。这也是我没想到的，我说他的出息也一定是因为馋，被馋逼出来的。

第二天我向毛总报告陈秉章明年春上回来，到时会告诉我日子。毛总果真很高兴，让财务科将拖欠我的摩托车汽油费报销了。我越发觉得听老婆的话是对了。

春上的时候，桃花灼灼的时候，我让老婆在菜场留意是不是有鶸卖了。她天天回来摇头，说没有看见。她问我馋痨为什么一定要吃这个鶸，我也在想这个问题，在我的记忆中他那时连虫子都贪吃，就是没见过他吃什么鶸。想想他还是被那个写小说出名的汪曾祺害了，老头子也馋，居然在一篇文章里写道："我再也没有吃过比鶸美味的野味了。"馋痨现在有钱了，一定也附庸风雅跟名人的风了。

菜场里没有鶸，馋痨还是回来了。果真在回来前给我打了电话。我说还没有见到鶸的影子，他笑我是个"鶸老二"。鶸是个小头小脑双腿细长的水鸟，浑身没有一两肉，落魄穷窘的人在我们当地被称作"鶸老二"，他告诉我鶸现在轮不到进菜场，在湖边就被饭店收购了。我被他说得不好意思，只有在心里仇恨他的阔绰，有钱果真就抖起来了。

毛总听说陈秉章回来就放了我假，他说他随市长在北京招商引资时陈董事长招待过他们，让我找机会陪回乡的陈董事长好好玩玩，有用于吃喝的开支拿厂里来全部报销，还让我到财务室先借支些钱，我问他借多少，他让我看着办。我要走的时候他又关照我，报销只限于小吃喝。

馋痨一回来就被市政府安排在食宿档次最高的金海岸大酒店住下，他给我打电话时我听到他周围乱糟糟的敬酒声。他让我晚上去陪他叙叙。一会儿又打电话给我，说他安排不了时间了，招商局的常局长要请他去 K 歌。

我老婆见我口口声声馋痨馋痨的，警告我：说得顺溜了当馋痨面也说出来，如若边上还有领导，看人家不与你翻脸？

我讨教了一下毛总，他说该一个字都不能省地叫陈董事长，否则便是对人家的不恭敬。我想来想去还是叫他秉章，这样也够抬举他的了，我们那时候哪叫过名字？

秉章在接下来的几天里仍是市政府的贵宾，书记市长亲自接待，四下里考察，成天洽谈，每顿胡吃海喝。起初他还兴致勃勃，后来就不行了。他话越来越少，开会时宴请时都不怎么说话，照我的说法是“三棍子打不出闷屁来”。他甚至将陪他回来的秘书先打发回京了，市长介绍的几个投资项目他一点意向也没有。毛总告诉我这些时也想不通他为什么这样，他觉得陈董事长这个人有点那个，那个是什么意思他也说不清楚。他说来招商吃了喝了拿了然后黄鹤一去无踪影的占多数，但人家都聪明，签一张什么效力也没有的投资意向书，让那些好大喜功的领导去做政绩，也就算了。不过，毛总倒也赞赏陈董事长是个实在人，不是个“大忽悠”。

我老婆向我转述来自街头巷尾的小道消息，市政府招商引资引来一个骗吃骗喝的，没投一分钱项目，倒贴了几万块钱招待费。我不问这些，我想找到他也招待一下。一是他远道回来，家里没有亲戚了，我们小时候开裆裤的朋友，尿尿和烂泥的交情；二是我有个小算盘，老婆早就想去北京旅游，我招待他，到他那里他也会招待我们。这叫“腊月的债，借得快，还得也快”。

想不到秉章打电话给我说他要消失几天。我和老婆怎么也想不到他会到乡下去，第二天他打来的电话显示是二垛镇的。他很兴奋，声音明显地柔和了许多，他让我与一个人通话，是个女的。

电话那端觉察出我的诧异，主动介绍：“我是俞贵芬，你的同学，小学的。还想不起来？被你们男生叫作白骨精的。”

噢，我想起来了："那时这么叫是因为你长得太漂亮了。"

听了我的话她咯咯笑起来，还是像银铃一样声声地脆到人心里面去。我老婆在边上，我不能有什么表情，搁下电话她还是审问我脸红什么，我当然不能像杨子荣那样说是精神焕发，我只有声明她是白骨精，我不是唐僧也不是猪八戒。

我想真是饱暖思淫欲，馋痨回来吃了好的喝了好的，居然又想重温旧梦，找同桌的她了。老婆见我私下里笑，问我有什么名堂。我嘴上说没有，心里却努力地去想。

我去问其他同学，知道了俞贵芬的一些近况，她离婚了，带着上初中的小孩住在二垛镇的娘家。她原先在的饭店改制后卖给个人，她这个副经理也跟着下岗。我老婆说俞贵芬的生活要发生变化了。她的意思很明了，因为秉章的原因，她傍上了大款。

秉章从二垛回来后立即见了我。在这个他所说的"立即"以前他与俞贵芬在电影院里看了一场电影，送她到车站后他才打电话找我。

二十多年不见，再见面时我们头都直摇，感慨彼此都成了另外一个模样。他拍着我的肩膀说我长得像我老子，我不好这么说他，他老子早没了。我只有说："你还是瘦巴精猴的样子，吃饭不长肉？"他说这是"见证沧桑"。我觉得他是有了些水平了，说话比我有一套。

他问我可不可以住我家，他还要在高沙再待几天。他说不想住宾馆酒店，只想清静一些。

我家里住他的地方还是有的，我笑着问他俞贵芬是不是也来。他说我想哪里去了，为此他解释了半天，他说他对她与我一样，过去的好朋友，难以忘记而已。

晚上，秉章请我们一家吃饭，问我哪一家饭店好，我推荐了俞师傅饭店。俞师傅有几个特色菜，炖老鸭汤、鸭血豆腐、软兜鳝鱼、鸭汤鱼圆。特色菜都点了，他又点了几个凉菜，还为我老婆点了一道三文鱼片。我让他少点一些，说要是让岁数大的老人瞧见我们这种吃法，会骂我们“敷淘子”，秉章说：“老友相聚，就‘敷敷淘淘’一回。”我老婆奇怪他对家乡土话俚语了如指掌脱口而出。秉章一受表扬又来了一句：“我最大的愿望就是回高沙与小喜子好好弄一顿，在一家好饭店，把我们过去馋的，吃不上的哈哈上来。”他用筷子在桌上划字，教我“哈哈”的哈字怎么写，我还真的不知道这个字的写法。

我和秉章喝了很多的酒。他喋喋不休地说这顿饭是他到高沙后吃得最轻松的一顿。我附在他耳边，问他在二垛怎么样，他大声说：“紧张！”我笑起来，我老婆不解地望着我们。秉章岔开话题，说他的馋。说都因为家里面那时候穷。吃得不好，夏天一个劲儿地吃炒韭菜、冬瓜汤，冬天顿顿慈姑咸菜，没得油水，胃子里总是像吃了辣萝卜一样的嘈心剐辣。他让我老婆吃三文鱼片。我和她都不知道是怎么个吃法，一直没敢动筷子。秉章夹了鱼片，蘸了芥末油送嘴里，我和老婆便学了他的样子，一筷子进嘴眼泪鼻涕都呛出来了。他还说好吃，说日本人就爱吃生鱼片，鬼子就是鬼，只吃海鱼，不吃淡水鱼。为什么？淡水鱼都被污染了。我说我还是喜欢吃河里的鲜鱼活虾，秉章说也是，哪怕是小鱼小虾，味道好，鲜！我一快活一声馋痨就出来了，他也不在意。

饭吃结束时秉章幽默了一下：“我们小时候吃东西，要吃到打嗝时才丢手，‘少一沲，睡不着，差一口，不丢手。’”我们大家都笑了。我妈妈人老了脑子不霉不迈，她说还是现在的日子好了。秉章与我老婆打招呼，要借我用几天，把高沙城上的大小饭店都吃一遭。我老婆说，还是在家里吃好，便宜、实惠又卫生。秉章说那是两回事，也不单纯是为了吃饭，算是正事。我老婆也就不再说什么。

秉章不想坐我的偏三轮摩托车出去，他说在北京这是顽主走街串巷呼朋唤党的东西，坐在里面丢人。他与我商量，能不能包一辆人力三轮车。这还不简单，我找到过去的同行，给了他们一个不错的价钱，秉章让我做主，我定价既不克扣他们，也对秉章负责。

秉章开始带着我挑那些有特点的饭店去吃，我们也不大吃大喝，问明这家饭店的特色菜，就只点这一道或者两道。开始的时候人家见我们菜点得少，味道便偏咸一点，让我们就菜吃饭，这也是替我们打算。秉章不干了，每次他都要交代：“酒水菜，不能丢失风味，不要砸牌子。”有那么一两次他竟然让人家把菜再上一遍，提出或咸或淡的理由。应该说我们在饭店里是吃菜而不是吃饭或者喝酒。秉章带一瓶矿泉水，吃菜前清一下口，夹一筷子菜到嘴里，半天不会说话，我也不能与他说话，他不理睬我。剩下的菜秉章不多吃，我弄一大碗饭就着吃了。他有时会问我，味道怎么样，我也学出来了，不轻易地说好，说一些“还可以，马马虎虎，还差点什么”这一类的话。

秉章曾经说过，菜谈不上真正的好坏，因人而异，众口难调。世界上没有一道菜谁吃了都说好的。

秉章吃不饱就去北门菜场的面店去吃，所谓面店其实就是只卖面条和馄饨的小吃店。他喜欢来一碗那里的“饺面”，把馄饨和面条下一道的一种小吃。我也知道这一家的地道，面条是丁老汉压的，熬酱油的虾籽是湖西渔船的，猪大油加了葱姜熬得金黄的，没化开都香喷喷的。

秉章时常感慨，他说他在北京有两家大的饭店，怎么也做不出这般味道来，他也曾让他们到高沙来采购原料，就是不行。他只要在饭店里吃了饭就要换厨师长或者换厨师。有个厨师长为了做好维扬菜还悄悄地到高沙来了一趟。

我问他的饭店有多大，他手一挥，说高沙的大饭店跟他的饭店比算孙子，毛孙子。我有点不相信了，我努力地回忆，陈秉章在历史上是不是一个胡吹牛皮的货色。

吃饱喝足的秉章坐到三轮车上就要换下车夫由他来踏。拗不过他的车夫只有坐到车上，由出钱的雇主出力，于是滑稽的一幕出现了，西装革履的秉章骑着三轮车满头大汗，引得大街上人人侧目。

没过几天毛总着人通知我回去上班，我打听了一下厂里有人反映我不务正业。幸亏我老婆又给我出了好主意。

我找毛总时他跟我来了招快刀斩乱麻，要我直截了当地对秉章谈对造纸厂投资的事，要是他没有意向就算了。这是在我老婆预料之中的，我来了个拖刀计，请一个月的假，如若到时陈秉章对厂里不投资就扣我的工资。毛总说："死猫当着活猫医，就再试一试。"

我与老婆商量了一下，觉得厂里对我们不薄，还是应该劝秉章往厂里投资。我也对老婆说了我的疑虑，就怕秉章并不是什么富商。

这当儿秉章请了一次客，请的城乡规划局的一帮人。他没有让我参加，也没有告诉我为什么请他们。事后我说应该把市里的头头请一下，秉章说不请，说得不容置疑，说得斩钉截铁。

秉章的报应很快就来了。市里办“第二届国际鸭蛋节”，是人是鬼都请，来了一大帮的贵宾。就是没有请秉章，这是个面子的问题，说明市政府已经不把他当人物，不把他当回事了。

秉章好像也不生气，要我也不要把这些事当回事，说没有什么了不起的事。

我花了几天的时间磨嘴费牙地说我们造纸厂的事，说厂里的项目，说新产品的宏伟前景，到最后，秉章笑我做个保卫科长也太当回事了。我拉下脸来说秉章真是饱汉不知饿汉饥，我问他知道不知道街上为什么那么多的人踏人力车，高沙市的工厂现在关得还剩几家，那些从流水线上下来的产业工人拿下岗工资怎么能够让孩子读书上大学，怎么维持生计。

秉章说：“你以为我这些日子在高沙只是吃喝玩乐？我待这么多天也就是想究竟做些什么。我是个生意人，不能把钱往水里扔。我吃喝时耳朵竖着呢，了解着情况呢。市政府他们让我投资的项目我一个都不能搞，在高沙我只能搞房地产，弄几家饭店开开。就说你们造纸厂开下来对高沙的环保有什么好处？为了一点乡愁让我去犯错，我才不玩呢，我的脑子又没有迈起来。”

秉章要走了。临走前他向我提了一个要求，要吃一顿我妈妈包的饺子。他说我妈妈包的饺子好吃，韭菜的，细细的猪肉丁、茶干丁、开洋丁和鲜得让人直舔嘴的虾籽。

真是个馋痨。过去我们家只要吃饺子，他就来了，站在我家门口扯着嗓子叫我，我一听就赶紧端了饭碗出去，拨两个饺子给他尝尝。吃了饺子他话说得漂亮得很，说我们家饺子的香味穿墙打洞，他是隔墙有鼻子，口水掉下来把脚面都砸肿了。

我妈妈都十头二十年不做饭了，我怕她连咸淡都把握不了，让我老婆盯着点。我对她说这是我们家的政治任务，一定要包一顿空前绝后的饺子。

秉章早早地到了我们家，我妈妈把手一挥：“你们死到外面去玩，掼铜板、飘洋画、滚铁圈子去，肚子饿了再回来。”

秉章连声说好的好的。他问我现在还有没有人玩这些，我说早绝迹了，现在的伢子玩电脑，打游戏机。

我们在外面转了一圈回来饺子还没有好，我们饥肠辘辘。我老婆让我们再熬一下，老妈妈说要把我们的肚子饿瘪了再吃。

到一点多我们才吃到饭。我和秉章吃得饺子来不及下，巴锅不熟。暴食一通的秉章肚子更圆了，连声说过瘾。我则不停地打嗝。我妈妈见我们这样，那句嘴边上的老话又来了：“宁生穷命，不生穷相。”我们都哈哈大笑。

我妈妈见秉章这样张嘴就来，她问他是不是很有钱。秉章愣了一下，笑着说：“有点钱，小钱。”

我妈说：“有钱就好，做些好事，人要做好事修福积德。高沙城的下岗工人多。你看小喜子因为你弄了个保卫科长做两天，你一走他不还得踏三轮车。下岗工人苦，找不到事情做。”

秉章不知说什么好，连声“是的，是的”。

秉章将俞贵芬带回了北京，还带了高沙历史上很有名的厨师王三厨子的后裔王大眼、做草炉烧饼的李十八拳头的孙子李小鲁。看架势是要到北京去开饭店了。我老婆对秉章将俞贵芬带走有点想不通，秉章不会找她做老婆这是肯定的，俞贵芬做服务员好像岁数大了点。我对俞贵芬是了解的，她那时在饭店里做服务员是烫干丝的好手，一把片刀切干丝风风火火，烫干丝滗水时的手势、身段以及眉眼让那些吃早茶的口水掉下来将脚面子都砸肿了。俞贵芬的这些能耐我是不能对我老婆说的，她这人什么都好，就是容不得我在她面前夸别的女人。

由于秉章的事没有着落，我在毛总面前自然抬不起头来，毛总玩手腕，也不撤我的职。把保卫科和办公室并了，让我这个副科长去做科员，工资也降了一些，我设了底线，低于三百元我就不干了，我实在不愿意成天喝茶打牌混日子。

秉章做了件让人不可思议的事，他要收购高沙市东郊废弃的殡仪馆，很快就派了人过来，让我协助他们。这不明摆着找秽气，在一块烧过死人的地方能做什么大事?

对这块地高沙市政府还是很重视的，由于它过去特殊的历史，比邻的地段也少有人问津，弄得光秃秃一片。搬迁殡仪馆是因为市中心的东移，怎么说也不能将殡仪馆放在城区。现在有人要买，是巴不能的事。政府协调民政、国土、城建等部门，要尽快落实这件事。对这块地的用处政府是严格要求的，必须商用。秉章有他的计划，在临街的地方建房落户肯德基或者麦当劳，他说老外没有什么顾忌，在里面建一座现代化的儿童游乐场。

秉章由于买殡仪馆在高沙又成了名人，有关他的传闻各式各样，弄得是人是鬼的。那些天，他倒是天天打电话问我情况，我把好话坏话都告诉他，这是我的责任。

几乎在一夜之间，旧殡仪馆被推土机和挖掘机夷为平地。为此秉章从北京来的工作班子集中了高沙几乎所有建筑工程队的设备。

我负责给工地的施工人员送矿泉水，拉了满满一卡车。

我不明白为什么殡仪馆拆平了后不砌围墙而是在四周拉横幅。横幅上尽刷着“同一支歌”。

我问北京来的路总搞什么名堂，他告诉我他们在北京请了“同一支歌”来高沙演出。

馋痨想得起来，在烧过死人的地方搞大型文艺演出，而且是请的最有名的“同一支歌”。

没几天开始搭舞台，我估摸了一下，舞台的位置在殡仪馆过去搞遗体告别和开追悼会的告别厅正中。举办单位是高沙市政府和北京豪绅房地产开发有限公司，市政府也投入了人力和物力，由一名办公室副主任协调工作，那几天我们和市政府的人一道办公。他们从园林管理处拉来了几十车的花花草草，把演出场地装扮得花团锦簇。让外地人看，怎么也不会相信这是殡仪馆和烧过死人的地方。

“同一支歌”演出时来了很多著名演员，高沙市万人空巷。秉章和市政府的领导坐在贵宾席上，陈市长好几次套着他的耳朵说话，秉章的架子摆足了，微微点头，还过分地拍了拍陈市长的肩膀。说秉章这个举动过分是我老婆，可市长一点也不在意他的举动过分不过分，你有什么办法？

演出非常成功，中途下了一场雨都没有人愿意离开。我那天的工作是负责夜宵，分两拨，演员一拨，工作人员一拨。让他们都吃得高高兴兴。忙完了天都亮了，累得人骨头要散架。秉章当夜就走了，他给我打了电话，得意扬扬的，说有人建议他找几个和尚念经，他就不信这个，这么一场比念什么经都好。说完他哈哈大笑，告诉我市政府要搬迁了，“紧挨着咱殡仪馆这块地。”他让我在高沙宣传，从今往后叫这地方“同一支歌”。

市政府要搬迁我是听说过的，当初把位置定在老殡仪馆的边上，没有立项的原因据说是离退休老干部不答应。

秉章在高沙搞项目了，我也就不去造纸厂上班了，工作还挂着，毛总也不计较我。工资还给我发着。我在“同一支歌”项目部搞后勤，北京来的路总有什么事都先来问问我，所谓强龙斗不过地头蛇，地面上的事他听我的。秉章天天给我打电话这是人所共知的秘密，他要了解情况。

毛总跑来找我，他要随市政府的招商引资团到北京去招商，他要秉章的手机号码。我从秉章的电话里已经知道一些情况，市政府为了这次招商在北京租了一个豪华的会场，还要举行盛大的酒会。秉章说他们这是烧钱，但又不好说什么，毕竟是家乡政府的行为。

我胆大起来，对毛总说：“你以为到北京租了人民大会堂就可以招商引资了？怕是竹篮打水一场空呢。”

毛总从北京招商回来立即就找到了我，他是这么说的。他说市政府这次在北京逮住大鱼了，毛总总是喜欢这么说他的收获，就像他家祖上是打鱼的一样。本来一帮人都很失望了，招商会没有预期的结果。离京前陈秉章请市委书记和市长吃饭，在他的“私房菜馆”。

“私房菜馆”在一条很深的胡同里，一个古色古香的四合院，做菜的是陈秉章从高沙带过去的厨师。饭吃得很晚，把这些人的肚子都饿瘪了。我一听就知道秉章搞名堂了，学了我老妈妈的一套。秉章的家乡菜把他请来陪客的几个浙江商人吃得大快朵颐，也并不是什么山珍海味，都是土菜。说都是大作家汪曾祺喜欢的，有大煮干丝、慈姑烧肉、咸菜烩小鱼、老鸭煲，还有鸡汤泡草炉烧饼，吃得两个浙江人都傻了。

就这么吃吃喝喝之间谈成了一桩大投资，高沙不是产鸭蛋吗？鸭子多，鸭毛也就多。他们要在高沙建一座羽绒服生产和销售基地，引进著名品牌，做一个大市场。

毛总问我知道投资有多少？我想不到，有几个亿。我把舌头整个都伸出来缩不回去。

毛总尽管没有参加那个宴会，他还是见到了秉章。他答应秉章不再要我去上班干什么保卫工作，毛总其实巴不能呢。

我从陈秉章那去路总那里领第一个月的工资时，手有些发抖，厚厚的一沓子钱，我都数不过来。我老婆不以为然，说给馋痨干几个月了才拿一个月的工资，也不谈补发的话。她说资本家没一个好的，是六亲不认的，我和俞贵芬都是馋痨的被剥削者，是被他利用的。我老婆的话一般是很有道理的，这回我当了一回耳边风。

我还是给我的老板、资本家陈秉章打电话表示了感激之情。他根本不理会我的感恩戴德的话，问我最好吃的东西怎么形容，我说："打个嘴巴子不丢手。"

他说："还是汪曾祺说得好，'到嘴里半天不想说话，不想张开嘴巴'。"

蒲　鞭

那一年上胖鼓家接二连三死人，先是双亲后是妹子，弄得他白天黑夜的心里不得安生，觉得没了往后的日子，成日价一副怅然若失的样子。

胖鼓活到三十个周年，还没说上个女人。人人皆知的坏坯子。贪赌，牌九、麻将赌得不杀心火，干脆玩骰子，省心省劲。尽是赌的心思，没一刻丢得开。就连蹲茅房也要摸出骰子逗人掷一下子，赢几张揩屁股的草纸也快活。胖鼓输得惨，起先输的财物，后来连名声也一并输了。邻里质朴，都是些拼命挣家什留给子孙的人，最怕和最恨的便是败家子，认这种人是犯了冲家的“冲”字，视作瘟神。别说将姑娘妹子给他做老婆，走街上都宁愿离他远点。

胖鼓的祖上曾是楚水城里在数的殷富人家。到了胖鼓父亲这一茬，家道也还厚实，西门城墙底下有做茶食点心的作坊和店面，东门米市有卖香烟、洋火之类的什物店。胖鼓的父亲是个痨病鬼，整日里咳咳喽喽的，一张脸蜡黄，死相，只差张黄纸盖，唯有颧骨突出处有片潮红，似抹了洋红掸了胭脂一色。“痨病百日咳，阎王来请客。”很快就翘了辫子，蹬了腿。胖鼓姆妈无可奈何，出头来撑家里的门面。她往店堂里那个一站，模样有些吓人。一张嘴时常张得跟要吃人似的，呵欠一个接一个，眼水汪汪地在眶里转。邻里们在她背后指指戳戳，这家人下幕了戏啦。胖鼓姆妈是个大烟鬼。在家做姑娘时给她老烟鬼父亲捻烟泡，染上了瘾。二爿店铺一个月内便易了主。倒是胖鼓乐得这样，家里有钱便可以讹了去赌。没日没夜地去赌，没钱的时候才回家，看到姆妈、妹子才想到家里还有这么两个人。这两个人也与他没有什么相干的。

楚水城里并没有闹瘟疫，胖鼓的姆妈、妹子却相继暴病而亡。胖鼓买了薄皮棺柩殓了，干号两声做个伤心的样子送到西门外葬了。娘家亲戚探究死因，要弄个明白，胖鼓不耐烦地说："寿限到了，抓仙药吃都来不及。你能让人不死？能让人成仙？"

胖鼓家里人绝了后，空出了几进大屋。胖鼓将这些屋托做纤手的徐发子卖，只求现钱。徐发子说这些屋晦气，买主免不了计较。胖鼓就三文不值二文地松了手，徐发子花了些钱将屋揭顶见光整饰了一番，转手卖给南货店吕老板，是胖鼓做梦也想不到的大价钱。胖鼓其实懒得理会，得了若干的钱揣在身上有眼前的快活就行。手头上宽绰了也牛不起来，被赌友们逼着还清了以往的赌账，再结了饭庄、杂货店里的欠账，只剩下可怜的一些钱，放口袋里一下还摸不着。想想还去不去赌，定不下主意来。摸出骰子掷几把试探运气，一看都是老幺和老幺的哥哥，觉得局气不好，一跺脚将骰子扔到城隍庙后的老草河里。

正月十四这天，胖鼓逛了回窑子，是被烧老虎灶卖热水的大鹅瘤勾引去的，钱自然由胖鼓一并付了。胖鼓到底是头一遭，换去平时的衣褂，用袖头遮了脸，从后门蹿进去，见识了花花世界拈花惹草的事，出来“啧啧”咂嘴，觉得荒了以往的日子。赌委实不如嫖，钱扔进水里，响都不响，懊恼得扎实。

胖鼓赌吃嫖遥全大套，让同姓的叔伯们恨煞了。卖祖产房子那会儿就想找他说话，怕沾了图谋财产的坏名。叔伯们凑一起历数了胖鼓的孽事，议论过去的严酷家法，觉得对照祖上立下的规矩，理应清理门户。大家凑钱将胖鼓卖到旧货店去的祖宗龛赎回来送到他家，由德行高的叔伯站出来训诫。胖鼓根本不予理会，头伏在八仙桌上睡得打呼噜流口水。叔伯们气得要命，跑出一个脾气不好的打了胖鼓头上一记栗暴。胖鼓不敢还手，说了句让叔伯听了要吐血的话：“当我家失火烧掉不行？关你们屁事。穷嘴啰唆，当我的卵毛理都不理。”

叔伯们没了主意。有人想出法子，说请出二先生兴许能让胖鼓服帖。

二先生的门朝南开着，但不是随时都可进得，要看二先生是否得闲。这刻二先生就忙，闭了门钻进屋里给他养的八哥鸟捻舌头。二奶奶说，二先生这些日子有细致事情，给八哥鸟捻舌头是一桩，给雏黄雀喂朱砂红泥拌的小米又是一桩。他是在侍弄他的心肝命根子。

叔伯们不走。喝着二奶奶沏的茶，坐在堂屋里耐心地等。

好一会儿，房间的门“吱嘎”一声被推开，二先生出来了。一只布套罩着的鸟笼庄重地捧在手上。在叔伯们的眼里俨然是城隍庙戏台子上踱出来的托塔李天王的模样，不由得又增添了敬畏。见二先生抖抖活活地欲把鸟笼子往屋檐下的钩子上挂，马上有见眼生情地上去帮一把，不料被二先生挥手拂开。

挂好了鸟笼，二先生甩甩袖头连声说：“得罪得罪。”那袖头其实短得很，僵巴巴地吊在膀子上。叔伯们哪在意这些，只觉得二先生今天没拿架子，和蔼得很。有人一拍脑袋，说忘了给二先生带些上好的细粟来，家里的细粟从北边带回来的，黄灿灿的，似芝麻一样粒粒香，还说难得二先生这般爱鸟的。

二先生两手直摇，说这些小玩意儿侍候得太好就难成器。说他的八哥鸟的舌头已被捻得到了功辰，唐诗宋词都能念几句，黄雀变朱雀的事也快成了，鸟开始褪毛了。

叔伯们听了二先生的一番话，都觉得他调教胖鼓的本事绰绰有余。不通晓人性的禽鸟都弄得这般乖巧，想胖鼓毕竟还是个人。

二先生倒也爽气，依了叔伯们的央求，收下礼金红包还有点不好意思的样子。说该派他救胖鼓这细大爷，成了也算积德修福。古来浪子回头金不换。

玩角儿一天花头是从早上吃早茶开始的。

养和园是城里最好的吃早茶去处。

好在小菜。就着喝茶，舒泰通体。养和园的小菜，最有名的是烫干丝。盐阜一带的人路过楚水，最想的就是到养和园吃又暄又软的烫干丝。细细的丝子撮成尖尖的小山，掇着黄灿灿的姜丝，顶好是卤子，是切碎的蹄髈用文火煨化的，稠乎乎的，浇在小山上，晶晶亮，用筷子夹一小筷，小心翼翼地放嘴里，筷子没到嘴边，嘴就张多大地迎了上去，唯恐卤子滴了。吃到嘴里好半天才想起喝茶，才想在喝了茶后说句把话。茶馆里并不吵吵嚷嚷，都是些正儿八经来吃茶的人，不见得天天能够有此福享。

胖鼓天天上茶馆，是一天不卯。他夜间宿花眠柳，早上贪睡，上茶馆的光景可吃早饭亦可捱一会儿吃午饭，节俭的人这顿就省了，可他省不了。

胖鼓被酒色掏空了身子，整日里萎靡不振，这天他一进养和园门就伸懒腰顺便打了个呵欠，坐着吃早茶的人觉得太不作兴，此地大清早忌讳对着人伸懒腰。

二先生坐在里面靠窗口的一张桌子旁，见着胖鼓这样嘴里茶“咕嘟”一声下肚，舍了只吃掉一半的干丝起身离开，也不与各位告辞，一副犯着什么，避着什么的样子，急匆匆地往外走。临出门无奈地摇了摇头，又满含深意地点了点头。

二先生走得突兀，满座的人狐疑地望着胖鼓。胖鼓也呆望着众人。望来望去望得心生疑惑，唾了刚进嘴的干丝，起身又坐下，猛扑手中筷子，“婊蛋”。

举座皆惊，只当是对着众人骂的。

二先生精通八卦，识得阴阳风水，辨得鬼祟妖魔，身边不离两样物件，一册《周易》，一只风水盘。上知天文，下达地理，中晓人事，非等闲人物，本事众人都识得的。见二先生这样，估摸胖鼓霉头大了，在胖鼓离了茶馆后议论了好一会儿，得出的结论是临到胖鼓倒霉了，再次说到他姆妈、妹子的死，都觉得蹊跷古怪。

胖鼓回到家，想想吃早茶的光景，生出莫名的惶悚，心中遂幂上一层阴影。

晚上茶炉子大鹅瘤偏又来勾魂。说青柳楼从东边来的粉头浑身骚肉，睃人一眼让人走不动路。胖鼓一听来了精神，急吼吼地去，没想到临阵泄气，忙得满头大汗，见那粉头鄙夷地望着他，恨得往那白花花的身上狠狠地咬了一口，粉头号叫起来，惊来了窑子里的人，拖走了他值钱的衣裤，光身只穿一个大裤衩，摸着墙根回家。还幸好没遇上熟人。

再遇到二先生是在八字桥。二先生捧着个鸟笼遛鸟回家。胖鼓这回谨慎，连声向二先生赔上次在养和园的不是，颠颠地跟二先生屁股后面走。

跟到四牌楼，二先生终究丢了句话给他：“阳气不盛啊，挨着你浑身汗毛直竖。”

胖鼓木木呆呆地站了好长时间。

第二天天麻花亮，胖鼓便去叩二先生家的门。叩了半天门不开他就蹲在边上等，为的是请二先生吃早茶。

二先生这天起得忒迟，是拉了架子的，洗漱也费了许多的时辰。让胖鼓进门没让座，让他呆站着等。久了，胖鼓直想喘。二先生心里并非没数，说了句弯弯绕的话：“你这两条腿一如瘦板凳，上面落了个胖屁股。”

养和园。楼上雅座，沏上了碧绿的龙井茶，依然上乘的干丝。

冬阳杲杲，照在二先生的身上。暖和得二先生的眼眯起来只留狭狭的一点细缝，便见阳光中有极细的星星在舞，让胖鼓看。胖鼓看了半天，瞪酸了眼睛，自愧“眼大无光，嘴大吃粗糠”，起身又添了回茶，让堂倌再上了份干丝来吃。

胖鼓坐定，捋捋袖子，伸出手来，用筷子将干丝拌匀，请二先生再动筷子。二先生微微笑，继而定定地看胖鼓，看得他浑身发毛，看得他浑身瘙痒像虫爬似的。

“二先生，您老人家给我些指教。有什么话尽说。”

“没得。”

“再喝些茶。”

“不来了，够了。凡事适可而止，你可懂？”

“有数。不得数就木了。”

走了。二先生连堂倌打来的毛巾把子也没揩。

胖鼓到家时，见二先生竟背着手在他家门口踱来踱去。胖鼓忙不迭地请进，请坐，请喝茶，待娘老子没曾有过的恭敬。

二先生唤胖鼓到跟前，附在耳边说出番惊人的话来：

“你家的院门直对着邻家的山墙脊尖。不能玩的，一个脊尖，一个肉案子上挂的钩子是不作兴对着室门的，戳人的刀尖子，勾魂的软钩子。再有，你家的大门装反了，乱了上下左右，损了你上人的阳寿，勾了你妹子的命去。”

胖鼓听得汗珠滴滴直滚，来不及揩擦，只怕听漏了关键的一句半句。

果真有些说法，不说不像，一说尽是道理。胖鼓给了二先生红包，重重地谢了，如他救了命一般。

二先生走后，胖鼓马上找来了瓦木匠，先是移院门。移了许多，偏又对着对面的茅房了。胖鼓对迟疑下不了手的瓦匠说：“不妨，二先生看过的。茅房只是些气味，闻得久了，就不觉得了。”

装错了的门亦来了个拨乱反正。想想仍不放心，寻了块玻璃镜子镶在门框上端反射那歪风邪气，又用红纸写了个“姜太公在此百无禁忌”的幅子贴在门楣上。

做完了这些，胖鼓似卸了重担似的轻松。到了晚上，早早上了床，却收不住心思，眼睛一闭还是满心满脑子寻花问柳的景象。想得浑身燥热，干脆褪了贴身衣裤求爽快，赤条条地睡。

是夜做一噩梦，梦见窑子里的女人一个个躺着，直得似刃刃尖刀，蜷曲得如把把软钩，大鹅瘤竟是条饥饿的恶狗，狠狠地咬了他一口，汗淌得湿了被子。醒来后觉得避了场灾难。有些怯寒，心里发蒙。

第二天闭门不出，思前想后，盘算了往后的日子，挨家挨户请来叔伯，什么话也不说，双膝跪地，褪下布鞋举过头顶，做一副过堂请罪的模样。

叔伯们相视，还有些不知真假，见他果真是悔过了，倒也宽容仁厚，说前嫌可以不计，板子也可以不打，不过得依照本族“蒲鞭堂”的老规矩做些处置，否则你上人在阴间跟祖宗们也不好交代。

胖鼓被摁住跪在地上，由八十七岁的堂伯执一根蒲草鞭子“抽”了他三十下，然后挂着蒲鞭游了半条街，昭示邻里从今往后洗心革面浪子回头。

邻里们见了连声夸好，说这等于脱胎换骨。有好事的买来鞭炮放起来。孩童们觉得好玩，跟在胖鼓屁股后面用手扯那蒲鞭。胖鼓急匆匆地走，觉得脸皮没处搁，心里直倒腾，咬咬牙才撑下来。

事后，叔伯们对胖鼓皆换了脸色，和颜悦色地问到他以后的打算，胖鼓劈口说：“学个手艺。”

叔伯们说：“也罢，免得坐吃山空。荒年饿不死手艺人。做手艺，也顶多做个手艺人。”

叔伯们便去托人打听拜师学艺的事。过去了许多的日子，胖鼓拜师的事还没着落。找到的师傅一听说胖鼓还是直摇头。说是挂了蒲鞭也不见就学好成人了。

胖鼓在家憋得难过，上街闲溜，迎头碰见二先生，二先生仍旧没有好话说，咂咂嘴摇头去了。胖鼓无限奇怪，急步追上，请教再三。

二先生一句话凉了胖鼓半截身子："你的阳气还是盛不起来呵。"

胖鼓忙不迭地说："三个月不近女身了，怎的？"

二先生说："晦气未尽。晦气这玩意儿如打秋摆子似的，夏天受的凉暑，秋天与你算账。也没什么，注意些就行。"

二先生不言语了，"啪"的一声展开折扇，一摇一摆的身子，四方的官步，缓缓地去了。

胖鼓愣愣地望着二先生的背影，遛街的心致殆尽。

天刚擦黑，胖鼓带了茶食点心，怀中揣了封了大票子的红包去二先生的家，请他治病一般的虔诚。

二先生见胖鼓这样，喝了口茶，很响地咂嘴，拿眼斜睨着桌上的茶食和红纸包子，好似在思量着什么。

"也没什么，晚上出门注意些，黑灯瞎火的地方不要回头，人的阳气，聚在肩上，如火灯似的，阳气盛的则明，阳气衰的则暗，头一转向，即刻这边这盏灯熄了，头再往那边一转向，两边都不亮了。弱了阳气，遇见四下里游荡的野鬼，就极易被附了身，勾了魂去，到死也不知所以。那年画寿像的尊儒婆娘没了，哭得昏天黑地满脸阴晦。我是捎过话去的，偏是不听。没多久就送了命。"

胖鼓说："就是。"心里更怕了。

从二先生家出来，胖鼓陡然感到四下里阴阴沉沉，吊死鬼扛木头一般直来直去地往家走。

二先生家到胖鼓家要走半炷香的时辰，穿街过巷，转弯抹角，青条石铺成的路，年月久了，走在上面高一脚，低一脚的，一门心思都得用在一双脚上，橐橐的脚步声在静寂的巷中回响，胖鼓心里发怵。

“哧咯”一声怪响，胖鼓猛一掉头，马上想坏了，弄熄了一张灯，心里立刻暗淡下来，直咒那弄响铺闼子门，拎着裤子钻到角落里“哗哗”解溲的香火店小伙计。

出了板桥过塔桥，桥堍的喇叭巷是胖鼓住的地方。进了喇叭巷胖鼓松了口气，想着明天晚上十一点在家蹲蹲，免得肩膀上点着的阳气的灯在外面耗了寿限。

猛然，他肩膀上被拍了一下，腿一软禁不住一回头，见隔壁的愣种潘相公冲他傻里巴几地笑，满嘴的酒气，一副刚丢下杯子的样子。

胖鼓被他断送了命似的恼怒，一口唾沫吐到潘相公脸上，转身没命地往二先生家奔，跑到门口气都喘不上来，失火似的擂门。

二先生自打娶了年轻的二奶奶做补房，每晚上有事做。这一刻正在床上运动手脚，极不情愿地歇了，慢吞吞开门。见是胖鼓劈口一句：“你魂丢了？！”

胖鼓一听就跪下了：“您老倒先看出来了，救我一命。”

二先生问：“怎的？”

胖鼓说：“肩上两张灯都被我弄灭了。”

二先生满脸惊诧，继而省悟过来说：“点上就是。”

“快点快点。”胖鼓急吼吼的样子。

二先生说：“你只要下劲捋一捋头发，通身便会阳气充盈，肩上的灯也就会亮了。”

胖鼓说：“这头发可是如点火的纸媒子一般，一捋就等于上了火？！”

二先生说：“就是，就是。”

胖鼓下劲地捋头发，着了魔似的不歇手，一直捋到家。涔涔冷汗湿了内褂。

拜竹巷的篾匠陈麻子做师傅是半年以后的事，胖鼓的名声渐渐好了起来。

胖鼓学手艺时一门心思，成日价坐在一张牛皮绷面的竹凳上劈篾片，一把篾刀很沉，被他握着竟轻松自在。篾片劈得长了，轻盈盈地悬空扭动，如同过河游蛇。

师父陈麻子是鳏夫，家里有个老姑娘叫兰英。说女孩子叫老姑娘是指岁数大了还待嫁闺中。兰英二十二岁了，上门提亲的都没有过，被人背地里起绰号叫矮脚凳子。长相是差，塌鼻子大扁脸，腰身硕壮，两臂如腿般粗，像大码头系船缆绳的桩子，矮墩墩的。

胖鼓拜师学艺时陈师傅指着兰英说：“这是你妹子，也是你师姐。”对兰英胖鼓也就一会儿叫妹子，一会儿叫师姐，口口声声的。兰英常问：“胖鼓，你刚才喊了我什么？再喊一遍。”逢这种情景，胖鼓用眼角瞟瞟师父，憨滋滋地笑。

陈麻子老了，一些重的活计得靠胖鼓和兰英做。篾匠最粗重的活是崴罱泥篙子。罱泥篙子用一整根粗的毛竹篙做成。把如小胳膊粗的毛篙头放火上烤炙，烤得毛篙的筋骨松软，表皮吱吱地往外冒油，抬起来搁在马凳上的绊上崴出弯弯的肚子。

竹巷因篾匠弥集而闻名。竹器店一家紧挨一家。谁家崴泥篙子都会引得过路的人驻足观看，同行也会瞅空瞄上两眼。崴泥篙子虽说是粗活，粗细都拿得起的手艺人才更让人服气，才混得出去。

陈麻子因差力气和少帮手，崴泥篙子的活已歇手不干了好一阵子。胖鼓进门学徒后这种活被拾起来又做。

陈麻子崴泥篙子很有气势。半船的毛篙从大码头上拉到店铺门口横放着堆成小山似的。崴泥篙子的活干起来，一气儿就一根根地成了形状站在门前。陈麻子双腿叉开站在马凳旁，一只手指指划划让胖鼓和兰英抬着毛篙崴，一只手握着水舀子往烤透了被弯过来的毛篙上泼水冷却定形。干这活要气力，冬日里也只穿单薄的衣褂，夏天胖鼓打赤膊，穿一条短裤，浑身上下冒油津津的汗珠子，一颗颗往下滑。兰英也变得动人起来，一身湿的衣褂贴在身上，那身形勾那些围观的小伙子魂呢。崴泥篙子时肥嘟嘟的大屁股一扭一摆，带动胸前那两大团鼓鼓的肉坨子一颠一晃的，精彩处小伙们齐声声地喝好。陈麻子不知所以，脸上星星点点的麻坑泛红，满脸的得意，不时地看周围的同行。胖鼓知道这些小伙子的心思，狠狠地往地上唾痰。其实胖鼓的感觉更强，心里胀账的，浑身胀胀的，只得把憋着的劲使在活计上。事后总是想这时候的兰英，很中看，一点也不丑。

兰英对胖鼓蛮好的。夏日里午休时，兰英掌把芭蕉扇子为打瞌睡的胖鼓刮来刮去的。胖鼓哪里睡得着，紧闭着眼睛装着熟睡，不敢看身边的兰英，那热烘烘的身子蹭来蹭去，心里被揪般的慌张。

兰英平日里换个衣裳什么的也不避胖鼓，丢一大片白晃晃的厚实丰腴的背在他眼前，胖鼓扭过脸去，那神情看起来像坐禅入定的禅师，骨子里乱糟糟的。

一天陈麻子喝了点酒对胖鼓说：“把兰英许给你做婆娘？！”

胖鼓不吭气，见师傅瞪眼盯着他看了半天，轻轻摇了摇头。

陈麻子说：“娶兰英等于送了家私，送了店铺给你。”

胖鼓还是摇头，陈麻子破口大骂他是上不得酒席的狗肉。

“当初谁都不收你做徒弟，只有我陈麻子给你路走，想让你成人形。谁知你这不识好歹的货色。”陈麻子灌一气酒就骂一通。胖鼓耷拉着脑袋，灰孙子一样。斜过眼去瞅兰英，见她居然咧着厚厚的嘴唇呲笑，头恨不能缩到裤裆里。

第二天胖鼓没有去陈麻子的竹器店。午饭后陈麻子着兰英去喊胖鼓。兰英一见胖鼓就扇了他一记耳刮子。

“我再丑还配不上你这坏坯子？”

胖鼓不认兰英的话，却恼火兰英这记耳刮子晦气：“你这手什么地方不好打，女人的手也派撸到我脸上来？”

兰英笑着说：“赔礼，赔礼。明天买挂爆竹从你家放到大街上，出你的霉头。”

见到师傅，陈麻子好像什么事也没有了。日后待胖鼓比过去还好，悉心地授他手艺。兰英不甘罢休，有次往胖鼓怀里扑，把胖鼓逼到墙脚，往他裤裆里操了一把，咯咯笑了半天。

兰英一下子胖了很多，腰身比过去明显粗壮起来，身体也没有过去灵巧。陈麻子起初没有看出兰英是怀孕了，待兰英出了怀才觉得女儿被坏了事。他叫过来胖鼓，气急败坏地把篾刀深深砍在木墩上。

“你不要兰英怎么弄出这种畜生的事来？”

胖鼓还是不吭声。被师傅逼急了才道出了实情，兰英的肚子是普仁堂药房潘相公搞的。胖鼓说得有鼻子有眼睛的。在潘相公家的后屋里，躺在两张拼起来的海绵椅子上。潘相公送了她两张洋画还有一瓶雪花膏。

“可是真的？”

“真的。”

“听谁说的？”

“兰英子告诉我的。”

陈麻子没话可说了。这天胖鼓不歇脚不歇手地忙，也不敢看师傅的脸，心慌意乱，篾刀削破了手。

陈麻子直摇头，直叹气。

第二天陈麻子说崴泥篙子，独让兰英与他做。胖鼓嘴里嗫嚅着，见师傅脸上的麻点一颗颗地在跳，说话唾沫星子飞溅，吓得躲在店里头都不敢往外伸。手又削破了一块。

收工时胖鼓见兰英大汗淋漓，累得瘫坐在地上。陈麻子的脸绷得像块铁板，样子狰狞可怕。

兰英离家出走是胖鼓没有料到的。几天不见兰英，几天也听不到师傅有一句半句的话，师徒两个大眼望小眼，活计做得胡乱。

胖鼓以后听人说，那天晚上陈麻子多喝了两口酒，重重地一脚踹到兰英的肚子上。兰英号哭到天亮，出门时血从裤管往下淌，滴得一路都是。

打兰英出走后陈麻子和胖鼓做活时不说话，默默地。两人像打哑巴官司。好在师徒久了彼此能心领神会，不说话也不关事。

陈麻子老朽得很快，像被坏风吹过一样。临终前陈麻子拉着胖鼓的手不放，下劲捏着也不言语。胖鼓说他要是答应娶兰英也就没有以后的事了。陈麻子是想说什么的，嘴里说不出来，一口气两天后才咽了。

胖鼓接了师傅的家当，做起了篾匠师傅。手艺学得不错，做得全部竹器家什，各式工活极细，货色耐看顶用。每每遇到知己，他喜欢说："酒不可贪杯，色不可恋欢，乐极生悲；友不可滥交，良莠难辨；日常忙得实在，也少些惊慌烦恼。"一副大彻大悟的样子。

胖鼓喜欢捋头发。四十岁上下，胖鼓谢了顶，没了头发便捋光头。每年到了秋日，几阵秋风一刮就早早地戴上帽子，是那种锅腔帽子，叠起来戴头上齐到额头，放下来直没脖子根，只露出眼睛和嘴。戴上帽子还是捋头，不停地捋，不停地脱帽子，并不觉得费事，有种得安无虑的样子。

胖鼓晚上极少出门，几十年如一日。以后人们依他的姓叫他章篾匠，只有老一班子的人才知道他叫胖鼓，才知道他以前的那些破烂事情。

章篾匠每年要搭帮船到西边的盂城去一趟。挑一担子，一头是香烛，一头是香油。有人知道他去干什么，说是兰英在那边的极乐庵出家做了尼姑。

章篾匠终于也老了。快要做不动手艺时候，喜欢给孩子们做"飞子"。来讨便做，且不要钱。

“飞子”是用竹子做的，竹片正反两面削去些，在中间钻个孔安上把子。孩童用手猛一搓把子，然后一松手，飞子就飞了，飞得很高很稳。这时章篾匠便眯起细眼，盯着飞子升空。孩子们的嬉笑，呐喊声中，章篾匠一双细眼里便是蓝天一片，连一丝云翳也没有。

这时，他就笑了，笑得嘴歪歪的。

章篾匠终身未娶，楚水的人都知道的。竹器店有一天没声没息地关了，门上落了一把大锁。许多日子后锁上生了绿渍斑斑的铜锈。

一场大雨后篾匠店坍塌了。第二天清晨邻里们见断垣，残瓦，一屋子黑色的，生了霉，呛鼻子的竹料篾器。奇怪夜里居然没有听到声响。

沐　浴

程放站在三星池浴室门前，洗澡出来的人脸红彤彤的，他能感到这些人身上发出的暖烘烘热气。湿冷在自己身上更明显，嗖嗖地透过衣服往骨头缝里钻。

屠洋拎着包急匆匆地过来，头顶上散着热气，脖子里系的围巾跑散了，他迎面对程放一句："又胖了！"程放打量他一下笑了笑说："大哥不要说二哥，都超规模。"屠洋指指浴室问："真要到这里洗澡？"程放点点头，在屠洋肥实的后背上拍了拍说，"冷死了"，走到他前面急着往浴室里走。身后的屠洋嘟囔："洗老澡堂子……怀旧吧？"程放听见了，在心里想，很多人的词库里已经没有"澡堂子"这个词了。

进浴室门就一间面朝外的服务台，卖澡筹子的是位胖乎乎长相白净的中年女子，她面无表情地接过钞票找零。七元一位的澡资，发一根竹片做的澡筹和一小袋洗发液，拿上这些屠洋转身指了指门帘说，"男左女右"，然后问程放什么时候从北京回来的？

程放对这个二十多年没进过的浴室还有印象，里面的格局没有太大变化，只是分了普室和雅室。他站了下来，闻到浓烈的体味、洗发水、香皂在一起蒸腾混合出的味道，就像热水倒进下水道那一瞬间所挥发出的。

屠洋的感觉和程放差不多同步，说老澡堂子这种捂鼻子的味道居然有人喜欢，说是熟水的味道，这和喜欢臭豆腐同理。他征求程放意见，要不到不远的一家桑拿去洗。程放也有些犹豫，不过还是下了决心："都来了，就这吧！"又回答屠洋先前的问题，他是上午从北京回来的。

雅室也就是两排一张挨一张的陈旧躺椅，两张躺椅之间隔着一个共用的小茶几。衣服脱在躺椅上面，身子可以将就着在上面躺下。屠洋四下里张头探脑找储物柜，服务员拿着根长长的叉篙跑到面前来，说值钱的衣服和包可以挂起来，再贵重的必须存柜。屠洋便将手机钱包手表什么的全装进他的公文包里，程放见状也跟着投进去钱包和手机。服务员的叉篙伸过来时，屠洋手挡了一下："稍缓……"他打开包，从里面拿出一块舒肤佳香皂，然后一挥手。包被叉篙举起来，晃晃悠悠地挂到躺椅上方众目睽睽的挂钩上。

服务员很热情，浴客不时地跳给他们一根打赏的烟，说跳是传过去或者隔空投给他们。他们并不点上，说声谢谢，将烟放进台子属于自己的空档，或者干脆夹在耳朵上。

小浴室讲究气圆水熟，分头道池和二道池，头道池是淋浴和搓背的地方，二道池有一扇厚重的木头门，拉一下进去，扑面而来一股热气，身子一下子被包裹，程放的肩膀耸了一下，身子伛偻下来。屠洋动作很快，跨过池面台阶，一下子坐到浴池里，池子不大，两张半乒乓球桌大，水哗的一声满溢了一些出来。程放坐在池子的台面上，腿的膝盖以下在水里。他盯着水里的屠洋，小时候和他一起来洗澡就这样，怕被他按进水里闷，那样鼻子会呛得酸溜溜的。在特定的环境里，人的习惯动作是受记忆指使的。

对面坐着一个慢吞吞用毛巾往身上撩水的老人，花差不多一分钟才能够把毛巾从水里捞出来举到肩膀上。程放将身子往屠洋那边移了移，避免视线对着老人。他问屠洋父亲身体是不是还那么好？是不是还能够做很多个俯卧撑？一晃十多年都见过他。

屠洋没好气地说："老父亲身体好，好得很！"一会儿转过头来，皮笑肉不笑地问，"你明知故问吧？老头子那件事你知道？！"

"哪一件事？"程放一头雾水，屠洋不吭气。进来一个浴客，木门嘭的一声闷响。

程放无意中问了一个不知趣的问题，而屠洋觉得有必要就此解释一下："我就一定是做得不对头？这……要看你有没有人性化的那种思想。老头子也是人，身体好，也有需要，为什么我们玩得，他就玩不得？"

程放不明白，屠洋情绪怎么突然激动起来，他把毛巾在水里捞来捞去，掩盖着自己的尴尬。屠洋看了出来，一会儿和颜悦色地问程放要不要搓背？程放摇摇头。

之前搓背是他想做的一个项目，看到现在的搓背样子就断了念头。过去搓背是用一盆水猛冲一下高脚板凳，坐上去以后将手上的毛巾交给搓背师傅，他拧干了毛巾绞在手上，尽可能响亮地拍一下，表示自己的气力，也表示搓背开始了。现在，是一张蒙人造革的木头台子，人躺上去像一只要被刮毛的猪，搓背师傅用套在手上的化纤搓澡布搓，搓过的身子上一道道红杠子。

屠洋说："你要是约我去洗的桑拿，我会给安排一整套。我们这里好多家都有花头。"程放懂他的意思，笑了笑。怎么可能呢？！

屠洋看到程放身上的汗涌了出来，他不时地要用毛巾擦一下，汗出得很多，毛巾擦了好多下。

程放擦了擦香皂，到头道池等到一个莲蓬头，潦草地冲淋一下，好几个人等在他面前。屠洋好像都没有冲淋就上去了，进到雅室，服务员用两只热乎乎的毛巾攮子，一只擦他的后背，一只递给他擦脸。毛巾一股池子里的熟水味道，现在闻起来倒也不那么难闻。

回到座位上，凉了一会儿，又擦了两个毛巾攮子，程放穿上背心，这时候他可以像身边的浴客那样在躺椅上仰下来伸展一下身子，他没有，就觉得身子会被椅子上的毛巾弄脏，又要下去洗一回。

屠洋的肚子咕噜叫，发出一连串声响，他说饿了，可以着服务员到对面店里叫两碗大饺子端过来。程放摇摇头，小时候有这种记忆，现在，让他在一堆赤身露体的人面前吃东西，真的做不出来。

很快的他们穿好衣服出了浴室，到对面的小吃店坐下，异口同声地说了声："两碗大饺子！"

大饺子其实是馄饨，鲜肉加笋丁，很鲜美，程放每次回来不尝一下不甘心，在北京哪吃到，三元五毛一碗的价格简直不可思议。

好吃的大饺子堵不住屠洋的嘴，他问程放这次回来是今年的第七次还是第八次？程放没有统计过，随口说是第八次。他这两年出差很多，给自己要求，到离家五百公里的地方一定要争取回来。现在到高沙也比前几年要方便得多，从北京坐一夜的车到扬州，或者坐四个多小时的高铁到镇江转一趟车。

“父亲岁数大了，又不肯和我们一起生活，回来看他，看一次是一次。”

“也是，活一百岁也还只有几十次见面，有一次少一次……”

屠洋说这句话程放没在意，他看到一位年轻的父亲带着六七岁的儿子在吃大饺子，男孩将喂到嘴里的大饺子吐了出来。小时候出来洗澡他会巴望父亲多带一毛钱，那样有大饺子吃，父亲用调羹挑一个放嘴边上吹半天，他没有烫得吐出来的经历，只恨不能将调羹夺到自己的手上。到八九岁的时候，父亲买一碗大饺子分成两碗，父亲吃得很快，吃完等他，他则细嚼慢咽，反正碗里都是他的。他现在也有和儿子一起在外面吃东西的时候，每次都是一人一份，哪怕明知道他吃不下会剩，不敢和孩子分食，怕孩子觉得寒酸，怕孩子心里有阴影。他当年怨过父亲，有过不满，想自己长大了有钱买多多的大饺子吃，都放在面前，吃完一碗又一碗。到真正长大，他理解了父亲，家里那时候的经济条件不允许这个吃法，不是他们一家，家家都这样。

吃完大饺子，屠洋问程放晚上有什么安排，程放说本来有安排，现在突然不想去，想回去陪老爷子吃饭。屠洋笑了笑：“你一回来，嘴忙！陪老爷子其实是第一位的，有所改变。”

老浴室离家很近，告别了屠洋他决定走回去，路上忽然又有那种很冷的感觉，想重温的，从澡堂子里出来的舒适一点也没有。自打他当年单独到浴室里去洗澡，这种感觉就消失了。早上在扬州下火车，坐在冰冷的长途大巴上时他把曾经的，那种浴室里出来暖洋洋的感觉想了又想。

他在路边的熏烧摊上剁了半边盐水老鹅，给同学赵立本打了电话，说家里有很重要的事不能来参加聚会，也向人家道歉。赵立本说饭局可以迟一点开，约的一帮同学已经在饭店打牌，大家都说等他，不见不散。程放只得央求，真的不要等，一定去不成了。他也不知道为什么，从澡堂子出来就坚决不想晚上出去吃饭。

回到家一开门，父亲立马从堂屋里跑出来，说一听到声响就知道大少爷回来啦。家里的习惯，父亲叫他大少爷，母亲在世的时候也这么称呼。而他早些年称父亲老头子。老头子也好，大少爷也好，都只在家里叫，是一种比名字比称呼更亲切的叫法。这个小县城里许多人家都这样。

父亲看到程放手上透明的食品袋有些不满："家里菜多得是，不用花钱在外面买，钱糟蹋掉了。"程放说："就买了一点点，你平时又舍不得买。"父亲还不停止抱怨，说外面东西贵，也不如家里的卫生……

堂屋两扇顶檐口的门大敞四开，父亲待在屋里和出门穿得一样多，戴着棉帽，臃肿的羽绒服拉链拉到头，连围巾都系在脖子上。上午一进门，程放见到父亲很吃惊，父亲比三个月前回来时见到的模样又老了些，胡子更灰，脸更黑，精气神也减了很多。

"我还是想把家里重新装修一下，起码得让冬天的家里保暖，夏天的空调不走气。"程放忍不住又要提这件事。因为家里冷，他订了宾馆，晚上不想在家里住。

"你们都变修啦，我哪一年不是这样？都好好地过来了。不要弄，要弄等我死，这房子到你手上随你怎么弄，那时候我反正也看不见。"

见儿子的脸色不对，父亲的口气软下来："我习惯了。你把家里搞得太暖和我会不想动弹，坐半天不动不是好事，说不定哪一天坐着坐着就……头一歪。”

这些话，程放听了很不好受，父亲说起来竟然风轻云淡。

“冷点不怕，运动才健康。”父亲说着拿过一只茶杯用暖壶里的开水烫了又烫，他自己喝茶没这个动作，只有替客人倒茶时才会这样。程放将暖壶要到手上来，想自己动手，父亲抓了一大把茶叶放杯子里，嘴里念叨：“你喜欢多放一些，我喝的叶子不到你的三分之一……”

手上有一杯热茶，用热气蒸了一下脸，身子有温暖的感觉。程放端着茶杯在屋子里踱步。在北京的家里，一进门就可以脱去累赘的冬衣，舒舒服服地在沙发上或倚或坐或躺。而在这里，他的老家里，他坐下来便感到更冷。

父亲估计程放不出去吃饭了，说：“不出去吃饭好！吃人家的就欠人家，口水债也是债。人家到北京，你能不回请人家？北京吃一桌饭贵死了，抵高沙好几桌。”

程放不说什么，以往他会感到父亲的这种唠叨难以忍受，会为自己找两句理由。看见父亲开始忙活晚饭，程放说有什么吃什么，父亲说有准备，在家吃几天都不会有同样。他从冰箱里一样样往外搬菜，程放要动手，他用手推了推。

看着父亲做菜，程放总觉得有什么地方不对劲，父亲把菜下锅，不停地用铲子翻，看起来在动作上和体力支配上都有点力不从心，三五年前他在厨房里从容得很，铲子一下下很给力。

做了七八样菜，每样分量很小，父亲说他有时候一天就买五毛钱菜，一两个西红柿或者洋葱，荤菜做一些在冰箱里，像狮子头做一锅速冻，一天挖一个出来烩点蔬菜下饭。

“一个人吃饭简单，有时候还不想吃，只是到夜里肚子会饿……”父亲说。

程放沉默了一下，说他把早餐不当回事，父亲说：“都不好，对身体不好！”

父亲要找一瓶酒出来喝，酒放在一个柜子里，他把它们都翻出来，有十多瓶，都是名酒，是程放这些年送给他的。他说：“家里一些事情慢慢都要对你交代，什么东西在什么地方你要知道。”

居然有两瓶二十多年前的茅台，程放说这种年份的值六千多一瓶。父亲说：“不管值多少钱，等孙子结婚，你拿出来和你亲家喝。”程放说早着呢，谈对象得等孩子读研毕业以后有工作再说。父亲说就怕不能等到那个时候。不能找一个就结婚，要处一段时间才能够，彼此要了解。

饭桌上父亲吃得很慢，不时地停下来看儿子的表情，似乎是要一个是不是好吃的答复。程放说：“菜太甜，糖放得不少。”

他其实知道这么说父亲会不高兴，小时候这么说父亲会拉下脸骂：“爱吃不吃，不吃滚。”现在，父亲只是笑笑，一点不满的表情都没有。

就吃这么一顿饭，父亲辛辛苦苦做出来巴结他，为什么要这么说呢？他也说不清楚自己是什么心态，妻子每次回来都背地里抱怨公公的菜糖放得太多，她不让程放说，怕老人不高兴。说到底程放还是觉得母亲饭做得最好，最投口。母亲为家里做了一辈子的饭，她在世的时候父亲什么家务活也不干，病重的时候让父亲学着做饭，是怕他以后没吃的。和父亲一起吃饭的时候总是想起母亲，不知道什么时候能不这样。

手机振动了好几次，程放看看都是约晚上一起吃饭的同学打的，看到德钦的未接来电最多，他回了过去。德钦也在饭局里面，他说他已经撤了，问程放想不想出来聊聊，找一个能够舒服聊天的地方，最好去洗澡，洗桑拿。程放想了想，这么冷的晚上出去还真的数桑拿是最好的地方，于是由德钦定了地点。父亲听程放说要出去，只以为他是要去赶酒场子，关照他少喝点。程放不好说他又去洗澡。

德钦已经在巷口等着，开来一辆新的迈腾，程放钻进车里说："生意又做大啦？！"德钦回他："够吃够用。"他问程放怎么找理由将答应的饭局推了，不相信他真的有重要的事。程放实话实说，在家陪老父亲吃饭的。

洗桑拿的时候，程放说他现在回来的次数不少，这回好像目的最具体，看到德钦在微信朋友圈写老澡堂子的文章，回家的念头一下子就冒了出来。

"下午想到一个问题，我每次回来究竟是干什么的？每次吃吃喝喝，连大过年的也只是除夕夜在家里吃一顿，还说是回来陪老头子的。"

德钦说："你这是回家，父母在，你回的高沙是家乡，哪一天父母都不在了，你还想回来吗？回来的也只是你的故乡。家乡与故乡的区别就在这里。

"父母在，家是个大家，二老哪怕去了一位，大家就不存在了，儿女各自的小家和孩子们变成大家，家就是这么一茬一茬的。你心里大概还是原来的那个大家，我父母都去世了，我现在要是在外地工作就怕都不想回来。”

德钦说的让程放陷入了沉思，他知道自己，现在回来不像以往了，不像母亲在世的时候，因为父亲他要尽做子女的责任和一种义务，哪一天要是父亲不在了，姐弟们随他们在外地工作的孩子离开高沙，老宅子拆迁了，街坊邻居们散了，他回到这里会是一个什么样的情景？对新建街道和建筑感到陌生和茫然是免不了的。他需要靠手机导航才能找到原来家所在的地点，到时候住在酒店里，饭点的时候自己出去吃一顿，或者被还保持联系的亲朋好友当宾客请到馆子里……他不敢再往下想象那样的场景。

德钦抱怨城里现在都是生面孔，都是乡下进城的。他和朋友们经常在一起吃饭，也就是有那种在陌生环境里找亲和，找过去，找熟悉，找温暖的意思。德钦听说程放下午已经和屠洋一起在老澡堂子洗过一把澡，也就把屠洋带父亲去洗桑拿的事说了一下，难怪下午屠洋对于程放提到这件事有点感冒，原来有名堂。

程放倒没有觉得屠洋做得过分，屠洋父亲起码还能够接受儿子对他的好，而他郁闷的是父亲一直强势，对他说一不二。程放想对父亲做的，譬如让他到北京一道生活，安排他出去旅游，家里添置什么东西，父亲都只两个字，不行！不要！弄来弄去的，程放都不知道怎么对他好才是。

聊到十点多钟程放提出回家，德钦还聊得意犹未尽。路上程放要德钦将车开快点，好趁着暖身子钻冰冷的被窝，德钦说他矫情，房间里放三个电取暖器，看还冷不冷，湿不湿？到家门口时，程放才想起来他是在宾馆开了房的，不想回头再去了。

进到院子，见父亲房间里的灯亮着，电视机的声音放得很大，窗户里看到父亲已经睡着了，他不想进去关电视机，这一来他就醒了，然后会拉着他说话，或许又是那些少喝酒少吃人家饭的唠唠叨叨。他有一句不在理，却经常挂在嘴边上的话——不花钱的东西吃了不长肉!

卧室里居然放着暖水瓶、茶杯和一只茶叶罐，父亲像是知道他会回来住。

上床前他鼓足勇气，事先也计划了一下，像小时候那样，先脱了裤子坐到被窝里，待有些热气再脱上衣钻进去。可待他提起被头，却感到被子里热乎乎的，手伸进去摸到一只灌满热水的军用水壶。

躺到床上，用被子裹紧自己，便只有脸感到冷，小时候头埋在被窝里的情况不会有了，那是不卫生的习惯。熄了灯，他有一阵子睡不着，在影影绰绰的夜色里忽然感到这个房间很陌生。

好多年没有过的这种情况，他和父亲躺在各自的房间里睡觉，在这个老家里，曾经有过母亲、姐姐和弟弟。母亲去世了，姐弟们都有了自己的家庭成员，住在自己的家里，而只有他，他的那个小家不在这里，在远远的地方，所以才有机会和父亲住一起，有这么一个夜晚。过去回来要是住在家里，因为和妻儿在一起，他不会在意这一切。在他的感受里，这个家里有过家人们在一起时的热闹，吵闹，和家当碰撞的叮叮当当，却没有过现在这样的寂静，在嘈杂的电视伴音里它显得那么清冷。

他开始注意父亲房间里电视机发出的声音，努力地辨别这是一档什么节目，可怎么也听不清内容，只有广告的声音是清晰的。后来，他希望有父亲调台或者关电视机的动静。那样他就穿衣服过去，听他啰唆几句。他想和父亲说说话啦。

电视的声音竟然有催眠作用，他昏沉沉地睡着，在后半夜被冻醒。脸上都有点麻木，身上的被子越发地沉重，让他不自在。隔壁的电视机声音没有了，也不知父亲是什么时候关掉的。

早晨醒来是被父亲弄出的动静吵的，自来水池子靠着窗户，父亲买回来菜，收拾时一样样地数说：“肉呱呱叫，前肋条，有肥有瘦，斩斩肉，冰箱里还有蟹黄；鱼买得巧，湖里野生的，现在人识货，价都不还，跟不要钱一样的抢；这个小青子，开锅就烂，吃嘴里甜呢，北京那些大棚里的青菜，吃不出个味道……”

程放本来想把头往被窝里缩缩再睡一会儿，听父亲一顿叽咕不想睡了，思量买这么多菜回来是要他在家里吃饭的节奏。接下来在家里吃饭倒也不是不可以，找个借口回掉中午约的朋友就行，只是嘴里甜腻的味道又出来了，想怎么和父亲说一下让他少放糖。

父亲推开房门，带着一身冷气进来，说他特地买了水面，家里有荤油、虾子、黑胡椒粉和青蒜叶子，做出来的阳春面比街上店里的好吃。程放说不在家里吃，一起去饭店吃包子，皮包水。父亲问，为什么不早说？早知道就不买水面回来。程放说，早说出来就怕天不亮就没有觉睡。每次和父亲说了吃包子，他会在六点钟还不到就不让人再睡。吃过苦头的妻子每次回家总要交代，千万不要一大早去苦兮兮地起床吃包子，儿子也举双手赞成，说要是受这个苦还不如不回老家。

吃包子去那么早干什么，父亲说岁数大了，怕嘈杂，赶人少的时候清净，不慌不忙地喝茶吃包子才惬意。程放每次回家是必须要吃一顿包子的，高沙在扬州边上，在他看来高沙的包子比扬州大饭店的还要好吃。

父亲马上去准备茶叶和酱生姜，催程放赶紧起床。程放大声喊，要父亲将房门和堂屋的门都关上。这两道门都大敞四开，让他像睡在室外。与父亲说话不得不大声，他耳朵背，声音小听不见。

房门关上后，程放又磨蹭了一会儿，他要待室内温度回升。在父亲的再次催促下，他给自己喊 1、2、3 的口号，一个挺身，以最快的速度把衣服穿好。就这样，他到堂屋里时，冷得脖子缩了一下，身上的衣服和身体隔着一层冷空气。

家里的卫生间小，洗漱在天井里的自来水池子，父亲给他放了三只暖水瓶，站在边上看着他，是等着他有什么需要。而在程放看来是变相的催促。

他问父亲昨天晚上为什么在房间里放了暖水瓶和茶杯，是知道他一定不会在宾馆里住还是什么？

“我怕你酒喝多了，找不到宾馆，家总是能够找回来的。”父亲搓着手，带点调侃的笑。

程放手泡进脸盆里，温水里的毛巾还是冷的，他又倒了些热水进去。他忽然想父亲在这种天气里做饭时洗菜会不会用冷水，要是那样的话很难受。问到他，他说用太阳能热水器里的水洗菜，个把月以前他还在家洗澡，一点也不冷。

在家洗澡？程放吓一跳，这怎么行呢，就即使两个月前也是秋天气温，卫生间那么小，屁股转一下都不容易，洗热水器的淋浴真是难以想象。

“天冷在家里洗澡不能玩的，要是冻出病来，你几年省下的钱都得贴进去，不划算吧？”父亲听程放这么说笑笑，点点头说是要注意。程放以经济账说服了他。

到饭店吃包子的时候，父亲突然一句："中午的饭你来做，随你做成什么样子。"程放愣了一下，说也行。他发了个短信将中午的饭局推掉，然后关了手机。父亲吃得很少，说一壶三点是雅士的讲究，多也不好，少也不好，可对于一个老人来说，嘴大喉咙小，三只大包子怎么能够吃得下？年轻时候一顿吃过两笼，十二只包子，那时候生活条件不好，想吃的时候能吃的时候吃不到，现在有得吃，不能吃了。

吃完包子回到家已晌午，程放到厨房做饭，父亲一直在边上啰啰唆唆，说一件事，他菜做得还是很好的，得的是程放母亲的真传，"你说我做的菜甜到不能进嘴，你妈妈也这么做，你怎么吃了都夸好，我这么做就不行呢？你是还想你妈妈做饭给你吃，怎么可能呢？"

程放做菜时投作料也被父亲挡了两回，他不让程放搁太多的辣椒，说辣椒不补，两头受苦。对每个菜里都放花椒他也有意见，说等同他往每个菜里放糖。

吃饭的时候程放心不在焉，想自己一而再地推掉人家约好的饭局是不是妥当，那帮微信朋友圈里会集的各路好友会不会对他有意见。德钦说，现在大家伙的聚会就是找一个由头，借吃饭找聚会的欢乐，如他所说的不去是对的，回家和父亲团聚的，应该多和父亲在一起。这就又想到自己的过往，连春节回家最多也就在家吃上一两顿。交际需要是一方面，母亲在世的时候他不这样。再说，回到老家不去饭店，不把他喜欢的高沙菜吃个尽兴，回北京难受，最怕有人在朋友圈发高沙的美食图片，那是勾魂的钩子。

吃完饭，父亲没有给程放泡茶，洗碗也没有和他客气，只是要他把太阳能热水器里的水使劲用。

大门被父亲打开来，走来走去的邻居都向里面打招呼，他们对父亲的称呼变了，不像过去那样叫老程、程大大、程爷子，统一成了程爷爷。巷子里的人喜欢依着这家最小辈的口吻称呼长辈。

程放冲每位熟和不熟悉邻居笑，努力地表示真诚，努力地表现热忱，努力地表达恭敬。他想感激邻居们平时对父亲的照顾，但不知道怎么回事，他就是开不了口，听由父亲向邻居们介绍他回来的情况。父亲说儿子这次是想家特地回来，不是出差。早上带他去红灯笼饭店吃了包子，中午要带他去饭店，他没有答应。儿子下厨做了一桌子菜，连碗也不要我洗，享福啦！

待邻居们走开去，程放问父亲是不是想去饭店吃饭才这么说？父亲手直摇："是顺嘴说说，夸张了一点，到饭店吃什么饭，送钱给人家赚不至于，现在公款都不兴吃喝。"

洗碗时程放腾出手来接了一次妻子的电话，她不相信他几顿饭都是在家里吃的，他干脆说这次回来就不出去吃了。

父亲尽管耳朵背，好像也听明白了，笑眯眯地问程放下午有什么安排，要去什么地方？程放说什么地方也不去，父亲便要和程放一起去洗桑拿。

父亲解释："天太冷，洗把澡暖和。这样的天气，下午都想钻被窝。"

洗桑拿，父亲也洗桑拿？！居然点了要去的桑拿名字——夏威夷。这太让程放感到意外。夏威夷一定是一个简称，全称无外乎是夏威夷休闲中心或者夏威夷洗浴中心什么的。

去吧，去就去。可在去的路上程放想父亲是经常去，还是偶尔去一次，他洗桑拿会点什么样的服务？屠洋带他父亲去洗桑拿成为小县城传播的丑闻，昨天晚上德钦讲到这件事好几次叹气。程放心里七上八下的。

夏威夷休闲中心原来就在老街上，程放每次回家路过居然没在意。父亲到了夏威夷门前，让程放走到自己前面去。

进去后服务员引他们上二楼，父亲很奇怪："浴室居然能够在楼上，一大池子热水在头顶上啊……"他直咂嘴。

程放问："你难道没有来过？"父亲说没有。他还真像是没来过，在吧台要掏钱买澡筹子，服务员说出来结账，他有点不放心地将吧台上的价目表看了又看。服务员问他要不要擦皮鞋，他反问人家要不要钱。程放尴尬地冲服务员笑了笑。

到了就浴的地方，父亲见没有让他躺下来的椅子，衣服还要站着脱了放在橱衣柜里，他有些气恼："二十块钱的澡资居然是来找罪受，上当只一回。"程放告诉他，有标志，洗完了有休息的包厢，也有各种服务。父亲的头直摇。

这个浴室档次并不高，只有气蒸房，没有桑拿房。程放不敢对父亲说出这一点，那样的话他一定更是不高兴。

父亲到浴池里站在那里，看起来是不知道怎么洗，程放带着他先淋浴然后去气蒸。父亲在气蒸房里一出汗就跑出去泡到大池子里面，又是抱怨，嫌人池子里的水不热。

父子赤身裸体相见，能够记起的是三十多年前，那时候父亲的年龄和程放差不多，当工人的他体格健壮，浑身都是肌肉。现在身上的肉松弛了，原来的胸大肌垂下来，像是多出来的一块赘肉。父亲瞄儿子一眼说："你也胖了，要锻炼。北京的空气不好，不要在外面跑步，在家里也是可以跑的。”程放告诉父亲家里有跑步机，他有时候还去游泳。

父亲和程放聊开来，说人退休以后要有十年好日子和十年清净的日子，人生才算幸福，否则就是白苦一辈子。说好日子，就是看着儿孙们健康成长，好好学习，天天向上；儿女们事业有成，家庭和谐；说清净日子，就是不用再到学校门前去接孙儿孙女，不要再怕儿子和媳妇、女婿和女儿两口子吵架、家庭散了，能够无忧无虑地颐养天年。他说跟人家比他还是很幸福的，很满足。程放笑了笑，他对父亲有这种想法感到很欣慰。

接下来，父亲突然对程放说：“人都要死！”

程放不知道怎么搭他的腔，说这么一句话干什么？母亲七年前去世的时候父亲也说过让子女们受不了的话，他说下面轮到他死了！

父亲看到程放的脸色变了，解释说：“我说这话是知天命！知天命是什么？就是哪一天老天要你死，你要心顺口服，不要怨天尤人。”又说：“人活到五十岁就应该满足了，我都七十多了。现在过每一天都是赚的。”

“嘿嘿……你有得过呢，身体这么好。”程放大概也只能说这样顺嘴的话。父亲说，身体好是假的，工友李月祖那么好的身体，看电视时一声笑就没气了。他接着列举了好几个例子，看他这个话题喋喋不休，程放问他要不要搓背？父亲说钱不要给别人赚，要搓由程放来，说着把手上的毛巾递给了他。

程放将毛巾拧干，学搓背师傅那样缠在手上，拍了拍。

搓背是个力气活，还没有搓遍父亲全身，才那么几下程放就大汗淋漓气喘吁吁，只得歇了歇再来。父亲不让程放替他往身上打肥皂，说哪一天他胳膊抬不起来，连肥皂都不能自己打的时候，那就真是老了、不中用了。

“那时候，我就住到敬老院去。”父亲像是下决心说出他早想好的计划。

程放说：“怎么可能呢，不会让你住到那里去的，不会不管你的。”他说这话是心虚的，果真有这么一天他也不知道该怎么办。

“你们不能因为我就不工作，不过正常的日子。我住敬老院也不是什么坏事，已经去看过了，条件还不错，说话的人也多，不像家里冷清。就是卫生条件差一点，做饭做菜的，吃的东西经别人手我不放心，你妈妈知道的，你也知道。”

程放无奈地嗯了一声，他把话岔开去，告诉父亲他参加工作第一次拿工资，就是到浴室来洗把澡，还专门让师傅搓了背。父亲说，浪费钱，造纸厂有大锅炉，有很好的浴室。程放说，也就是那么一次，以后就都在造纸厂的浴室里洗的，他在厂里洗澡最怕人家问他小小年纪怎么不上学就来上班了？他想不起来怎么回答。

父亲笑了笑，没有说什么，程放很失望，多少年来他似乎都想父亲对他说一句，不让他上学，让他那么早去工作是错的。

洗完澡程放说到三楼去休息一下，可以做个足疗或者按摩。父亲说：“算了，不花那个钱，不做那个事。”

程放盯着父亲的表情，看他是认真的，心放了下来。他说：“去吧，我们做正规的保健，也让你感受一下，你不是说没有洗过桑拿吗，难得有这么一次，也不要舍不得钱了，也没有多少钱。刚才在下面我也看了价目表。”

父亲说："不能玩，洗完了就回家。这种享受会让人上瘾。"程放问："怎么可能上瘾？"父亲说："你那个同学屠洋，带父亲洗桑拿，让他上瘾的事情我是知道的。很多人知道，多丑啊……"

程放要替屠洋解释，德钦说屠洋道过想法——"要是哪一天老爷子死了，我看到莲雾，看到北极贝，或者牛排这些他都没有吃过的东西，我会不会为他感到不值，会不会心里难受……所以……"

"不能乱来的，哪怕过不到明天也不能那样。"父亲说。

程放说："那就洗一个枯澡？！"父亲说："就行了，好得很！"

洗枯澡就是连搓背、捶腿这样的池子里的服务都没有。洗完澡到楼下吧台结账时，父亲眼睛眨都不眨地盯着儿子钱包，想知道洗这次桑拿究竟花了多少钱。

出门后父亲抱怨，又像是表白自己："我以后才不到桑拿来洗澡，洗一次花的钱可以在老澡堂子洗几把。"

回家的路上父子俩走得很慢。这一场澡洗完了让程放有罪恶感，知道自己心里面原来对父亲是不放心的，自己并不真正了解父亲，很多年里自己在心里面拒绝接近父亲，不愿意去深想他。在社会上他绝对不是这样，对于打交道的，共事的人，都要尽可能地去了解。对爱人，他甚至想走进她的内心。唯独父亲，像是有一堵高墙隔着，他不敢碰，也没有能力攀爬过这堵墙。

父亲说："人要知道什么事情能够做，什么事情不能做。有事情做得不对的要知道，也要认错。我在你小时候就有一件事做得不对，一直想跟你说，又开不了口，这就想说很多年了。我现在想把对你的话都赶紧说出来，为什么这样呢？这两年你回来得越来越多了，我知道原因，不知道就木头了。”

父亲说程放十二三岁那年辛辛苦苦地洗了一只矮缸，要在里面养花。他不喜欢男孩子弄花弄草的，摔了那只矮缸还骂了程放一顿：“那天你的表情让我知道你恨我，会因为这件事恨我一辈子。”

程放哈哈一笑，笑是装的，想轻松一些。他说父亲说到的这件事真的一点印象也没有，要记恨父亲的倒是小学毕业以后不给他上学，这是荒唐的，影响他一辈子的事情。“不过，我连这个也没有在意，恨什么呢？路可以自己重新走。”

他其实没有说真话，这些年最记恨父亲的就这件事，很多时候他会想，自己要不是辍学，哪怕读到初中，一定也不会是今天这种情况，要是读到高中或者大学，自己不知道会走多远呢。曾经，他看到比自己优秀的同龄人，遇到能力给自己带来挫折，他都会有怨甚至恨。

父亲几乎是接着他的话说：“不让你上学这件事我从来都没有担心你会恨我，我做得不错，那时候有政策，小学毕业生不下放，再说那年头我们单位的大学生拖板车拉炭屎，社会上受尊重的是我这样的人，有手艺的人，所以我希望你早点学好手艺……而不是去读无用的书还要下放到农村去。再说，你那些读中学上大学的同学现在还不如你呢，他们哪一个有你职称高，职务高，你工作以后自学也没有耽搁你什么……”

父亲原来一直以为他做得对的。程放话岔开去说：“小时候的冬天很冷，但每次您带我洗澡我都高兴得不行。湿漉漉的冬天，洗澡能够让我浑身干爽暖和。这些年冬天，在北方总是回味这种感觉。”

父亲猛然站下来："现在是你带我去洗澡，替我来搓背，整个倒过来了，这就是岁月……巴望你们长大的时候，我们不情愿地老啦老了。老啦也还担心你们，怕你有钱了去做不好的事情，你要是今天一定要在桑拿里，那个……我就到死也不放心了。"

程放笑了起来，哈哈大笑……

这是在大街上，可他不管了，身体开始暖融融的。

传家宝

1

司机说到不了东台巷，北门大街路窄，老头老太还多，离石牌坊还有一截就把车停下。程放走这一段的时候想，他完全可以找借口不回来，随四弟怎么个处理。说老爷子留下来的宝贝，都不用问是什么东西。

东台巷在北门大街的中段，也就是走百十米就进巷子，巷子里不像以前人来人往，只身后无声息地擦过去一辆电动车，骑车的是谁也看不到。走到家门口，门大敞四开，四弟在小厨房的平顶上踮着脚眺望，程放爬上去，顺着他的目光，远处灰蒙蒙一大片参差的平房人字屋顶，几乎看不到高楼和新建筑。

四弟用手指数点着："这一片，这一片，我说都要拆，全拆。"

程放说："你以为你是谁？！"四弟不恼，转身下梯子，说前阵子市领导真到北门大街来过，后面跟一大帮人，指指划划过这一片。

“你这个房子，拆了好，一年租不了几文钱，找瓦匠上屋顶拾漏要花掉一半，能做这种活的都是老瓦匠，还担心从屋上滑下来。”

程放回答四弟：“放着吧，反正又不用交物业管理费，我们家的不可移动文物，老爷子一辈子的心血。房子租出去，租金你收着，找瓦匠的事拜托你。纠正你一句，不要老说你的我的，是我们家的。”四弟呵呵，摇摇头。

屋子里看起来没几样家具，搬出来五花八门摆满了院子。老物件勾旧，弟妹章萍在收拾的时候流了泪，说看什么东西都会想到奶奶。弟妹把能留下的都留下了，坛坛罐罐一趟趟提回去，塞满了车库。

四弟说：“老妈去世，老程把她用过的东西一样不肯丢，留了二十多年。现在倒好，扔是在所难免，没有一样能用！”说着用脚狠狠地踢了一下面前的木箱。木箱盖子被掀开，露出里面的铁制工具。

程放看了一眼四弟的脚，眉头皱了一下。父亲在世时老程可以当面喊，这个箱子和里面的工具可不许用脚踢。上初中时四弟嫌家里吵，摔了一下木槌，立刻就挨了父亲一巴掌。四弟一定注意到哥哥的反应，对着木箱子又踢了一脚，奚落道：“这就是宝贝，老头子的命根子，吃饭的饭碗，你全部带到北京去，让它成为革命的传家宝。”

木箱里有剪刀、锤子、錾子、角尺、改锥、扳手……是白铁匠的主要工具，他知道每一样的用处。白铁匠学名钣金工，也称作冷作工。他干过，祖传第三代。

“卖废铁卖不到二十块钱，你托运到北京去两百块运费不够。狠狠心扔掉算了。替你想过，在院子里挖坑埋了，若干年后刨出来是文物。可你得把花台里的桂花树挖了是不是，或者撬开天井里的地砖；还要解决防锈问题。我做不了你的主，所以叫你回来。”

四弟说话阴阳怪气，原来不是这样，开服装厂之后变的。厂子倒闭以后他从中产阶级变成无产阶级，贴进了父亲给他的一套福利房，还倒欠别人一屁股债。现在对任何人说事，都只会把问题复杂化，不提一点点建设性意见。程放当初极力反对他开代加工的服装厂。四弟坚决要开，说厂子开成了可能赚大钱，儿子结婚风风光光；开不好，也可能一文不名，那就让儿子自力更生，给人家招女婿都可以是选项。他儿子阿里很支持，说人生能有几回搏？赌一把！结果父子一起赌输了。四弟戒了烟，性格变了。阿里的女朋友吹了，冬天里再也不穿羽绒服。

程放从工具箱里挑出几样工具，装进一只手提袋，掂了一下，袋子底下开了口，咣当当全砸在地上：一把手剪，一把二号扁头锤，一把圆规，一把样铳，两把錾子。

四弟打量一下这几样，嘲讽说：“神啦，老程这些东西都不上锈，还包浆！”

程放顺手拿过一个脸盆，将这几样轻放进去，几十年用下来的工具，表面磨得像上了一层釉，拿在手上滑淌。

他去牛启子那里，北门大街一间白铁匠门市店。他不会把这些东西带到北京去，但得让它们有一个好的归属，那样才在四弟和两个姐姐面前说得过去。牛启子的父亲和程放父亲一样，干了一辈子的白铁匠。程放的父亲传过程放手艺，而牛启子在父亲在世时没沾过白铁皮，看不起这门手艺，下岗后走投无路才向他哥哥学了几手。父亲在程放面前时常以牛启子说事：“就皮毛手艺，也能混了，一个月能挣几千。”父亲的理想是，家里有人传他的手艺，也应该有这样一间做手艺的门面房，现在风光是人家的，他这个高沙城里白铁匠手艺最好的，不服。

远远地看见牛启子，他在店门前摊开一卷镀锌薄板下料，握剪刀的手从裤裆里伸出去，动作很滑稽，这样省点力气，正经师傅教的不会这样。

牛启子抬头见到程放，照例要问一声什么时候回来的？昨天他一天关门，带了全套家伙到盂城驿文化广场去摆摊子，给电视台拍。程放问还去了什么手艺人？牛启子剪子剪到头，将两张薄板掀起来叠一起，起身来说：“还有篾匠，箍桶匠，铜匠，皮匠，刻章的，做雨伞的，补锅的，修自行车的……人还不少，大多不灵光了。有的都这样……”他嘴张开来喘着，双手在胸前直抖。程放没有笑，牛启子显然有点失望，“你要写文章表扬他们，文旅公司给两百块钱还有一份快餐。这事情做得好，过两年，兴许过几天，人就不在了，人走了这个行当就没了，手艺人的后代都不做手艺，祖传的都不传，绝八代了。”程放说：“也是没有办法的办法，非物质文化遗产，留在影像资料里也算抢救。”

牛启子问：“你有没有研究过，现在的人为什么不肯做手艺？”程放想了想回答：“过去手工做的东西都有机械化生产，东西也耐用了，无须修修补补……”牛启子说：“唉……做手艺太苦。现在的人吃不得苦。”他把目光落在程放的脸盆和工具上，问是不是脸盆漏了？程放说不是。

牛启子说过去补脸盆子用锡焊，程放说知道，焊过，用锉刀或者断锯条刮亮破口，抹熟药水，熟药水用盐酸加锌皮煮过，锌皮从废电池里扒，刨开的电池里有黏黏糊糊的东西。

言归正传，程放说带来父亲用过的几样工具，送给他怎么样？牛启子神情惊愣，不敢相信，看了一眼程放，再扫了一眼盆里的工具："这都是好东西……"程放说："你手艺还做着，能派用场。"牛启子拿起手剪咬合两下："都说你爸爸有把好剪子，果真好，轻巧灵活。"程放眼睛亮了，脑海里叠加着父亲和牛启子拿着这把剪刀的模样，耳边响着清脆的咔嚓咔嚓声。

"不能玩！"牛启子把剪子放回到盆里，说了一句程放熟悉的口头禅，意思是不能这样。

"为什么呢？"程放有些不满，没想到牛启子会拒绝。

"不为什么，我也快不干了，十年前你还看到我在这里换钢精锅锅底，现在都用电饭煲，用电水壶，锅底壶底烧不坏，坏了就扔了。我现在守着门面房等'外作'做，手上做的是服装厂的熨衣斗，开下来的料打几颗铆钉完事，这样的活给多少工钱？听人家赏。保护老手艺，怎么保护，给你发工资，把你养起来。就这样还是保不住，因为你没有顾客，没有市场了。"

程放说："也是！"咂了一下嘴。牛启子说："你现在变化越来越大，变得不怎么喜欢说话了。问一句才说一句，我还是那样，没人说话时也说，和自己说。说话能够打岔，就不觉得累了。"程放笑了笑，想起前阵子读过的小说《繁花》，里面有那么多的"不响"，他不知道自己有这种变化。

牛启子瞄一眼放下的手剪，说扬州的剪刀好，扬州的白铁匠剪刀更是好，程老师傅讲究，总是到解放桥那边的一家五金店买剪刀。牛启子大概是为谢绝程放的赠予有点不好意思，想出些温馨的回忆来应景。程放也没话找话说，有人曾经送他一把黄花梨木槌，打敲剪那种模样的木槌，他没有要。牛启子说做得对的，做领导不能收人家的东西，吃人家嘴短，拿人家手短。

沉默了一会儿，程放说："你拿我的这些工具不存在这话。是合法赠予。"牛启子说："真的是不想再把手艺做下去，等女儿生养，就跟老婆一起去扬州帮着带孩子。"

程放抱着沉甸甸的脸盆，他知道，不得不把这些"宝贝"带到北京去了。路上他想是不是到邮局，或者找一家快递公司把这些东西寄了。

这些东西有什么用呢？他忽然冒出这么一个问题。没用就是没价值，没价值就没有保存意义，就该扔！可这些东西对父亲曾经很重要，他生命的最后一刻都想再摸摸，扔掉的话便是他生前骂的忤逆。

走进东台巷，巷子里传来乒乒乓乓的声音，是木尺敲打铁皮，抑或是木槌击打长剪刀刀背。是从家里传出来的。他站了下来。

十二三岁时，放学回来进巷口，听到这种声音就不想回家，转身四下里去游荡。现在，他追着声音赶紧往家里跑。

进家门，见四弟和他儿子阿里在"打敲剪"玩。四弟招呼程放："你也来玩一把，过去都是老程执剪子，我们敲木槌。"

阿里敲着的木槌没有停，或急或缓，或轻或重，带着节奏。剪刀下面缕缕的铁皮条。程放觉得阿里的木槌要砸到握剪刀的手，很可能就是下面一记。要是那样的话，四弟会不会给他儿子一个脑雷子？

他的头皮上冒出火辣辣的感觉。

2

程放临走前请姐、弟三家吃了一顿饭，每家送了几样工具。他说，老爷子留下来的房子他不会卖，但哪一天被拆迁也就没啦，砖瓦门窗都不是能够留下的，唯独这些工具，能够存念，他强调一句："爸爸靠它们养大我们。"两个姐姐笑嘻嘻地收下，四弟的话还是不太好听，说回去净手焚香，把它们高高地供起来。

程放带到北京的六七样工具是专门挑的，到这个时候，他倒真觉得应该保存它们。一路上担心拉杆箱箱底穿了，以前从老家回京，这个箱子里装真空装盐水鹅，油煎过的鱼虾，甚至是霜降后的上海青，腊月里的慈姑。在动车上他给妻子项莛发了微信，这次没从高沙带一点儿吃的回来。

项莛下班回来，找程放的拉杆箱，把冰箱还打开看看。程放让项莛不要找了，拉杆箱放在阳台的边角，里面只有老爷子留下来的东西。项莛说那就不用看了，不会是好吃的，更不可能是金银财宝。

晚饭桌上，项莛不像以往程放回来那样，少了他家乡的美食，她也就没有了各种欢乐表情。酸辣土豆丝是程放的拿手菜，竟然失手，项莛说了声"酸得命不得"便不着一箸。程放包盘，一筷子，一筷子往嘴里塞。还好项莛没有说酸话，有一次情况类似，她嘲讽他回老家见了女同学，心不在焉，咸淡都不知了。

程放安慰项莛，盐水鹅胗和蒲包肉还是买了，托大姐快寄，网上查了一下，明天应该能收到。项莛说无所谓，少吃少危害，醇香的香，是胆固醇的香。程放笑笑，这些东西放在她面前不可能不吃，她会说砒霜都能吃，只是吃多少的问题。

儿子上大学以后，项荭清闲下来，从当当网、亚马逊不停地往家里买书，有关电影的，人类社会学的。项荭动员他这个理科生看看文科生的食粮，电影的书让他知道了是枝裕和，看了电影《步履不停》，人类学的书，他只翻了翻《厨房里的人类学家》，对厨房和做菜他感兴趣。

睡前是他们的阅读时间，两个人上床以后，人手一册书，默默地看，彼此没有交流，即使他看那本有关厨房的书时，项荭不会做饭。他们只会在楼上有打扰的噪音把书放下来，一起来几句楼上根本听不到的谴责。程放以前不怕噪音，从小在父亲敲敲打打的声音里长大，结婚后这种能力退化，因为项荭对噪音十分敏感，她会烦躁，会头疼，脸色煞白，一个人躲到卫生间里半天不出来。

楼上住着的是一位喜欢穿高跟鞋的单身女，这天来了同样穿高跟鞋的客人，头顶上咔咔的声音似循环播放的环绕立体声，从客厅里转到卧室。项荭手上的书放下来两次，程放看在眼里，只有用说话的方式来纾解她的烦躁和不满。他说楼上的声音像小时候帮父亲打敲剪的声音。打敲剪是什么呢？是一把木槌为剪刀助力，一下子、一下子地敲在剪刀的剪背上。“这次回去，打敲剪成为四弟和他儿子的游戏，我也弄了几下，四弟给我打槌。这把剪子我带回来了。”项荭说她也想打剪子，程放纠正她是打敲剪，这种活要力气，手会磨出泡，还会打到手上。怕说不明白，程放强调：“也很吵，你不会喜欢那种声音，你会很烦。”

他想项荭幸好和他生活在北京，要是在高沙，谈对象时就会吹了。她会说：“你们家不消停，吵死了！”父亲会因为要娶一个怕吵的儿媳妇而歇手吗？恐怕不会。

项荭看到他分神，问他想什么？他说："我们家挺对不住周围邻居的。父亲下班回来总要抽时间'做生活'，星期天，更是要忙活一整天。敲打起来非常吵人。特别是把不平整的铁皮敲平，要乒乒乓乓敲好多下，巷子里都有回声。这声音至今仍在我的耳朵边上。因为吵扰人家，母亲总是不停地跟周围人家打招呼，家里做什么好吃的，比如说煎虾饼什么的，总是做一大堆，给周围邻居送的比我们吃的还多。记忆中没有邻居为父亲的噪音上过门，人家是理解或者同情我们家吧。我们姊妹兄弟四个，靠父母亲的一点工资哪够？办父亲丧事时，我们家隔壁的绪老太过来吊唁，我向她老人家深深地鞠了个躬，我说，父亲终于不会再吵到你们了。老太说，说老实话，这几年父亲已经不敲敲打打，还有点不适应。她说父亲不容易，这辈子也挺辛苦的。有点空闲，谁不知道休息，谁不知道娱乐？就没有见我父亲清闲过。"

程放说得动情时竟停了下来，项荭一直认为这是他的毛病，即使在亲人、爱人面前也会控制情绪流量。她问沉默下来的程放："你说父亲闲下来就做生活，做生活是不是干活的意思？"程放说："是的，父亲也解释过这句话，'不干，就没有生活'。"

子女们出来工作以后家里经济条件好了，他说的"做生活"少了。没有业余爱好的父亲面临退休时，让子女们担心，不知道他以后日子怎么过？程放的大姐要教父亲打太极拳，二姐要教父亲打麻将，四弟要带父亲去钓鱼。父亲说，这些他统统不喜欢，他还是在家里做做生活。父亲说的做生活，不再是替人家加工制作铁皮制品，而是家里的改造。他把木门裹上铁皮，打上花色门钉，再刷上防锈漆、银粉漆；做了个角铁的模具浇地砖，外去捡碎砖头，到建筑工地上买水泥黄沙；放在雨棚下的空调外机，做了只亮堂堂的铁皮外罩。忙完了家里的，到大姐、二姐家去忙。二姐打电话告诉程放，门窗上的漆厚了，一层层地脱；空调加了罩子制冷效果不好了。尽管这样，还是要夸父亲生活做得好。

程放接了大姐二姐埋怨父亲的电话，是不向项莛转述的。敏感的项莛问过程放，他是不是对父亲有意见，有情绪？程放说没有，反过来问她怎么会有这种看法。项莛说，她父亲要是断了她的学业，让她小学毕业就去学手艺，她是绝对不能原谅的。程放说路是可以自己重新选择方向去走的。说到这个份上程放绝对不会再往下说，他控制情绪流量，屏蔽不适话题，也会调控家里的舆情。

3

过了几天，项莛说她翻了翻箱子。那些东西稀奇古怪，一看就属于旧时工厂的。有一把小剪子，很好玩，她用它剪塑料袋，根本剪不开，勉勉强强弄断了厨房里一颗大葱。程放已经把所有的工具拍了照片，从手机里翻出图片，向她介绍每样工具的用途。

项莛没有想到，程放在很长一段时间里津津乐道这些工具，说什么就会扯到这上面去。往日静默的床读，变成喋喋不休的床聊。饭桌上也经常被这个话题占据。起初，项莛有好奇心，程放家的事她知道得不多，他愿意讲，她乐得听。程放好像在找这些工具与他的关系，说到最大的一把锤，他说他能辨别多种铁皮被敲的声音，区分得出是金属还是木制的锤声，铁皮是放在多厚的铁板上，还是放在水泥地上。他也承认有过讨厌这种声音的年纪。

二十世纪七十年代末，蜂窝煤计划供应，家里人口少的往往不够用。有办法搞到煤油的人便在家里烧煤油炉，一种燃烧浸油棉芯提供热能的炉子，差不多有圆的废纸篓那么大。以后又兴柴油炉，柴油更便宜，也容易搞到。但柴油炉味道呛，烟尘大。父亲做的柴油炉很受欢迎，是私下里的抢手货，炉子没有一点红火，柴油得到充分燃烧。怎么能够做到这么好呢？父亲设计的双层灯头罩解决了助氧的问题。做这种灯头罩要在铁皮上用铳头冲眼，有规则的，大小一致的眼。家里有一个木头墩上布满了密密麻麻的冲孔，每一个孔下面都有几层笔芯粗细的铁屑，这是程放的杰作。父亲在程放小学二年级的时候就布置家庭作业，每天冲五张灯头罩。这意味着程放放学后必须马上回家干活，他有怨气，往铁皮上撒，把孔冲得大大小小，有时候还把两张铁皮叠起来一起冲。父亲对他生产出来的次品不抱怨，还不停地夸他有进步，冲得越来越好。

程放给项荭看他的大拇指，食指抵着能够弯成九十度，是用力抓着铳子练出来的。项荭拨弄自己的手指，只能呈三十度，“你真厉害！”她夸了一句。程放说有这种手指的人通常都有很强的抓力。这一个晚上，程放讲了父亲“焚书坑儒”的事。

程放有个同学家里有很多小说书，他隔两天就会借一本回来看。父亲特别反对他看小说，觉得看了没用，坏了眼睛，做手艺要好视力，戴个眼镜当工人像什么话？程放借回来的书，与小伙伴说好归还日期，他只有夜里躲在被窝里，用手电筒照着书看。父亲发现后不仅掀了他的被窝，一把将书薅过去扔在地上，还气不过，撕碎了放炉子里烧，弄得家里纸灰四下里飘扬。程放记得自己当时的反应，仰着头，盯着这些纸灰，直到每一片消失。

项莛说程放这时候一定恨死父亲了。程放说记不得了，转而以轻松的口气讲他怎么处理书的后事。同学家里搞副业，给食品厂敲瓜子仁，让程放敲三蚊香盒的瓜子仁算赔书。“敲瓜子仁要心细下来，在一个小铁墩上用一把很小的锤敲。同学的姐姐很奇怪，我怎么一次也没有敲到过手，他们家姊妹三个每个人的手都伤痕累累。我说我即使闭上眼也敲不到手上，我有敲锤子的基本功。”

程放讲的这些让项莛对他很心疼，她不知道程放是现在勾起来的回忆，还是一直把这些放在心里。那样的话，他会很痛苦吧，也难免因为这样的童年经历记恨父亲？项莛隐隐约约地知道程放和父亲有不愉快，父亲已经去世，她曾经希望程放对父亲的不快能够说出来，所谓的一吐为快。父亲留下的这些工具现在是程放的过敏因子，只要触及他就会喋喋不休地讲一阵子。他变了，他甚至不在乎让她跟着不舒服，不高兴。她想，别人眼里十分优秀的程放是走了很大的弯路的，要是他当初不辍学，一路顺顺当当地读书，他的个人发展一定会超过现在。

项莛把问题往深处想也免不了怨恨他的父亲，就不愿意程放再提工具，再由此讲到父亲。可怎么也阻止不了程放讲，他的叙述让项莛知道，一张两平方米的镀锌薄板可以敲出四只水桶，锅盖可以用铁皮做，存放衣服的箱子可以用铁皮做，板凳可以用铁皮做，甚至睡觉的床也可以用铁皮做。

有一天程放在饭桌上突然问项莛：“你知道钳工用的锯弓可以锯铁皮吗？”项莛没好气地说：“我哪会知道，我爸爸又不是钳工，更不是白铁匠。”被呛声的程放快快地吃完饭，这一天他们没有床聊，像过去那样在床上默默地看书，程放先项莛睡了。项莛睡不着，她对程放这段时间的话题已经厌烦无比。

4

项莛在接下来的一段日子里很少与程放说话，可气的是他一点也不觉得是问题。想想也就是回到以前某段时期的状态吧，项莛这么安慰自己。

装工具的拉杆箱被程放从阳台上移到一间不用的卧室，项莛交代过程放，闲置的卧室不要把乱七八糟的东西放进去，那样的话会变成储物间。可他现在放的是“传家宝”，她不好吱声。一堆铁工具与她毫不相干，与程放却有很大关系，相关他成长的历史，对父亲复杂的感情。她想通了。

项莛在娘家的家庭微信群里发了工具的图片，说他们家有稀奇的东西，私信弟弟项楚点赞，项楚也会来事，说看起来任何一样工具都是古董级的，还问姐夫像筷子也像锥子的那张图究竟是什么？程放告诉小舅子这是锋钢划针，可以当飞刀玩。问他有没有看过美国电视剧《加里森敢死队》？里面有一个叫酋长的玩一手好的飞刀，一刀毙敌，出手没掉过链子。俩人聊得起劲，干脆语音。程放还开了免提。项楚要讨这把划针回去，找块木板练投飞针，程放说不行，让孩子看到会模仿，项楚的儿子才八岁。项楚说锋钢在砂轮机上打磨，会呈现蓝颜色的屑花，程放说是的是的，锋钢还脆，容易断，他小时候玩飞针玩断过，父亲不知道原因，还夸他有力气，都能够把划针摁断了。

老北京人都喜欢有年头的东西，项楚说北京不仅有潘家园古董市场，还有逢集开的旧货市场，晚上路边一溜边的跳蚤摊，卖旧货的占大部分，不仅是旧服装旧鞋子，连过去家里用的老式暖壶，木柄的螺丝刀，插口灯头，按键电风扇，镀锌自来水管都当宝贝似的。好像存个三十年以上东西都是宝啦，“798”好多室内装饰就用这些乱七八糟的东西，表明历史的物质痕迹。项楚说着想到工具里那把镀克罗米的圆规，要是能够送给他，他在一块红木上刻下“没有规矩不成方圆”八个字，把圆规镶嵌在上面，挂在客厅里。八个字得姐夫写，姐夫写的是书法。程放不假思索地说可以考虑。

一顿海聊结束以后项茳问程放，怎么舍得把老爷子的宝贝给项楚？程放说这不还没有松口。他有打算，要小舅子先替他做一件事，把一包工具放到潘家园或者什么古董集市看看，是不是有人稀罕，是不是有价值。他让项茳问他一下，愿不愿意？做了这事，锋钢划针、圆规什么的送他。项茳马上去问弟弟，项楚回复，“行！太行啦！！”还加了三个愉快的笑脸表情。

周末的时候项楚来拿工具，程放与他喝了两杯，两人在桌上免不了说工具，项茳一点也不厌烦了，在边上听得津津有味。拿了张纸，他们把商量好的价格写在纸上。价格几乎是天价，是不想让人家真正买走。项楚把他看中的圆规定价 1988 元，说人家要是认价他就说是美元。程放辅导项楚，让人家出价，有真心想买的，问他买回去干什么，为什么喜欢这样的东西？

晚上程放和项茳在床上兴致勃勃地丰富了生活一回，接下来孜孜不倦地床聊。项茳主动说到了工具上。她说欧洲历史上有佩剑贵族，剑遗留给后人，象征身份、家族声望。你这锤子剪刀的……算配锤无产吧？也可以传下去。项茳笑了起来，程放并没有感到难堪，他说："等我临终交代儿子，这些东西要世世代代传下去，没准过几百年值大钱。即使被他们不屑也没有关系，起码是留了个疑团，前辈用这些东西做过什么？"项荭说："那你就做一个红木镜框，把锤啊、剪子啊镶嵌在丝绒上，得先像个宝贝。"程放说："倒也真的可以。"

这句话以后程放就再也没说什么，眼睛直勾勾地望着天花板，项荭也跟着他这样，心里在想他为什么这样了。忍不了五分钟她就问他怎么啦？

程放说他想起一件事，八九岁的时候想养猫，向人家要回来小奶猫，大人不让养，让送回去。这多丢人啊。就想办法把猫送人，问来问去没人要，怎么办？用一个皮鞋盒把猫装在里面，放到百货公司的柜台上，然后躲在一边。看人家捡回去，还跟着人家看动静。记得是个大妈，以为捡到了一双鞋，急慌慌地离开，跑到离百货公司远一点的地方，打开鞋盒，看到里面的东西，是愣在那里的，好一会儿，拎着鞋盒走了。"我们那时候写作文喜欢用一句'经过激烈的思想斗争'，这位大妈一定是这么种思想状态。我们不知道有多高兴。"

项荭说："人家以为捡了一双鞋，打开来看是一只猫，你们成功地转嫁了危机……是嫁祸于人。"程放说："我们当然希望她把猫拿回去养，她捡回去就要负责任啊，起码我们没有把猫扔在荒郊野外。"

项荭说："我简直不寒而栗，是你还是谁想出来的这主意？你们那时候小小年纪……"程放说："是牛启子的父亲教的。"

"手艺人，匠人，小手工业者，他们没有什么文化，但有社会经验，你说市侩，他们觉得实用；你觉得他们言行粗陋，他们也有行事原则，伤天害理的不做，遇任何事情会考虑是好是坏。父亲说，荒年饿不死手艺人；父亲说，每人只管自家事，闲事不管饭吃三大碗；父亲说，不花钱的东西吃了不长肉……”

“不花钱的东西吃了不长肉！”项荭重复这句，哈哈大笑。

程放说：“以前也觉得这句话好笑，理解了，知道它是指不劳而获没好处，人家的肉长不到自己身上。不花钱吃的东西，来路不正的东西，吃了要吐出来。”

5

项楚把一箱子工具弄到青塔的集市上摆摊，发了一个扫描市场的微信短视频，五花八门的摊子，人头攒动。项荭看得仔细，居然卖小猫小狗的和卖内衣内裤的傍在一起。项楚说卖旧货古董的专门有一块，假货多，标宫里物件的都有，他靠着一处加工珠子的，人家有一台小车床，看好了料，现开现做。说着对着镜头晃了晃手上套的一串珠子：“小叶紫檀的。”

程放没有实时看到市场里场景，他在开会，平时工作时间也不怎么看微信，觉得这东西粘人耗时间精力。晚上回家项荭说项楚把宝贝拿去练摊，要他看群里的视频，他瞅一眼就哈哈大笑，说真有意思，要是周末他还能去做个路人甲，或者充顾客询价。问到怎么没有项楚的后续报道？项荭说中午的时候与项楚语音过，他说有位大叔对工具忒感兴趣，聊了半天，一起去喝酒了。然后，就没有了然后，到现在也没有消息，连电话也不接。程放知道小舅子喝酒的德行，准是喝大了。

哪知道，项楚不仅酒喝大了，将一箱子工具全丢了。

项楚夜里给项荭发微信说了这件事，项荭早上起床后看到，回他五个字："你干的好事！"项楚说他赔，赔姐夫的损失。项荭恨不能摔了手机，碍着程放还在睡觉，不好打电话骂弟弟。火窝在肚子里，待程放起床后洗漱、吃完早餐，告诉了他。

项荭在程放面前骂他弟弟一顿，也责怪程放，怎么就把这么重要的东西一股脑全交给一个不靠谱的人，让他去练摊，去验证有没人看中，是不是有价值。真是找事。

程放一声不吭，脸上也看不出不满，但肯定不是若无其事。他临出门时对项荭丢下一句："这件事你不要说了，对项楚，对我，都不要再提。"

项荭这一天白天很难熬，项楚打给她的好几个电话都没接，也没有看微信。晚上程放下班回来，她特别注意他的表情。程放在家里对不满的事不当场表露情绪，更不会爆发愤怒，作为了解他的妻子，对他心里的不舒服只能看在眼里，不能够说破，那样他会很不耐烦，雪上加霜的事情项荭自然不会做。程放有一个特点，就是过一两天就没事一样，就都过去了。多数时候还为自己的态度道歉。

程放告诉项荭，项楚上午打电话道歉，他对项楚说丢就丢了，算了，也找不回来。

项荭问程放，有没有问项楚东西怎么丢的？程放说于事无补，没问。项荭说这样不行，她给项楚打电话，问他找了没有，知道不知道在什么地方丢的。项楚说他断片了，知道青塔市场那里不好停车，要是开车而不是打车去，就不可能喝酒，也不可能丢了东西。

昨天晚上酒醒一半他就去饭店找，联系那位一起喝酒的大叔老罗。饭店服务员领他看门口的监控视频，画面里有时间，他下午一点四十二分拖着拉杆箱离开，在门口神志很清楚地与老罗告别，伸手示意出租车停下来载他。这些情景他都没有印象了，要丢最有可能是在出租车上。没有要出租车发票，找司机哪里去找？

项莛按了弟弟的电话，叹了一口气，满脸自责。她问程放以后老家人来问到工具怎么办，要看看工具怎么办？程放说：“怎么办，告诉他们东西放在银行的保险柜里，值钱的东西怎么能够放在家里，你说是不是？”项莛看出程放释放出了一点怨气，倒是宽心了一些。

项楚周末不请自来，给他开门的姐姐有点怨怼，这肇事者一出现，不又要扯到工具上去？没有消停了。打量他背来的沉甸甸的登山包，问是什么东西，不敢相信是找到了工具。项楚说：“讲过赔偿姐夫损失，兑现来了。”包小心翼翼地放在地板上。

“姐夫随便挑几样，全拿走也成。”项楚慷慨大义的样子，打开包，项莛看了，又好气又好笑。都是些什么玩意啊？！“你拿走，拿走。你姐夫不稀罕你的破烂，也没想过要你拿什么来赔。”

程放好奇，走过来看究竟。项楚说家里祖上留的只一根擀面杖，拿来的这些是他多年攒的宝贝，他把东西一样样在地板上摊开来，有魂斗罗游戏机，一大沓香烟壳，铁丝、自行车链条做的火柴枪，港式蛤蟆镜，绿军帽，砖式大哥大，摩托罗拉汉显寻呼机，橄榄核、崖柏手串……

项楚说，每一样都能够在网上拍。程放笑了，这些东西几乎就是项楚的成长史。项楚说也不全是他的东西，有收来的，和朋友换的。

程放让项楚把东西收起来带回去，他只对和项楚喝酒的老罗感兴趣。老罗是在项楚的摊子面前泡了很长时间，他们聊得开心才去喝酒的。

项楚以为程放怀疑老罗拿走了工具，说不可能，老罗喜欢木匠工具。他于是告诉姐夫那天工具摊子在市场上的情况。

市场上路过摊位的人很多，站下来多看两眼的人也不少。有弯下身子捡起工具打量的，项楚就很喜悦，巴望人家问价。可人家只看看，没有要买的意思。老罗打老远径直跑过来的，到摊子面前就夸了句："好东西！"项楚马上接老罗的话问："想买吗？"老罗笑了笑，弯下腰拿起一件件工具看。是上手就使唤工具，他掂掂锤的重量，左右手换握锤把；把剪子拿起来咬合好几下，能剪空气似的。项楚问他是不是做过手艺，他点头，又摇摇头。

老罗蹲在项楚面前抽了两根烟，跟他侃起了大山。他小时候最羡慕的是在乡下做木匠的二叔，远大理想是做一个有名的木匠。做木匠的二叔在乡下有崇高地位，谁家砌房造屋制家具都想请他。请二叔做木匠活得提前大半年预约，得写在他一块记事的木板上。木板上不全是二叔的表意图画，还有结绳记事，钉了芝麻钉，沾了胶水的纽扣。二叔没有上过一天学，平时打打小麻将，牌上的字个个认识，写在纸上，一个不认识。名字也不会写，裤带上系一枚自己刻的图章。

项楚非常想知道老罗怎么没做成木匠的。他不时打量老罗，猜想他现在的职业和身份。五十出头的老罗相貌出众，白白净净，穿着能够出入大场合的正装，整齐得一丝不苟，有派头有气质，他伸一根指头指东西，点一下即收回指头轻握，提一个问题，然后微笑着看着你。项楚奇怪的是，老罗的神情频繁地切换，一会儿威仪济济，神采奕奕；一会儿战战兢兢，神色黯然。直到坐到馆子里喝上了，项楚才知道怎么回事。老罗做过领导，出过大事，人生有过云泥之坠。

老罗的父亲在生产队里养鸭子，死得早，老罗都没有记忆。至于怎么死的，母亲不说，二叔也不说。只知道淹死在洪泽湖里。二叔认为这个侄子比他儿子聪明，一定要他读书，坚决扼杀他想做手艺的梦想。初中的时候只要在工地上看到侄子，不管是不是逃课，逮住就是一顿暴打。做木匠的身边木棍木板条多得是，凶器随手就能够拿到。

老罗就是聪明，学习不怎么用功还是考上了大学，毕业后分到机关单位做公务员。二叔当年特地到北京来看他，送他一件礼物，励志的东西，一只用了三十多年的墨斗。二叔说，墨斗弹出来的线横平竖直，是做手艺的规矩，也是做人的规矩，做干部就是要“三大纪律八项注意”。看得出，他要说的很多，有点茶壶里煮饺子——倒不出来。老罗带二叔去吃全聚德，问二叔喝什么酒？二叔说只喝分金亭。北京哪有这种小地方的劣质白酒，他备了五粮液和二锅头两种酒，告诉二叔，二锅头相当于分金亭，二叔说就喝二锅头。这顿酒二叔喝多了，喝光了二锅头还要喝两杯五粮液。他说五粮液一开瓶就闻到香，是好酒。可自己点的二锅头得喝了，喝了才能够喝另外一种酒。老罗看着他这个手艺人二叔，心里笑了，他很鄙视二叔对他说过的这样那样的规矩，他认为他看到了守规矩的愚蠢和不讨巧，他感到快意。现在他每每想到这天的快意就不寒而栗。

老罗说：“打以前，我在位置上的时候，怎么会想到这辈子会在这种地方，这种苍蝇馆子里吃饭喝酒，五六年里我就没有花过自己一分钱，什么都有秘书去做。当然，最后出事也因为钱。”

项楚和老罗吃饭的酒店按照分类应该算 B 类，C 类才是所谓的小饭店、苍蝇馆子。项楚在酒酣时想问老罗贪了多少，正要开口，老罗说到了工具，他说他现在看到好的木工工具都要想办法买下来，而二叔送给他的一套木匠工具却被他扔了，他都没有动手，秘书替他扔的。北京开奥运会那年，二叔腿关节疼，在老家的医院里看，医生说要换两个膝关节，要十多万。要换关节也得到北京的大医院来做啊，到 301 医院一检查，根本不是膝盖关节问题，是类风湿，住了一阵子院，只花两万多就治好了。按道理二叔应该感谢侄子，可他从医院回到侄子家里砸了他的红木桌子。二叔说，我都不要问你是不是买的。我做木匠的知道红木值钱，你一拿工资的，不可能有这么多钱。二叔骂他变修了，变修是“文革”时用语，指社会性质变坏，也指一个人腐化堕落。告状到母亲那边，母亲说：“二叔就只砸了你的红木桌子，他把你屋掀了也不好怪罪他，你读初中高中大学的学费生活费都是他给的。”

二叔临终托人把工具带给他，说不是要他做手艺，而是要他不要忘了手艺人怎么做人的，照二叔看来，侄子迟早要出事。老罗觉得晦气，怎么会把这堆东西放在家里，都没有看一眼就决定扔掉。

酒喝到最后老罗还算清爽，他几乎是在检讨自己，他说一个人的发达，可能是不信一句话；一个人的倒霉，可能是太信一句话。“大家都这么做，很多人都这么做，我也跟着做就不错吗？从众之下，随大流，我没有去想这件事本来应该怎么去做。做人不能忘了根本，二叔说过的，我现在承认这句话太有道理。”

程放问项楚和老罗喝的什么酒，项楚说二锅头，老罗坚决要喝二锅头。二锅头也是很好的酒啊。项楚对姐夫问这个有点纳闷儿。

项楚拎一包东西回去，程放送他到门口说：“我真不希望你们家里只留下这些东西。”项楚嘴一咧，笑了。

项莛在弟弟走了以后还是要再表示一下歉意，心里面真实的想法是希望程放不要再在意这件事。项莛说：“就这么让你爸爸的这些传家宝消失了，灭迹了？”程放说：“不会，手机里还有图片。”项莛说：“那千万不要误删了，不能丢手机。”程放说：“有云存储，也在脑子里了。”项莛高度概括他的话：“嗯，心里有，永远有。”

这个晚上，程放和项莛都拿了书上床，相视一笑。程放并没有翻开书看一眼，他想起一句话，“一条铺好的路走起来舒服，但不开花”。始终想不起来是谁说的，父亲说过类似的话，“人走点弯路，也好！”

程放侧过身子对项莛说：“儿子将来回忆到我们，一定不会有深的感情。”项莛问：“为什么呢？我们有对他不好吗……没有啊！”

程放说：“问题就在这儿，他没有经历过磨难，可能遇到的困难，我们都想办法帮他排除了。他们这些孩子现在的成长有模式，有流程，我们做的都是父母的职责，有一天他们回顾到自己的成长，不会觉得我们的付出有什么特别，是应该的，这家，那家，大家都这样。”

项莛沉默了。

这个晚上他们再没聊什么，楼上难得的安静。

失踪人口

许大佟对贾亦菲离家出走的反应有点怪怪的，他逢人便说："我怎么会巴望这种事发生，怎么会幸灾乐祸呢？我是一个过来人，知道这是个什么样的打击。这种事不是喝点酒就可以对付过去的。"

曾经不幸的许大佟在老婆跑了后的痛苦日子里，幸亏厂女工委员会主任贾亦菲。那时厂里怕他做出过激的事情，把做许大佟工作，安慰他作为一项任务交给贾亦菲。痛苦到极点的许大佟甚至抱着他做梦也碰不到一根指头的贾亦菲哭了一场。

"一个女人抛夫弃子跟男人跑了，这人还是人吗？"贾亦菲说这番话时义愤填膺的表情人们至今记忆犹新。现在有人就把这句话翻出来了。正是这个长得漂亮端庄的贾亦菲像许大佟的老婆邵玉秋一样也做了人所不齿的事，让老公邹立本也成为受害者。

许大佟跑来找我这个厂里的保卫科长，对贾亦菲的所作所为十分惊讶，对邹立本的不幸遭遇深切同情。他说："什么事情怎么都倒过来了，好人怎么一眨眼就也变成坏人呢？"他还学了范伟小品里的表情——"苍天呀，大地呀……"

我这个保卫科长只保卫国有资产，并不为他们的老婆是不是安分守己负责。我对许大佟做了善意提醒：“这个时候，你得离老邹远点。”许大佟说他知道，瓜田李下，看到老邹他会远远的，免得人家伤心。

贾亦菲与一个身份不明的男人跑了，这件事已基本肯定。像她这样的女人，不是因为男人怎么会突然失踪，怎么会两个多月音讯全无？这是几乎所有关心这件事的人的推论。

贾亦菲的手机处于关机状态，丈夫邹立本怎么也联系不上她，她的 QQ 也是黑的，一点动静也没有。

现在要找一个人很难，不像过去你可以到广播站去播寻人启事，那时候红色电波传遍祖国各地，各族人民都认真收听。电线杆也属于醒目的建筑物，在上面刷那种寻人广告也能家喻户晓。而今现代化的通信工具和传媒手段对寻人的支持，相对于它强大的功能是极其有限的，你生气不起来，拿它没办法。邹立本在对自己的手机生气了一阵子后也没有舍得将它摔了，他真正仇恨的应该是妻子贾亦菲的那部手机，它应该在开机时收到他发的短信。

要说摔手机是因为短信不回复和通不成话，还应该去把电脑也砸了，电脑屏幕上的 QQ 也没有反应。贾亦菲是成天将自己挂在网上，QQ 头像永远是彩色的，不像现在是黑黑的。邹立本曾经向别人讨教怎么用 QQ，贾亦菲在 QQ 上叫“像雾像风”，现在想来还有点别有用心，确实是飘浮不定。他翻她的聊天记录，删得干干净净，没有一点痕迹。我在知道了贾亦菲的 QQ 名以后，也化名到 QQ 上去转了一下，江苏的“像雾像风”只有一个，那肯定是贾亦菲，看黑黑的头像肯定是不在线或者隐身了。

邹立本坚信贾亦菲的出走与短信和 QQ 有关。本来贾亦菲要只待在高沙这个地方，也不会有什么事的。陪女儿上大学离开高沙才出了事。女人有了广阔的天地是容易变的，特别是现在发达的通信工具使她得以和那些有暧昧短信的对象和五湖四海的 QQ 网友见面。在贾亦菲没有音讯后邹立本几乎每天都和女儿通电话，老婆是陪女儿去读书的，是女儿通报她母亲失踪的。所以从女儿那里也问不出什么情况。

他动员女儿回忆妈妈临走时对她说过什么，想找到一点蛛丝马迹，女儿就一句话："我真的不知道！"再问女儿还是一问三不知，她说妈妈绝对没有和她联系。

我让邹立本自己想想，老婆抛夫弃子不会没有原因，他说来说去也是一句话："她要跟我离婚，我没有答应。"

贾亦菲是和邹立本提起过离婚的事，我肯定这不是根本的原因。要离婚的人多得是，有几个是跑掉的，这不符合游戏规则，肯定是另有隐情。

谁也想不到邹立本会到岳父那里痛哭了一场。岳父不是铁石心肠，虽说没有当他的面骂女儿几句，但愿意出交通费帮女婿出去找女儿，也算是表明了立场和态度。

倒霉鬼许大佟认为贾亦菲的父母肯定知道女儿在什么地方。他说："在我老婆跑了以后，贾亦菲曾经对我说，'你家属邵玉秋跑了，你丈人老头和丈母娘绝对是知道的，知道你老婆在什么地方。把你这个大傻瓜蒙在鼓里'。我是个大傻瓜？邹立本现在也是，他还到他丈人家去哭，不可思议。除非他是搞哀兵之计。"

许大佟的头直摇，一副对邹立本恨铁不成钢的样子。

贾亦菲当初在关心许大佟时没有忘了点拨他，替他开开窍。为此许大佟到岳父家摔锅掼碗，搞哄吓诈骗和刑讯逼供，定要他岳父交出女儿的去处。最后惊动110闹到了派出所，是我这个保卫科长费了一大泡事才把他领回来的。

打人不打脸，对于一个男人来说，妻子和别的男人跑了是奇耻大辱。这是当时事情临到许大佟身上时我的想法。许大佟在老婆跑了以后是做深刻反省的，他承认对老婆不好，有点过分。他对我都坦白了，把他做的坏事一五一十说了。真是知人知面不知心呀，看起来老实巴交的一个人，骨子里有那么多的荒唐。

许大佟对我倒他的丑事是在喝下了一斤多分金亭白酒以后，我其实不想听。他把隐私告诉我，我就要替他保密，可他不等于不告诉别人，哪天泄露出去了，我也在他的怀疑之中，确实没有这个必要。我劝他不要说，他非要说，我有什么办法。

第二天我问许大佟，这些事情有没有对老婆讲过。他垂头丧气地承认对老婆说过。我问为什么要说，他说夫妻之间，在床上一快活就什么都想说。我只有一声叹息，还有，暗地里觉得好笑。

可以肯定的是，许大佟的妻子在知道他风流韵事以后，认定了“你搞，我也搞”这条理，自己也在外面风流起来，搞了个同态复仇。

可邹立本与许大佟不一样，他可是个老实本分的人。贾亦菲谈恋爱早，在与邹立本处朋友以前有过六七个男朋友。也不怪她，人长得太漂亮了，想她的人多，她怎么闲得下来。她嫁邹立本是出乎所有人的意料之外的，包括我。

贾亦菲对邹立本数得过来的好处就是本分：“我们是在新婚之

夜才那个的，在此以前他没有碰过我一指头。找这样的男人放心。”

我知道贾亦菲嫁邹立本的真正原因，她是被父亲逼的。她父亲一定要贾亦菲嫁给邹立本。

在二十世纪八十年代，老实的男人是好男人，不老实的男人是坏男人，这是一个选择对象的标准。许大佟的老婆出问题是她识破了他的真面目，觉得自己的丈夫原来不老实是个坏男人，再加上她又遇到了她没有识破的坏男人，把他当成了好东西。

许大佟说他老婆出走时一点苗头、一点迹象也没有。我说肯定有，只是他没有发现而已。丈夫总是最后的知情者。这简直就是一句针对戴绿帽子的男人的名言。

许大佟在苦苦地查了好多天以后才知道，那个带走他老婆的男人叫金吾同。他的手段是每天都到他老婆邵玉秋的柜台上买东西，买完了不走，在那里蹭来蹭去的。再好的女人也经不住坏男人的磨，铁柱磨成绣花针也比喻这一类事，说得通透极了。邵玉秋离家出走时衣服基本没拿，首饰和存款席卷一空。许大佟在外去找老婆时是向我借的钱，他说如果找不到邵玉秋一定要找那个名不符实的岳父报差旅费，不单纯是车费的问题，还有精神损失赔偿。以后他果真去了，看到他的三个舅爷站在岳父身边，他连大声都没敢出一声，说了几句废话就悻悻地走了。

金吾同开着一家生意很好的饭店，有几道拿手的招牌菜。但从半年前开始管理不善，给他送鱼送肉送河鲜海鲜的供货商，一传十，十传百，说他那里有漏洞，验货马虎，计量上不顶真，可以以次充好，什么样的烂东西都可以卖出好价钱。饭店里面很少现钱交易，大多打白条。日了人家的鬼，还想继续下去的小生意人，只要能够继续下去，并不急于要钱。有的拖欠得多了，去找金吾同结账。金老板指着这些人的鼻子说："我这么大的饭店，一天几万块钱的流水，会赖你的一点点鳝鱼钱。要钱，现在就可以结给你，以后生意不做了，好不好？"

听到金老板这么说没有一个站得住的，第二天仍然送货不断。

到金吾同跑掉时，来追债的小商小贩排成一个长龙。仿佛在一夜之间，往日车水马龙的饭店成了一个空壳，连冰箱里也翻不出东西，怕是被厨师和服务员洗劫一回。很快的有人在法院做了诉前保全，把剩下的东西都封了。苦了那些卖鱼卖肉的，他们没有一点法律意识，让人家在法院抢了先，只有每天在饭店门口跺脚谩骂。

许大佟是比他们还悲惨的，金吾同欠他的不是钱，是他的老婆。拐走他老婆，他连一张纸片都拿不走。许大佟是个聪明人，他把那些找金吾同追债的人进行了登记，动员他们去寻找金吾同是根本不可能的，他们的生意丢不下，也不知道到什么地方去找。许大佟分析金吾同肯定到什么地方去开饭店了，很可能是一家更大的饭店，他只能开饭店，邵玉秋会替他做个会计或者餐厅经理什么的。金吾同要是开饭店会推他拿手的几个菜，他要发财就要出名，出名还不好找他？他证明自己是有决心和有能力找到金吾同的。

许大佟的这些其实站不住脚的理由还是打动了那些人。他们觉得许大佟找老婆会尽力的，就凑了三千多元，让他去找害人精和流氓无耻的金吾同。

到大海里去捞针是许大佟找老婆的难度，找金吾同不是他的首要目的，找老婆才是。许大佟第一个目的地是南京，他也不知道为什么要选择南京作为他的第一站。在南京他像一个没头苍蝇，这是他告诉我在那里的感觉。没几天他就回家了，找人难是一方面，据我所知，金吾同的老婆李芸找到他是一个重要的原因。

李芸是有几分姿色的，她与许大佟商量：“他们那样，我们这样。他们做初一，我们做十五。”

说到“我们这样”时她已经有动作了，男人在这方面是很差劲的，做过了到处说，跟好玩似的。许大佟对于送到嘴边上的肉怎么会不吃？何况还是报仇雪恨。

许大佟以后大肆宣扬和李芸那码子事的时候添油加醋绘声绘色：“我许大佟捞回来了，他金吾同拐走我老婆，他老婆送货上门，我顺手收下还觉得没有什么意思呢，真的没意思！”

他还有另外的说法：“我和金吾同的老婆睡是牺牲自己，我是想从她嘴里问出金吾同的去处。到头来我们的利害关系并不一致。金吾同的老婆就是不说金吾同的去处，她肯定是知道的，她可能是金吾同对我施的美人计和缓兵之计。”他这么说好像委屈自己了。

总喜欢把问题复杂化的许大佟还好，他没有挑拨邹立本到他岳父家去闹，也没有鼓励邹立本为了找贾亦菲而去大海捞针。再说贾亦菲和谁跑掉的又不知道，更没有谁的老婆跑来找邹立本报复她的老公，即使有这么个女人邹立本也没有胆量。

邹立本还是去女儿上大学的城市沈阳跑了一趟，像走亲戚一样还带了家乡的土特产双黄蛋，这些好东西带给谁不知道，真是匪夷所思。

许大佟在邹立本走了以后就替他想好了结果：垂头丧气，两手空空，像丧家犬一样回来。

我说邹立本是想努力一下，是不到黄河心不死。许大佟的出发点和心理与我不一样，他把话说成是：邹立本不见棺材不掉泪。

到后来许大佟还是被邹立本的执着感动了，他说："人是要有点精神的！他感动了我这个有相同遭遇的人。"

我老婆问我，厂里的男人对于贾亦菲的失踪有什么看法，我说有什么看法？骂这种坏女人。此风不可长，要是再有几家这样的事，我这个保卫科长还不累死？

没想到的是我老婆居然是同情贾亦菲的，她说邹立本这种人老实无用，她说她知道贾亦菲的难处，在浴室里洗澡力士洗发水的塑料听里灌的是杂牌子的便宜货，自己替自己硬撑着。我老婆说她要是处于贾亦菲那样的情况也跑了。

我其实和邹立本的情况差不多，工资比他多一点，也就是多几十块钱。我日子过得去是老婆在事业单位，工资是我的两倍。

到现在这个年头老实人是越来越不吃香了。老实变成无用的代名词。男同志能够做到的，女同志也能够做得到。这句话鼓舞了许多的女同志，许大佟老婆的觉悟，是因为她抱定："你许大佟不老实，我也就这样了，你不仁我不义。"她在觉悟以后碰巧遇到了勾引她的坏人，这是许大佟的悲哀，他就是没有发现。他可以发现的，问题是他盲目自信，认为出轨的只会是别人的老婆，是张三、李四，绝对不会是他的老婆邵玉秋。没有一点点心理准备的男人，遇到老婆这样还不丧魂落魄？

而邹立本应该是有心理准备的，这些年落魄的他早应该想到老婆会与他离婚，跑掉是有多种方法的。其实离婚也是一种跑法。造纸厂由于污染快要关门，下岗的和快要下岗的工人家庭矛盾特别多。在许大佟老婆跑了的那个年代，他在被人笑话的同时，也还能得到各种各样的同情。特别是来自女人的同情，而现在邹立本老婆的出走女人们竟认为事出有因，是被逼无奈。厂里男人的群情激愤是因为他们人人自危。

如果说许大佟老婆出走后厂里男人支持他去找老婆是出于同情，那么现在大家要邹立本出去找老婆，对于贾亦菲的责骂一定是出于对男人这个集体的责任心。

有人劝邹立本不要去找贾亦菲了。说这种话的人肯定认为贾亦菲走对了，是应该去追求自己的美好生活。我现在也觉得邹立本与贾亦菲不配。他太老实了。这年头老实人等于个屁。

贾亦菲对我说过，她觉得她老公这个人心眼儿太实，最大的毛病就是对她太好了。

“太好也不好，真的不好。”贾亦菲曾经反复和我说过这句话。我当时有点不明白，对你好又怎么了，这个女人真是奇怪。

许大佟告诉我邹立本每天都要到他岳父那里去坐坐，见面一句话：“有消息了没有？”离开一句话：“有消息告诉我！”

我劝许大佟，这和他没有关系，让他不要再操这个心。他要是还说贾亦菲和邹立本的事，我就说他跑掉的老婆邵玉秋，他听我说到这个马上就有受挫感，马上就会主动地把话题岔开。

不是我残忍，不是我喜欢揭别人的伤疤，而是我不愿意再听到贾亦菲的事，凡事总有个完吧？

偏偏邹立本的岳父老贾又跑来找我，问我有没有办法劝劝他。他当然是邹立本。

我问老贾究竟知不知道女儿贾亦菲在什么地方，然后再说其他的。老贾赌咒发誓，他真的不知道："我要是知道还不把她找回来。省得现在这个样子，被人骂。家里骂，外面骂的。被唾沫淹死了，都恨不能找面墙撞死算了。"

照老贾的说法，他现在已经走投无路和焦头烂额了。每天开了门最怕的事情就是女婿跑到门上来，老一套的问题："有消息没有？"也不要答案，坐下来一口口地喝茶。茶杯是他自己带的，茶叶也是。到了吃饭的时候，拉他吃饭也不吃，有骨气，不受嗟来之食，连桌边都不靠。

"你说这是什么事？他坐那里一副丧魂落魄的样子，我们怎么吃得下？他走了，我们老两口儿也不得安生，想着也烦，连觉也睡不着。"

我问老贾当初看上邹立本什么了，一定要将女儿嫁给他，要知道当初追求贾亦菲的人那么多，现在看来，随便挑哪一个也比邹立本强。老贾说："瞎了眼，真是瞎了眼。看上他技术好，是最好的抄纸工，厂里在培养他。"

看了看我，老贾又说："看上他比你们老实，本分。"

老贾说的你们，是把我也包括在内了。我当时也追求过贾亦菲，我以为老贾不知道呢，看来他什么都知道。我当时也想到过这一点，老贾给女儿找一个老实人是为女儿将来着想，怕女儿委屈，老贾只能让女儿去欺负人，不能让人欺负他女儿。他还是失算了，找了个老实的女婿不错，老实到无用，现在给他报应了。

老贾说他女婿家庭经济确实很困难，女儿是顶不住才离开这个家的。他们夫妻俩靠下岗工资供女儿上大学确实不容易。

我答应老贾，找个机会劝劝邹立本，要他考虑自己的再就业问题，解决经济问题是当前的重中之重。造纸厂由于污染问题，被环保局限制生产，厂里的工人还要精简，只有另谋生路自找出路。

老贾临走的时候还告诉我，邹立本好像又去了沈阳一次。

我问许大佟最近在忙什么，热火朝天的样子。他诡秘地笑笑，说不好说。有什么不好说的，我一定要他告诉我，他说他忙的事与邹立本有关。

海厂长让总务科买两个大花篮和一个匾。我知道一定有下岗工人开公司或者开店了。这一点厂里倒是做得不错，庆贺一下，也起到鼓励的作用。一会儿厂部办公室通知说，晚上七点整到香菜根饭店。

包装车间的余主任跑到我办公室来串门，他问我知道香菜根饭店谁开的。我说反正不是我开的。我现在只要听到厂里谁谁另谋出路了，心里面就有点慌，这阵子总是在想自己的出路。再不考虑就迟了。

余主任说香菜根饭店是邹立本开的，我怎么会不相信呢？他中大奖了，发大财了？哪里有这么多钱去开一家饭店？！

可饭店确实是邹立本开的，晚上我到饭店参加他的开业典礼时，见到饭店的营业执照上清清楚楚地印着经营人邹立本。

邹老板在他开的饭店里满面春风，给每一桌客人，他过去的领导或者亲朋好友敬酒。我看到他老丈人老贾陪着厂长坐在主席位上，满面红光，频频点首，跟我前一阵子见到的判若两人。

邹老板喝高了，拉着我的手说他其实不喜欢开什么饭店，他要开一家食品公司，当食品公司的经理。他父亲过去在国营食品公司当了一辈子的供应科长，看来他是想实现父亲的理想。没想到这小子还有鸿鹄之志。

邹立本的饭店应该能够开得很好。饭店装潢很好，厨师的手艺不错，菜很有特点，正宗的淮扬菜。邹立本的祖父新中国成立前在高沙城里开饭店，老一辈的现在还有人念念不忘。他用了祖父的老牌子，也叫香菜根。再说邹立本是下岗工人，政府对于再就业有许多的优惠政策。

散席后在饭店门口老贾告诉我，饭店是他投资的。女婿租下门面房他给了三万，领营业执照后他给了两万，开业前他又给了两万做流动资金。他说人望人好，他们这些岁数大，做长辈的就望着晚辈好。他希望邹立本的饭店开好了，来个咸鱼翻身，女儿回心转意，他们老人的日子就不要劳神了。

老贾是喝高了，他说他在给邹立本钱时嘱咐他，做生意了，从今往后千万不要做什么老实人。我问他邹立本怎么说的，老贾说："他还是老实。说他以后要是不老实了我不要怪他。"

"他换个人样有什么不好的，我怪他干什么？你说，我怪他干什么？"老贾喋喋不休。

回到家手机响起来，一看是北京的号码，我纳闷：北京谁找我？我按掉后接着又响了起来。

我一接竟是贾亦菲，她的声音我太熟悉了。我赶紧跑开去，离老婆远一点。

我劈口问她是不是与人私奔了。她还是过去的样子，在我面前一说话就笑。我让她不要笑，说正经的呢。她说她这段时间音讯全无，甚至让女儿也帮她掩藏行踪是为了让自己冷静一段时间。离自己的婚姻，离自己的过去有一段距离，把有些事情好好想想。她现在想通了，也就出现了。

贾亦菲觉得，陪女儿到沈阳上学，出去以后才知道日子再这样过下去一辈子就完了。首先是自己嫁错了人。在这一点上她不能原谅父亲，怨恨父母亲。所以这次失踪是故意不告诉他们。不过她还是让女儿给姥姥打电话报了平安。

贾亦菲说她沈阳待不下去了，准备到北京去发展。她说通过市场调查，咸鸭蛋在北京有很大的市场。去年北京被苏丹红咸鸭蛋一闹没人敢吃了，国家质量检验部门在央视等权威媒体公布的有毒咸鸭蛋江苏没有一家在榜。今年北京人要吃咸鸭蛋肯定会相信江苏产的。高沙市的咸鸭蛋鼎鼎大名，又有绿色产品的称号，她决定把高沙的咸鸭蛋打入北京市的所有大型超市。她问我北京人每人吃一只咸鸭蛋是什么数字？

我相信，贾亦菲这事情要是做成了就发了，肯定大发了。我不知道她对我说这些为什么，她说我可以帮她，她想与我联手做这个买卖。我这才想起来，我弟弟是山湖蛋品厂的厂长。

贾亦菲让我心动了。不单纯是合作的前景。她对我语气又像二十年前那样柔声细语，我甚至能看到电话那头她的丰富表情。她说她现在很困难，我现在是她的依靠，有了我的支持她什么也不怕。

我还是给她泼了一盆冷水，问她老公邹立本怎么办，为什么这些事情都背着他。

贾亦菲说她与邹立本的婚姻肯定是完了，她现在最仇恨的就是他的老实，老实是无用的代名词。不过她还是给了他最后的机会，邹立本第二次到沈阳时见到了她。她告诉他要开一家食品公司的计划，让他在一个月内必须筹到五万元，只要不偷不抢不违法，采取什么手段都行。做不到就离婚。

她认为他肯定是做不到的。就他这么一个人——赚不到，也借不到。

我说也不一定，人被逼急了就变样了。你贾亦菲不也变了？！贾亦菲笑了起来，我可以想得出电话那头贾亦菲笑得花枝乱颤的样子。

挂电话前我忽然想起邹立本开饭店的事，贾亦菲也不相信。我说是她父亲投资的，她更不相信。

“他能要到钱开饭店干什么？”

听贾亦菲这么一问，我也想不通了。

老婆问我，刚才为什么鬼鬼祟祟地跑一边去接电话。我说我准备与人私奔了，哪一天没准也失踪一回。

老婆在鼻子里哼了哼：“就你，谁要送给谁，准下岗工人。穷得叮当响。”

我老婆说完就睡着了，她没有心事，她不用担心我，她现在的心高气傲还不是她现在的工资拿得比我高，经济是家庭的命脉，她是我们家掌控经济大权的人，她高枕无忧。

我睡不着。贾亦菲失踪后我对她是鄙视的，现在知道情况后又十分同情她。我觉得她就像一条干涸池塘里的鱼，她想跳一跳。

当鱼儿遇见了水……？

我想我不是一个当官有权的，要是那样肯定会利用手中的权力替贾亦菲做点什么，或者给点颜色给老婆看看。那样我肯定也就是所谓的腐败了，许多不应该发生的事情就是在这种情况下发生的。

邹立本失踪了。老贾跑我办公室好多趟，我才不相信呢。邹立本的香菜根饭店门口虽不是车水马龙，但也是宾客盈门，听说生意一天比一天好。正是赚钱的时候他怎么会跑掉呢？

老贾说邹立本给他留了张一寸半的纸条，简单的几个字：我出去找老婆了！

我看了纸条相信是真的。邹立本在纸条里强调了语气，加了惊叹号。

我问老贾有没有到饭店看过，他说看过，邹立本安排了一个人打点饭店的生意。老贾说他投给邹立本开饭店的钱是棺材本，他咬牙切齿地要接手饭店的生意。背着我他肯定把邹立本骂得不成样子。好在邹立本跑掉了，看不到他岳父深仇大恨的样子。

老贾没两天垂头丧气地又跑到我办公室来，他说邹立本是诈骗，是典型的圈套。公安局不替他做主，竟不肯立案。

我听了老贾的控诉哈哈大笑，老实人邹立本竟然把饭店转给了别人，套现后不知去向。老贾把邹立本与别人的合同复印件拿到公安局报案不成，找律师打官司也不成。

邹立本借了老丈人的钱开饭店，打了借条。他现在把饭店转包给别人，老贾说他套现只是推断没有证据，有证据又怎么了？律师说女婿做这样的事真的没有什么办法。

邹立本把饭店包给别人。我想知道那个人是谁？

老贾说："是许大佟。你还不认识？"

我一口茶在嘴里差点噎到。我赶紧到香菜根饭店去找许大佟。

许大佟说主意不是他出的，他参与进来是因为他想开一家饭店。邹立本家有老字号的牌子，他又是下岗工人享受优惠政策。他唯一做得不好的地方，是听说邹立本将钱套出来是为了找老婆而替他隐瞒了。他觉得邹立本这么做大快人心，贾亦菲的父母一定知道女儿在什么地方。他老婆邵玉秋跑掉时她父母知道实情而不告诉他，令他愤恨又没有办法，现在他可以帮邹立本出这口气，也算是扬眉吐气一回。

我想，我要是告诉许大佟邹立本骗了岳父的钱是为了给贾亦菲去做生意，有了这笔钱他的老婆或许就保住了（有可能也就没有了），他一定惊讶得目瞪口呆。

我决定不告诉许大佟事情真相，我不知道邹立本是一个什么样的下场。

贾亦菲即使知道了事情的实情也不应该责怪邹立本，她又没有交代他不许从她父亲那里弄钱。我说邹立本是弄钱而不是骗钱，是站在他的立场上。

邹立本的岳父也不好责怪他，是他教邹立本不要做老实人的。

弄到钱的邹立本还真是有本事了，贾亦菲逼出了他的潜能，打造了商品经济的环境下无用男人的成功典范。

在这以后，许大佟百思不得其解，好几次跑到我办公室来探讨，老实人邹立本这一套是跟谁学的。

我最后给了许大佟答案：是从你的情敌金吾同那里学的。

许大佟摇摇头说："不是！"他不相信。

老警察歿后

1

早上拿起充电的手机，看到上面有十一个未接电话，都是北京的小表妹昭昭打来的，有手机号，也有固定电话。昭昭读完博士后在北京工作，除了逢节日想起我，或者我想起她时互相发一则短信，平时因为工作忙没有太多的联系。

电话回拨过去，让我震惊的是昭昭一听到我的声音就哭开了，她父亲，我三舅夜里睡过去了。睡过去什么意思？就是猝死。

三舅名叫倪立民，他从公安局退休以后的这两年，一直在高沙单独生活，三舅妈早几年去世，按理说他该随独生女昭昭到北京去住。他也去昭昭那里生活过一阵子，回来对我说，北京是首都是大城市不错，但毕竟是个陌生的地方，找个人说说话都没有。还有，他有个一般人不喜欢的职业习惯，动不动让人尴尬。这次他去北京是因为临近国庆，昭昭说秋天的北京尽管短暂但是那里最好的、最宜人的季节。

三舅有心脏病，身上装了四五个国产或进口的支架。他说根本无需要装这种东西，是被黑心医生为了钱绑架了。平时就他那个劲头还真看不出是个病人。昭昭告诉我，早上没见他起来随大院里的大爷遛弯，以为他要多睡一会儿，直到六岁的女儿说，“姥爷没有打呼噜”，她才意识到什么，但已经迟了。

“我怎么办，怎么办啊？你可是在殡仪馆工作的……”昭昭哭哭啼啼地说。

遇到这样的事情也确实难为他们，昭昭和她的丈夫都是毕业留京的，从未遇到过丧事处理这摊子，身边也没有能够帮助他们的亲戚朋友。我应该赶过去吊唁和帮助昭昭处理三舅的后事，昭昭也希望我能够这样。

一切顺利的话，我也只能在一个小时以后动身，赶到北京也会是傍晚了。我交代昭昭当务之急的事情，因为三舅不是在医院死亡的，在联系殡仪馆之前，我让昭昭为父亲办一张死亡证明。这要找所住小区的管片民警，每个小区都有社区和物业公司设置的便民橱窗和标牌，那里面应该有民警的联系方式，也可以找物业管理人员直接要。

昭昭问我要不要向父亲生前工作单位高沙市公安局报告一下，我说当然要，这一环节很重要。她不知道这件事找谁，也没有公安局的联系电话。我让昭昭想出一个和她父亲关系比较好的老领导或者老部下，老同事也行。她想了想说，要不就是刑警大队的赵大队，他是父亲的徒弟，这次父亲来北京好几次提到他，说他有出息，快提拔副局长了。找赵大队长是再好不过的了，他算是公安局与我交往最多的，我也有他的手机号码。

午间我从镇江南坐上了开往北京的京沪高铁，上车前接到昭昭的电话，她住在北京西边的五棵松，就近的是八宝山殡仪馆。这家殡仪馆已经派灵车来接走了三舅的遗体，要她预约一个火化的时间。她好像拿定了主意，说定了明天上午九到十点。

我建议昭昭在家里布置一个简单的灵堂，就在客厅里布置，供放三舅的遗像，写一副挽联，点两支蜡烛就行了。这样方便昭昭和她爱人的朋友、单位同事以及来吊唁的人。

昭昭一会儿打电话来，说她家里没有父亲的标准像，遗像没有着落。我问她有没有三舅在北京游览时拍的照片，她说有，在数码相机里。我说这就好办了，送到冲洗数码照片的地方，请人家找出三舅的照片做个截图就成了。遗像要做黑白的，挑三舅面部表情好的，要显得温和、慈祥。我知道这很难，曾经当警察的三舅平时总绷着脸。

表妹夫彭亮十年前我见过一面，是个有副文静面孔和浓重闽北口音的白面书生，那时他瘦兮兮的，现在自称和他岳父一样胖瘦，一定是发福了。当初彭亮给我的印象并不是太好，而这一次他所做的让我刮目相看。

彭亮开车到北京南站接我，果真是胖了，口音也变了，满嘴的儿化音。简单的见面寒暄，开车时他一句话也没有。

昭昭见到我没有哭，默默地替我拿过行李，表情很是凄苦。她胖了一些，模样更像以前的三舅妈。她指给我灵堂——在客厅一角，一张电脑桌上安放着三舅的遗像；两边陈列着挽联，用四张 A4 纸拼起来的“慈父民警”和“光辉人生”；遗像面前供着一只苹果、一碟瓜子和一包中华烟；一支去了灯罩的台灯，灯泡孤零零地亮着。

我看着三舅的遗像，觉得有点歉疚，到殡仪馆工作以后我就没有去看过他，我给他打过几次电话，解释自己工作忙。三舅感觉到我有顾忌，直言不讳地说他不在乎，并说自己反正是快要进火葬场的人。

昭昭说在北京这样的地方，最不堪的事情大概就是丧事，想依照家乡的传统风俗做些什么都很难，连找个给父亲烧纸钱的地方都没有，刚才在小区的一个角落刚点上火保安就来制止了。给父亲送葬也不能就三两个人，那样就太冷清了，有几位同事和好友在得知情况后，试探着问明天能不能参加殡仪馆的告别仪式，她只要客气一下，他们大概也就不会要参加了，工作忙不说，就赶到这里来都不容易。最远的一位住通州，从北京的东面赶到西边来实在不是件轻松的事。

彭亮要去幼儿园接女儿，昭昭拉住他，让他再洗一次澡。彭亮说都洗过两次了，是爸爸，又不是外人，真的没有不洁的感觉。昭昭想想，还是她去幼儿园，并交代彭亮女儿回来后不许接触他。见我有些不解地看着他们，昭昭解释说，早上是彭亮将父亲背下去的，从消防通道走到地下车库。

“背遗体——你……”我惊讶地看着彭亮，他点点头。

我问到昭昭为什么要这样做，她说这天这幢楼里有三户人家结婚，不知道是哪户人家知道这里治丧，守在电梯里不让殡仪馆的人进。彭亮说怪不得人家，也要为别人想想，人家是要图吉利的，结婚毕竟是一辈子的大事，不能被丧事冲了喜气。

我打量了一下彭亮，一个身体算不上强健还有点虚胖的博士，将差不多有75公斤的三舅从十五层背下去，加地下二层，一共十七层，其艰难辛苦可想而知。

昭昭出门后，我对在我面前显得有点木讷的彭亮说了声谢谢。说实在话，我很佩服他，一个做女婿的，能做到这一步，不简单也不容易。

昭昭接了女儿回来，她看到我亲热地叫舅舅，我想抱一下这个活泼、可爱的小姑娘，但始终没有伸出手。她两岁时昭昭带着回高沙，我抱着她喜欢得不想放下。因为我的职业，我不能像过去那样抱人家小孩了，我提醒着自己。

晚上昭昭要带我出去吃饭，说附近有一家郭林菜馆，既有北京家常菜，也有做得不错的烤鸭。我谢绝了，非常有理由：三舅的灵堂在家里，我们不要离开。

晚饭时我要了白酒喝，昭昭非常奇怪，她知道我是不喝酒的，平时连啤酒都不喝。彭亮的酒量也很小，我们喝了三两不到的二锅头就话多，就舌头打啰了。

好一阵子我们纠缠在彭亮背岳父下楼这件事上，我表示我的敬佩，表示我的感激。彭亮讷讷不言。

最后他说，硬是将三舅的遗体从电梯走不是不行，打个电话叫警察来就解决了，但那样太得罪人了，都是邻居，早不见晚见；最主要的是，以岳父的为人，也坚决不会同意这么干。

昭昭号啕大哭起来，她在我面前还没有哭过。她的丧父悲痛积郁在心里，被引发了出来。

昭昭哭诉："妈妈死的时候说，'好了，我终于不要担心你爸爸了'。最不情愿他当警察。"

三舅的警察生涯中有过几次生命危险，他蛮拼的，好像命不是自己的似的。

2

第二天早上八点多一点我们就到了八宝山殡仪馆，这家著名的殡仪馆边上紧挨着更著名的八宝山革命公墓。

已经有几个昭昭和彭亮的同事和朋友等候在那里，他们早早地赶到是考虑到北京的路面交通状况。无一例外的是，他们每个人手上都捧着一束鲜花，这让随后赶到的高沙市公安局政治处的朱主任有点尴尬，唯独他拖着一个拉杆箱。他是早上六点多到北京的，能够赶到这里来，照他的说法“十分不容易！”，局里昨天晚上专门开了一个会研究倪立民的治丧，表示要尽可能地隆重。

朱主任特地做了介绍，他是市公安局的党委委员，副局级。他的拉杆箱里，有打印出来的“倪立民同志治丧委员会名单”“政法委书记和公安局长以及民警的唁电”“高沙市公安局对倪立民家属的慰问信”“对倪立民同志的悼词”以及连夜赶制出来的巨幅挽联……

朱主任的工作可谓十分细致，但他忽略了一点，干了一辈子警察的三舅一定希望有穿警察制服的同事或领导来送他，而朱主任却穿着便衣。

按照朱主任带来的高沙市公安局计划，要在八宝山殡仪馆为三舅开一个隆重的追悼会并举行庄严的告别仪式。在朱主任张罗租用追悼会礼堂时，我悄悄地与他商量，能不能根据北京这里的情况做些调整，这里不是三舅这样的人享受“高沙市副局级干部待遇”的地方，一切应该从简。

朱主任考虑了一下说：“行，只要是倪立民同志家属的意见，我们尊重。”

在我和昭昭商量的时候，朱主任跑到一边去打电话，他一定是出于谨慎给局长或者政委汇报一下。

我告诉昭昭，按照规定公安局会发放一笔丧葬费和补助，租用礼堂开追悼会的费用按理说在丧葬费里开支，在北京这个地方应该价格很高，没有必要搞形式和浪费。昭昭说她倒不考虑费用，只是觉得就这么几个人开追悼会冷清而又滑稽，还不如不开。

我看了一下朱主任带来的挽联，“恭勤对事正直如竹，真诚待人清廉如莲”。横幅是，“永远缅怀”。

殡仪馆安排的告别厅是文瑞厅，有一个小伙子充当司仪，告别仪式进行了精心的安排。像媒体上经常报道的那样，庄严肃穆的告别大厅里，哀乐低回，倪立民同志遗体覆盖党旗，躺在鲜花丛中。倪立民同志的亲属和生前友好以及高沙市公安局的领导同志参加了告别仪式。告别仪式结束后，朱主任向倪立民的亲属表示了亲切的慰问，并转达了高沙市政法系统领导的问候。

朱主任在向遗体告别的时候特别认真，左一个，右一个，鞠了好多躬。并做说明：“老倪，我这是代政法委罗书记给你鞠躬、李局给你鞠躬、谢局给你鞠躬、许政委给你鞠躬……你徒弟赵大队给你鞠躬。最后是我了，我给你鞠三个躬。”

告别仪式结束以后，我们去休息室休息，等着三舅火化结束后取骨灰。昭昭向朱主任致谢，说她和彭亮都没有告诉单位父亲去世的消息，怕找别人的麻烦。朱主任连说组织上关心是应该的。

中午昭昭在酒店里订了“豆腐饭”，朱主任没有参加，他下午要到公安部办事情。约好了在昭昭送父亲骨灰回去的时候去公安局找他处理丧葬费等一应事宜。

我回昭昭的住处，帮她拆了灵堂。其实也就是扯了挽联，将她父亲的遗像和骨灰盒安放在电脑桌上。在八宝山殡仪馆我看到北京人手上捧着的逝者遗像大多是彩色的，而在高沙现在是以黑白来表示阴阳两隔的。

我要走了，昭昭和彭亮需要赶紧休息，尽快地得到安宁和平静。我嘱咐他们过几天有时间和精力的时候整理一下三舅的遗物，留下值钱的和有纪念意义的东西，其余的都处理掉。

还有，我建议他们将三舅的骨灰盒送回高沙老家安葬，不要长时间放在北京这里。昭昭点点头，说父亲魂归故里才能真正安息，他在她面前说过多次，在他死后买一个墓穴，将家里放着的她母亲骨灰盒葬在一起。现在这个交代变成了遗愿。

昭昭请我为她父母在高沙物色一座最好的、最贵的公墓。说要最好的可以理解，为什么要最贵的呢？后来我才知道，是昭昭有心病。

在北京南站候车的时候，昭昭给我打来电话，她问父亲的葬礼是不是过于简单？她后悔了，觉得当时应该租高档礼厅开一个追悼会。

我安慰昭昭，在北京能将三舅的丧事办成这样，非常不错了。三舅如果对自己的丧事能留下话来，定也不让搞高沙有些人喜欢的封建迷信和吹吹打打的那一套。三舅在北京去世其实是他的福气，这里的殡葬条件不知道比高沙好多少，庄重多少。高沙一年死那么多人，有谁能够到北京八宝山殡仪馆来火化？我这么安慰昭昭。

我还有感受，经历这么一场，我有了对比。我们高沙殡仪馆缺少的东西恰恰在这里有非常好的体现，职业的庄重是蕴含在对丧户服务的每一个细节里的。

转过来我让昭昭对彭亮表示我的感激，谢谢他为我三舅所做的，作为女婿他太不简单了，能够背岳父的遗体下楼。即使是做儿子的，也没几个能够做到彭亮这个份上。彭亮说，他这么做是应该的，不说岳父这层关系，他们家欠警察一个恩情。他说，不说了，似乎有难言之隐。见他这样我也就没有再追问。

在昭昭和彭亮送我上电梯后，我只乘了一层电梯就出来进到消防通道。我上到昭昭住所的十五层，站着抽了一根烟，然后往下走。

我没有背着一具七十多公斤的遗体，只是手上拿一个不大的旅行包，到地下二层的时候，我气喘吁吁，腿发胀，最难受的是两个膝盖。从十五层到地下二层我数了一下，有五百四十四级台阶。

我乘高铁到镇江南站后给彭亮打了电话，告诉他我到家了。其实我还要换乘长途客车，再有两个小时才能够到家。这么做是让他们早点放下心，他们该早点休息。可彭亮说他们早躺在床上了，可想睡就是睡不着。

我告诉彭亮："我这一路上也在想三舅，他这个人，挺严肃的。"

彭亮说："没觉得啊！"为了证实这一点，他说给三舅拍了很多的照片，画面上他都是笑眯眯的。刚才他还和昭昭在看。

我说："我三舅有一点很不招人喜欢，他太爱拍桌子。"

这与三舅的职业有关系，他干过二十多年的预审员。三舅妈不计较他，说三舅不是乱拍，他拍得有轻有重，有缓有急。很多犯人的心理就崩溃在他拍桌子的声音里。但怎么说我也不喜欢三舅这一点，他在单位拍，在家里也拍；对犯人拍，对家人也拍。我告诉彭亮三舅喜欢拍桌子，有向他打招呼的意思，料想三舅一定会在他面前拍过那么几次。

奇怪的是，彭亮说他没见过三舅拍桌子，一次都没见过。

边上的昭昭抢过电话说："哥，爸来我们这里像换了一个人。我问过他，为什么不拉一副工作面孔了，他说怕得罪姑爷；至于为什么连桌子也不拍了，他说是怕吓着孩子。"

我"噢"了一声，想在北京这样生活的三舅等于换了个人一样，这样的他还是他吗？我本来还想要几张三舅在北京拍的数码照片的，不想再要了。

昭昭小心翼翼地问我，他们是不是有什么做得不对的。

我说："没有什么不对的，三舅太爱你们了！"

3

昭昭变了，在北京就觉得她总是在不停地叙说或者解释什么，要知道她过去可是个沉默寡言的人。

我回来以后她给我打过好几次电话，总觉得对不起父亲，抱怨自己。说让父亲到她那里，没过上几天好日子就过世了。没有能够送他去医院，也没有对他进行施救；丧事也没有办好，过于简单草率，送葬的人少不说，连父亲单位要开的追悼会都没开。

为了安慰昭昭，我只有照她的意思在高沙市花三万多买了一处双人墓，真是最好的和最贵的。

昭昭不满意，要我打听一下墓园有没有要开发豪华墓区的计划。我说不要打听，现在买下来不会过多久就会升值，墓价比房价还会升得快。

昭昭说这是为父亲能够做的最后一桩事，不能再草率了，一定要慎重，一定要做好。

我对昭昭说，她和彭亮对三舅生前和死后都够好的。我回来把北京的事情对亲戚们说了，他们都觉得三舅死在北京实在是为难昭昭和彭亮了，丧事能够办成这样很不简单。

“隆丧厚葬果真就能够给人安慰吗？我想，有也是暂时的。昭昭你根本不需要那么去想！”

我对昭昭说起高沙市前不久的一桩殡葬。可以说，死者的子女将丧事办得极尽奢华，可事与愿违，因为这场引人注目的豪华丧事倒引出了很多的往事，死者的儿子马万朝被人指着后背骂了很久。

马万朝是高沙市很有钱的主，身家数亿，属下有好几家企业。他母亲是从靖江市嫁到高沙来的，马万朝九岁时丧父，此后她母亲一直含辛茹苦地培养着他。马万朝并没有像他母亲希望的那样考上大学，这样就不能够在毕业后分到母亲向往回到的苏南。他高中都没有考上，到一家棉纺厂当了销售人员。这个工作倒适合他做，天南海北地搞了几年销售，业务费领了很多，回扣也拿了不少，私下里还做建材生意，开了一家规模很大的建材超市。到他当上分管销售的副厂长时来了机会，高沙市新的市委书记是靖江市调过来的。在接下来的改制中棉纺厂变成四方纺织股份有限公司，马万朝成为董事长。他能够吃到这块肥肉大家都知道是与市委书记的关系，算起来马母是书记的表姨，他沾了转弯抹角的表哥的光，扯上了裙带关系。当然，表哥书记也欣赏他会来事。

儿子有钱了，马母却后悔了，钱害了儿子，有了钱的儿子六亲不认，只认得给他好处的人。马母觉得自己的晚年非常不幸，她希望的幸福生活是早晚见到儿子，能够给他们一家做三顿饭，像普通人家的老爷爷老奶奶那样，能够在孙子放学的时候等候在学校门口。儿子一样也不让她称心，这些她都没有。

儿子为了讨好老婆将她“请”出去住，替她买了一处大房子，雇了一个保姆伺候她。孙子也见不到，被儿子送到了寄宿制的贵族学校，只有在过年过节的时候看到一两眼。最不能忍受的是儿媳妇，每天早上将她的狗闺女，一只叫淘淘的博美犬送过来，放下来就走，说是陪老太，怕老太冷清。有时儿媳妇特地交代狗闺女几句，也不是人话：“乖，好好陪奶奶！”“淘淘，你想说话就找奶奶说哦！”

到晚上的时候，儿媳妇会将狗闺女带走。马母也不留，狗和她不亲，在她这里只懒洋洋地伏在地板上，偶尔开口也是吼叫和冲着她龇牙。

马母晨练的时候认识一个丧偶的老教师，他们很谈得来。老教师有时候拎着一个很大的茶杯到马母住的地方，照马母的说法，他连沙发都很少坐，总是站着说话，好像在上课似的。

这事情传到马万朝耳朵里，就有人警告老教师，再往马母那里跑就砸断他的狗腿，老教师有点露怯，说是马母约他去的。警告他的人提醒老教师，腿长在他身上可是听脑瓜子指使的，要不就修修他进水的脑瓜子。

老教师有点迂，觉得不去马母那里，他和她在晨练的公园里说说话是谁也管不着的。没多久老教师就出事了，腿被撞断。不是汽车，也不是摩托车撞的，就是一辆女式电动车，骑车的是一个小伙子。马母到医院看望老教师时，他对着她一句话也不想说了，只是唉声叹气。

马母找到儿子，对他说："我想找个人过日子，谁也别想拦住我。我这么大岁数了，找个人图什么？就是想有人能陪我说说话。我知道你搞破坏，我还是要找。继续找下去，接下来打算找一个你厂子里的退休工人，还要让你叫他爸！"

马万朝说："你几十年都坚持下来了，就再坚持一下吧！要找人说话我替你找，花钱找个更年轻的陪你。在家里做什么都行，就是不要出去丢人现眼……"

马母打了儿子一个耳光，气得糖尿病加重住进了医院。

住进医院后马母就不想出院了。老太太串病房和病友聊天，眼泪汪汪地拉着人家的手，一说就是半天。她哀求医生让她在医院住下去，对儿子说就在医院里等死，她感到在医院里比在家里幸福。医院里有医护人员照顾她，有很多人围着她转。儿子再忙也要来看她，即使她知道儿子是做给别人看的，她也扬扬得意。不管儿子怎么样，她从来不说儿子坏话，她只说儿媳妇不好。

她给同病房的讲儿媳妇的狗闺女淘淘，她说她看得很清楚，狗闺女淘淘不是来陪她的，是狗妈怕它在家冷清才送她这里来的。"他们不陪我，倒要我去陪一条狗，还送我一个狗奶奶的辈分。"马母说到最后难免愤愤不平。

马万朝到医院愈发少了，从开始的每天都来，到隔一天来一次，再到隔三五天来一次。最多的一次隔了二十多天。马母是记日子的，记在一张纸上，有意无意地让马万朝看到。

马万朝问医生，像她母亲这样的情况还能活多久。恰巧被病友听到，传进马母耳里后果可想而知。

马母奄奄一息，拖了七八天才死，马万朝要她老人家留一句话，她到咽气之前才一字一句地说：“绝八代好！”

马万朝大声重复给边上人听的却是：“老太要我们马家代代好！”

马万朝大肆操办母亲的丧事，他着人到苏州赶制了绫罗绸缎的寿衣，买来一副新的水晶棺，用一辆日产车改装成灵车。照他的要求，除了火化炉不能改成新的，其他的都要用别的死人没有用过的。

马母出殡那天引得众多人夹道观看，两辆宝马车开道，其后的大卡车上是身着制服的铜管乐队，缓缓移动的特制灵车上插满了洁白的玫瑰，紧跟着灵车的是哭丧车，一辆皮卡的后厢里密匝匝挤着七八个雇来号哭的孝子，最后是长长的清一色的黑色小车，绵延了百十米。

这个场景是朱蕴以后讲给我听的，那天在马母送葬的车队到殡仪馆之前，我们接到了很多责骂的电话，有市民说我们扰乱社会秩序和破坏交通。我们只解释一句，这个车队里面没有一辆我们的车。

为了避免出殡车压路影响交通，我们和交通警察大队有过约定，灵车在市内行驶时控制时速不低于十五公里。

马母的追悼会和告别仪式搞得极为隆重，但让人觉得怪怪的。

市里的四套班子都有领导来参加，在他们面前读由文联老主席写的辞藻华丽，极尽颂扬之能事的悼词，多少让人有点尴尬。照悼词里说的看来，马母当选“感动中国人物”似乎当之无愧。

马万朝一直由两个高大、壮实的汉子扶着，看他悲痛欲绝到虚弱的样子，好像一松手就要瘫倒在地。

告别仪式上，马万朝站在母亲遗体面前干号两声，双手拍胸，死劲跺着脚，他大概还想为自己解释一下：“妈啊，我工作忙，顾不上照顾你，我对不起你啊……”

马母火化时，马万朝一直站在殓葬间的外面，任谁拉都不动身。他也不累，边上两个人供他倚靠着。

殡葬工雍大贵抽着马万朝发的中华香烟，怀里揣着他送的二百元礼包，看着眼前的一幕仍然没有好话，指着马万朝后背说：“生前对老人家好一点，也不要这么表现突出。做给人看的，没意思！识破了反被人骂。”

马万朝办丧事，看起来是死人风光，活人威风，其实不然。高沙街头巷尾好长时间里都有人在议论“大孝子”马万朝对他母亲所做的那些忤逆事，内容无所不详，真所谓好事不出门，坏事传千里。

我对昭昭讲到这些也发表我的感慨，马万朝铺张办丧事，适得其反，引发了人们对他的恶感，虽然有仇富的心理在作怪，但群众的眼睛是亮的。

高沙市自行车零件厂的工人崔长彪下岗后买了一辆人力三轮车载客，从生产流水线上下来的工人到社会上以后缺少技能，只能从事简单的体力劳动，妻子嫌他穷和丢人，离他而去。他不得不踩人力车，这个工作风吹日晒，苦点、累点、赚钱少点，但没有风险，每天见着收入。崔长彪生活压力特别大，要付女儿的抚养费，还要照顾病瘫在床的老母亲。

高沙城里的人力三轮车越来越多，多到生意没法做。政府进行管理，将人力三轮车漆成蓝颜色和黑颜色，轮番上街做生意。这就苦了崔长彪，他每天要花时间给母亲做三顿饭，轮他蓝颜色车的这一天也就做不了多长时间的生意。踩人力三轮车的经常为做生意争吵，对崔长彪倒是很宽容，让他每天都出来做，运管所也给他开绿灯，照顾他的实际困难。崔长彪很硬气，每天上街只做五个小时的生意，掐着点做，绝不多一时半刻。

崔长彪在老母亲病重后想满足她的心愿，带她回住了几十年的东门大街看最后一眼。母亲怎么也不肯去，崔长彪知道原因，她怕打车花钱，坐他的人力三轮车她不忍。

母亲说人力三轮车是儿子谋生的，而她要是坐了就是享福。她受不了儿子在她面前出力流汗。她说她要是有钱，就给儿子买一辆出租车开。

母亲去世后留给崔长彪四千多元的存款，这是她省吃俭用一辈子的积蓄，远远不够给儿子买车的钱。

崔长彪为母亲出殡时请求殡仪馆的灵车绕个道，到东门大街那边，让母亲看看那里的草巷口。

崔长彪让女儿坐在灵车上，他踩着三轮车跟在后面，一路上他眼泪汪汪的，不知什么时候，身后跟上了多辆下岗工人的三轮车。

大家默默地踩着三轮车，空载的车排成队在街上徐行，每个人脸上都带着或悲戚或凝重的表情，任路人向他们投来疑惑的目光。

崔长彪到殡仪馆以后没有租用告别厅搞仪式，他要将母亲从灵车上抱到殓葬间去，接待处的工作人员制止他，告诉他应该由殡葬工来做这些事。他说，母亲带他到世上，他要以这个方式送她离开，算是最厚的孝敬。

我当时不在殓葬间，是窦亚与同事打招呼由着崔长彪去做的。事后我表扬了窦亚，很特殊的情况，他处理得很有人情味。

崔长彪为母亲买了一个几乎无人问津的陶瓷骨灰盅，由女儿捧着坐在他的人力三轮车上回家。

一个人，他的经济能力有限，但他有真心，有不同凡响的孝敬，表达了对母亲最朴素的爱和最真实的留恋。相对于那些纸花假马的随葬，虚情假意的抽泣，立马让人分出高下。

昭昭听我讲崔长彪的故事时流泪了，我在电话里能够听到她的抽泣声，她说她懂了，知道该怎么去做。

她真的是懂了。一个多月后她送父亲的骨灰盒回高沙安葬，听公安局的领导说，她父亲每个月都拿出一半的退休金资助荷花塘特殊学校，那里面的学生都是聋哑、失明和有智障的孩子，做了好几年了。组织上也是在三舅去世以后才知道的。

昭昭找到那所特殊学校的校长，表态将这件事继续做下去，用完父亲的积蓄以后由她出资。她对我说，把父亲没有做完的事做下去是一种幸福，是对他真正的尊重、孝敬，也是一种有意义的纪念方式。

她告诉我一件事，彭亮的事情。九岁的时候，彭亮的父亲酒后溺亡在村里的池塘里，打捞他的人要用绳子将遗体拽到岸上来，闻讯赶来的一位警察毫不犹豫地跳到水里。背起他父亲的遗体，涉着齐脖子深的水艰难地上岸。当时的情景，在他以后三十年的岁月里不时地浮现在脑海里。那天，彭亮觉得他背的不是岳父，也不是一个老警察；他就是那个给他父亲尊严的乡村警察，背上背的是他的父亲。

内　保

下班铃声打起来的时候，门卫不紧不慢地打开门，下了班的工人像卸了闸门的水一样涌出来。

车间主任李兆丰把站在厂门口的保卫科长石小满叫到边上，轻声地，套着他的耳朵揭发了一件事。石小满转身跑回办公室，冲着看报纸的副科长尤泽兵说："快去追。"

尤泽兵平时木讷，整天一副看报纸昏了头的样子，遇到情况反应还是快的，立即推开报纸站起身来问："追什么？"

"江亚钧身上揣了东西出厂了。"

尤泽兵骑上自行车出厂后，石小满转过身来又站到传达室门外。

江亚钧出厂时是跑着回家的。他家离厂不远。他一只手插在半敞的T恤衣服里，还冲石小满笑了笑。他是老厂长江伯雄的儿子。

尤泽兵骑着车回来，脸上一点表情也没有，回了趟办公室跑到厂部办公楼去上厕所。从办公楼出来，甩着湿漉漉的手在石小满身边站着也没有说什么。

石小满回办公室时尤泽兵跟着，进屋后他拉开办公桌抽屉，让石小满看里面卧着的两只亮锃锃的轴承。

石小满盯着尤泽兵，分明是责问的目光。

尤泽兵怵石小满，半天才说：“我不敢声张，江厂长与你关系好嘛。”

石小满拿起沉甸甸的轴承说：“这是罗茨真空泵上用的。这么重的东西怎么拿出厂的？”

“我追到他，他很紧张。拉了一下他的衣角，轴承抖搂出来，差点砸到脚，还好没有人看到。”

“怎么偷这种玩意？”

“他说是旧的，我看也不值几个钱。”

“你看就算了？！”石小满气嘟嘟地说着，拿起电话往老江厂长家里打，他让江亚钧立即到厂里来一下。

尤泽兵说：“算了吧，这事抖开来会让你为难的。”

石小满恼火地说：“大脑进水了。”

江亚钧气喘吁吁地赶来，进门就拆开一包“金南京”香烟的封头，忙不迭地给石小满和尤泽兵敬烟。石小满说：

“你做的什么事呀？给尤科长讲讲清楚。”

“臭事，臭事。拿了两只旧轴承回家做东西用。”

“新的吧？还蒙我这个老维修工。尤科长看不出来，我还看不出来？”

尽管石小满笑嘻嘻的，语气也柔和，江亚钧还是有点紧张了。表现在不再说话，一个劲儿地抽烟。场面冷了下来，石小满锁上办公桌抽屉，站起身来说要到车间去一下。他交代尤泽兵，江亚钧将事情讲清楚就让他回家。

出办公室找了处僻静地方，石小满用手机给常务副厂长张荣彩打电话。这阵子厂里是他在当家，厂长潘震宇调到石化局任局长，据说是新一届市政府班子的候选人。其实潘震宇还在问着厂里大大小小的事，只是遇麻烦事时才以他不在位为理由推一下。没有完全交班的原因是格拉斯装饰材料厂正在上大的技改项目，市里也不放心这一块。

张荣彩电话里的噪声很大，乱哄哄的。他说在陪客户吃饭，等一会儿打电话过来。

石小满把电话装进衣兜，想，如果他处在张厂长这个位置上会怎么做。得出的结论是：不急于表态，请示一下潘局长再说。石小满估摸张厂长刚才是打了个过门。

回到办公室江亚钧已走了，尤泽兵又在看报纸。他向石小满汇报江亚钧的情况，轴承拿回家是准备做一个可移动的底盘放冰箱用。

石小满笑了笑。这时张厂长来电话了。石小满看了看尤泽兵接电话：“张厂长您知道了……”

接完电话尤泽兵问：“张厂长怎么这么快就知道了？”

“所谓没有不透风的墙。”石小满说。

尤泽兵把事情经过回忆了一下，百思不得其解的样子。

石小满把张厂长的指示告诉尤泽兵：加班加点，把事情真相搞个水落石出。

尤泽兵嘀咕：“让我们当牛做马啊，晚饭还没吃。”

石小满说那就先到鸿运大酒店吃点便饭。尤泽兵一听这话劲头来了，往家里打了电话。石小满给李兆丰打电话，让他速到鸿运大酒店。尤泽兵好像明白过来，以为是李兆丰将此事捅到张厂长那里，他说他知道张厂长为什么这么快就知道江亚钧的事了，并且很肯定是他干的。石小满巴不能他这样想，厂里谁都知道，李兆丰在给老江厂长退休送行的酒桌上摔了酒杯。他的住房老江厂长没替他安排好。

石小满他们在酒店稍坐了一会儿李兆丰就急匆匆赶来了。他说饭已吃了一半，石小满说只要酒还没喝足就行。酒店是厂里的三产，经理的级别算是班组长，见保卫科两位科长和李主任来了赶紧过来招呼，说真是难得的稀客。他是吃过石小满苦头的，有一天晚上快结束营业时被保卫科通知进行消防演练，练到天亮才结束。经理诉苦到张厂长那里，张厂长说潘局长最放心不下的就是消防安全，在会上多次强调：生产服从安全，安全就是效益。他还表扬保卫科做得对，做得好。要理解、配合和支持石小满的工作。

先上了凉菜，有彤红的盐水大虾、油汪汪的咸鸭蛋、喷喷香的桂花鸭还有蒜泥拍黄瓜。李兆丰嚷着简单一点。石小满说难得陪师傅喝酒。要了一瓶五琼浆白酒，给李兆丰满酙了一茶杯，剩下的石小满和尤泽兵没分完留了一些。对李兆丰打招呼，不能多喝，吃完饭他们还有事。经理把炒菜软兜鳝背亲自端上来，李兆丰嗅了嗅鼻子，闻到了黑胡椒粉的香味，他说好，多吃鱼少吃肉对身体有益。经理介绍酒店里有一条刚从高宝湖里捞出来的野生鳊鱼，有二斤半重。石小满让快快清蒸上。

饭桌上石小满有点心不在焉，李兆丰就问是不是烦江亚钧的事。尤泽兵忍不住把情况说了一下，看他的表情。李兆丰说：“可恶，该怎么处理就怎么处理吧。保卫科是管全厂的。”尤泽兵说张厂长也知道了。

“纸是怎么也包不住火了。”李兆丰像是感叹。

石小满的酒量很好，杯里的酒有二两，临结束时一口喝了。签单时石小满皱了下眉头，吃了三百多块钱。他加了备注，是张厂长安排的。出门时经理往他们每人手上塞一包烟，石小满没接，让尤泽兵拿着。李兆丰要回家，石小满拉住他：“我想把江亚钧的工具箱打开来看看。”

李宝应面露难色：“我没有钥匙。在场怕也不合适吧？”

“没有什么不合适的。工具箱是保管工具的，不保管私人物品，也不存在侵犯隐私。只是请你做个在场人而已。”

“你这是拿蜡烛插我屁眼，用我了。”李兆丰苦笑着。

半路上石小满让尤泽兵回办公室取照相机、消防斧、盖有保卫科印鉴的信笺纸还有胶水。

尤泽兵走了后李兆丰对石小满说：“你是我几个徒弟中最聪明能干的一个。”

石小满说：“不是，算不上吧。被您还骂得少了？”

李兆丰说：“江厂长对你我都不好，他听他老婆的话，买官卖官。”

石小满觉得李兆丰这时这样说不好，他说老江厂长还行，他没在他身上花过钱。

李兆丰不再说了，从口袋里摸烟。

李兆丰用打火机照着大铁锁往里投钥匙，石小满帮他拉开沉重的铁门。

车间里黑漆漆的，与白天的繁忙、喧嚣相比静寂得令人恐怖，觉得是到了另一个地方。李兆丰让石小满小心脚下，他摸索着去开灯。石小满对车间里还是很熟悉的，进厂后他在这里干过五年维修钳工。

铁制的工具柜都是自制的，大大小小、高高矮矮的静静地立在车间的角落里。等尤泽兵拿东西来的当儿石小满和李兆丰抽了根烟。李兆丰说了些石小满过去在车间里的事，石小满都不记得了。

尤泽兵来了，用消防斧只一下就敲开了江亚钧工具箱上的铁锁。出乎意料，里面空荡荡的，只有一把钳工锤和一把变了形的锯弓，翻到箱底也只有一只装过柴油的塑料壶。再下面是一本脏兮兮的画报。

石小满问李兆丰江亚钧还有没有其他的工具箱了，李兆丰想了想，摇了摇头。他又问现在与江亚钧搭档干活的是谁，得知是赵光鸣。

“砸赵光鸣的工具箱。有几个砸几个。”石小满指挥尤泽兵。

赵光鸣有两只工具箱，砸开一只就露了馅，里面满满地堆着轴承。

李兆丰蹲下身来从工具箱中掏出一只轴承看了一眼就断定：“旧的。是用过的轴承。”

旧轴承就是换下来的淘汰了不用的轴承，又不是贵重金属，他们清洗得干干净净的干什么？是不是有其他的用途？石小满觉得有疑问：“赵光鸣平时干活勤快吗？”

“不勤快。懒得要命。算盘珠子，不拨不动。”李兆丰说。

石小满用照相机将工具箱里的轴承拍了照后对工具箱进行清理。翻出来的轴承有39只。

“李主任你看看这些轴承还能用不？”

李兆丰拿起几个轴承摆弄了一番说：“都还能用，但不保险。轴承是有使用寿命的。”

石小满干过维修工，知道厂里有十多台罗茨真空泵。轴承易损，每次检修时都把轴承换成新的。他想江亚钧、赵光鸣极可能对轴承做了手脚，但他没有轻易把想法告诉李兆丰。

李兆丰也有疑虑，他倒吸了一口冷气说：“他们做鬼了。把换下来的轴承清洗如新，在检修时换上去，留下新领的轴承。”

“留下来干什么？”石小满追问。

“卖钱。不卖钱这么做干什么。”尤泽兵很快地接着他的话茬说。

石小满想由李兆丰来回答这个问题，偏偏尤泽兵嘴快。不得已他又说：“李主任，如果你不反对的话我们将工具箱都打开来看一下，曝曝光，看还有没有其他名堂。”

“敲吧！”李兆丰无可奈何地说。他不好反对石小满的建议，可敲工具箱的后果却是要由他承担的，明天这些被敲开工具箱的受害者会吵翻天。他觉得真是应了“城门失火殃及池鱼”这句话。

尤泽兵把十多台工具箱一一敲开，石小满站着不动手，与李兆丰说一些闲话。李兆丰说着话，眼睛却一直瞄着打开的工具箱。

工具箱里有五花八门的东西。有布满油污的工作服，破手套，臭胶鞋，当然也有些有问题的东西。钣金工柏华的箱子里有一包从旧阀门上砸下来的碎铜，还有半成品的私活，一只敲成形但没有成功的铁皮书夹。维修工王春生在工具箱铁门的背面画了一张蟹壳脸，与李兆丰极像。问题在于他在画上打了个 × 显得有点用意歹毒。李兆丰看得脸都绿了，跑过去把王春生的工具箱翻了个底朝天。偏偏又没查出什么，气恼得不行。见尤泽兵将打开的工具箱一一用封条封上，就说没他什么事了，要回家。石小满也不再留他，让他把大门钥匙留下，又关照他明天上午在仓库领些工具箱用的锁给敲了工具箱的人。

回到办公室，石小满打电话给供应科薛科长，询问罗茨真空泵轴承的价格以及进货渠道。薛科长一口清：每只 53.3 元，三 A 轴承专卖店进货，老板叫唐广生，电话号码 130043158××，尚欠货款四千元。说完这些他小心地问了一句："有什么问题？"石小满说："没什么，明天到厂里再说。"

石小满把三 A 轴承专卖店的情况写在一张纸上，放在桌上。

江亚钧再次被叫到厂保卫科时明显的不自在。他在石小满对面的椅子上坐下，不自然地笑了笑，没说出口的话是："你又找我干什么？"

石小满："知道找你来干什么了吧？"

江亚钧不吭气。尤泽兵见状拿出保卫科的"询问记录"，石小满示意他收起来。发现江亚钧盯着桌上刚才他记事的那张纸，抓起来揉成一团扔废篓里。

"说了吧。"石小满像是鼓励江亚钧。江亚钧又笑起来，这回是不好意思的笑，有点不知所措。石小满从抽屉里拿出几张方格稿纸：

“写份检查书，把事情说清楚再加一些认识。”

江亚钧有些犹豫，石小满告诉他已经到车间里开了工具箱，还做了些调查。江亚钧说：“明白了，你们还找了唐老板。”石小满笑了笑。

江亚钧在纸上写的时候石小满凑过去看了一眼，令他兴奋，江亚钧承认从厂里拿了七只轴承，以每只三十元的价格卖给三 A 轴承专卖店。

尤泽兵也看到了，冲石小满会心一笑，转而提起暖壶去打水。石小满对他的这种做法有点反感，他觉得尤泽兵是给他与江亚钧单独在一起的机会，事情做得太明显了。

江亚钧倒是把握机会，在尤泽兵出去后对石小满说：“我不说实话让你为难，是得罪你。现在竹筒倒豆子兜了底了，你看着办吧。”

石小满说：“说，不说，你做了这样的事都让我很为难。怎么就这么糊涂？”

江亚钧说：“不说了。只怪我听了唐老板的话。”

石小满问谁唆使他这样做的，江亚钧不答话。石小满扔了支烟给他，再不问他什么。

尤泽兵回来后石小满问江亚钧是不是都说清楚了。他一口咬定说清楚了。

尤泽兵说：“事情有点麻烦，连张厂长也都知道了。纸是包不住火了。”

江亚钧叹口气说：“吃个枣子留个核子，确实做了不好的事，反正检查书也写了。”

让江亚钧回去以前石小满问了他一句："这件事是不是真的与赵光鸣无关？"

江亚钧说："绝对没关系。我不能胡编乱造害人家。"

找赵光鸣还费了些周折，好不容易找到电话号码把电话打到他家里。赵光鸣反复问有什么事，石小满说来了就知道了。赵光鸣说下班后的时间是自己的，问能不能明天来。石小满说不行："你来吧，算你加班。"

赵光鸣来了以后石小满就没电话里客气了。冷冷地交代尤泽兵与他谈话并做笔录。

尤泽兵对赵光鸣说："你难请呀。待会儿我算了加班费给你回去。"

"我以为没什么事。你们找我能有什么事？"

"能会没事把你找来？咱们长话短说吧，也不能占了你的休息时间。"尤泽兵说话间摊开了询问笔录纸，注明了询问人石小满（？），被询问人赵光鸣（：）

？赵光鸣，询问你有关和江亚钧合伙拿厂里轴承回家的事。

：有这种事？私下里把厂里东西拿回家是偷吧？不要说得这么客气。告诉你们这事与我没有任何关系。我声明了，你们告诉我，凭什么找我？

？凭什么，凭江亚钧的揭发，凭你工具箱里的赃物，凭我们调查掌握的证据。

：江亚钧是我的同事、搭档，我们关系不错。我不信他会无中生有害我。我工具箱的东西不全是我的，再说那都是厂里的东西。

你们有什么证据希望提供给我，我倒要看看是什么可笑的东西。

？赵光鸣，一、你不要高估自己的能力，以为事情做得滴水不漏，以为我们对你没办法；二、不要太相信你的同伙，相信同盟。想想我们为什么不找张三也不找李四偏就找到你了。

：希望你们客气点，我没有同伙。如果你们是警察会不会说我有同犯？

？换个地方，换个问话对象有可能这么说。

：哪我就什么都不说了，等你们给我换地方吧。

？这样不好吧？

：我该说的都说了。

赵光鸣抬起手腕看表："现在是二十一点十分。"

石小满以喝水掩盖自己的情绪。想了想，跑到外面给江亚钧打了电话，让他再来一次。

江亚钧来了后在门外站着。石小满从窗口看见了他，赵光鸣看不见，他背着窗户。

"问题说出来就好了。多大的事啊？"石小满说。

赵光鸣仍不吭气。

石小满喊江亚钧进来。见了赵光鸣，江亚钧竟笑了。当然，是一种无奈的笑。赵光鸣为了表明他的态度，一点表情没有。石小满让他到隔壁的传达室去待一会儿。

江亚钧问石小满事情怎么没完没了了。

石小满说："这要问你。事情说清楚了没有？傻瓜一个，让人家揭发你，显得你态度恶劣。"石小满说完扬了扬手中一沓询问笔录。

江亚钧向石小满讨，要想看看赵光鸣都说了什么。石小满怎么会给他看，他让尤泽兵对江亚钧做笔录。

江亚钧这次把事情的来龙去脉都说了，他揭发这事是赵光鸣提议干的，说是以此作为吸烟费用。卖了两次，计二十只，得款六百元，每人分了三百元。另外，赵光鸣家里还有八只轴承没有出手，计划是凑齐了十只处理的。尤泽兵让他在笔录上签字，用红印油按了右手拇指印。

石小满看笔录的当儿，江亚钧显得很轻松，他说赵光鸣不仁他不义。

石小满让尤泽兵去叫赵光鸣进来。江亚钧说他不回去了，免得跑来跑去的麻烦。石小满笑了，想到老江厂长，心底里骂了句：不成器的东西。

石小满看了看手机上的时间说："现在二十三点了，我们快刀斩乱麻吧。这是江亚钧的揭发材料，你拿去看吧。"

"你们哄吓诈骗，我才不用看呢。"

石小满没想到赵光鸣不看江亚钧的笔录。

"我们的耐心是有限的。我提示你两点，一是唐广生老板是你的熟人，偷轴承的主意是你出的，你是主谋；经你手卖给他，你又是主犯。二是你家里还有从厂里偷出去的轴承，有几只，你清楚，我知道。"

"我不清楚。你知道什么？该怎么办就怎么办吧。"

石小满让尤泽兵做笔录。

？我再提醒你一句，公安局偷窃案件的立案标的是五百元，你们现在销赃的赃款就已经达六百元了，价值千元。还没有算你家里的和这次江亚钧偷的。

：你们证据确凿还问我什么？抓我呀。

？我们这样有耐心是为了给你机会，毕竟你是厂里的职工。我们希望这件事在厂里处理。如果你想换地方处理，现在就可以送你去公安局，这对我没有什么好处也不至于有坏处，而对你，你考虑一下。

：你们不能凭江亚钧的胡说八道就处理我吧。我仍然告诉你，这事跟我没有关系。

？有关系。你家里的赃物就是证明。我们当场抓住江亚钧，在你家里找到赃物也等于当场。

：你们去我家找赃物呀。

？我们没有这个权利，你是知道的。

沉默。

？给你最后机会。

沉默…

石小满打电话给张厂长。当赵光鸣的面将江亚钧交代的情况说了一下，说他态度很好。说到赵光鸣，他建议把这事交到公安局去。公安局接了手就可以开搜查证到赵光鸣家抄家起赃，反正这种结果是赵光鸣自找的，厂里对他算是仁至义尽了。搁下电话石小满看了一眼赵光鸣，向尤泽兵要公安局内保股盖股长的电话号码。

赵光鸣问石小满要根烟抽，说让他考虑一下。

石小满给他一支烟，尤泽兵替他点上火。猛吸了几口烟的赵光鸣承认是有这事。石小满问是有什么事，赵光鸣一五一十都说了，还爽快地在笔录上签了名、按了手印。

石小满乘胜追击，让赵光鸣回家将轴承取来。赵光鸣回家后很快地拎来一只沉重的包，里面有 8 只轴承。

第二天早上上班后，石小满把情况首先向分管的余副书记报告。余副书记让江亚钧、赵光鸣二人即日起在保卫科停工检查，进一步交代问题。

下午上班时赵光鸣和江亚钧两人都带了茶杯来，在保卫科嘻嘻哈哈地说笑。石小满进办公室见赵光鸣正在给尤泽兵上香烟点火，气得拉下脸来。他觉得尤泽兵有点不明事理，在办公室坐不住，跑出去到车间里去找李兆丰。李兆丰在车间里忙得两手漆黑，说一下子少了两个人，人手紧了，脸上甚至还有点悔意。石小满说事情处理完还有一阵子。到了车间办公室，他又把昨晚对付江亚钧、赵光鸣的情况对李兆丰说了一下。李兆丰问石小满老江厂长会不会为儿子的事找他，石小满说不会，他觉得他还是了解老厂长的。他也不会主动去找老江厂长，那样会把事情弄得复杂和难办。

再回办公室江亚钧和赵光鸣已在写检查了。江亚钧写检查是老手，算起来还是石小满的学生。上高中那会儿江亚钧经常在学校里犯事，老师让他写检查他就找他爸爸的秘书石小满代笔。石小满教他技巧，把事实部分缩小，认识部分放大，这样就不会让人觉得态度不好。以后即使有人看到这份东西也会认为就一件小事，让人检讨得过分了。

不一会儿两份检查书放在石小满桌上，石小满让尤泽兵先看，他到楼上去找余副书记。坐在他面前的沙发上问要不要把这件事报给公安局内保股，说价值够立案了。余副书记说看张厂长和潘局长的态度。

“潘局长怎么这么快就知道了？”石小满明知故问。

余副书记说：“这是好事不出门，坏事传千里。”石小满笑着点点头。

江亚钧、赵光鸣在保卫科检查交代问题已经三天了。这类事情通常的处理方法是保卫科根据当事人的态度，对照厂里的《职工守则》拿书面意见报厂部。厂长在厂务会上把这事通一下，然后以厂部的名义发一个处理决定或通报。保卫科上报的处理意见一般都能通过，极少有修改的，这是因为石小满对事情通常把握得很好。

石小满知道余副书记在等张厂长的意见，而张厂长在等潘局长的意见。潘局长到深圳出差去了，还有几天才会回来，这事急不起来。

江亚钧有点急了，他央求石小满快些处理。他坐在保卫科有点不好意思，车间里经常有人到保卫科探头探脑，有人笑他调保卫科上班了。石小满让江亚钧把检查书认真写好，告诉他厂里有很多人看着保卫科怎么处理他，事情不是简单的。

保卫科是厂民事调解委员会的办事部门，经常要处理一些纠纷，夫妻吵架、邻里相争的麻烦事。没见过调解这类事的人新鲜、好奇，对于石小满来说，遇见了这类事头就炸了。

江亚钧和赵光鸣坐在保卫科，闲着没事，遇到保卫科调解处理纠纷就像看戏一样的热衷，起劲地往里凑。石小满见他们这样非常反感，训斥他们少管闲事。可他们仍然兴趣不减，还津津有味地发表议论。

原料车间陆主任是老江厂长培养的干部，他请石小满到他家里喝酒，问石小满如何处理江亚钧。石小满把与老江厂长的关系往深里说了一通，表示他的为难和做不了主的无奈。陆主任也还理解他，说事情只要做到即行。

接下来李兆丰跑来找石小满，问能不能借两个坏人用一下，说车间里忙得跟失火一样。石小满刚好烦江亚钧他们，也就同意了。不料第二天余副书记气冲冲地跑到保卫科，责怪石小满事情还没处理完就放江亚钧他们回车间，在厂里造成了不好的影响。石小满解释是李主任借用，是急生产所急。余副书记更是恼火，说石小满狡辩，让他立刻将人招回来。

下午市公安局内保科盖科长带了消防大队的参谋到厂里查消防安全，晚上余副书记在鸿运大酒店招待他们用餐。席间作陪的石小满敬余副书记一杯，说是为上午的事认错。盖科长看石小满酒喝下去，说他乱喝，是想喝酒乱找理由。余副书记让石小满把江亚钧他们犯的事向盖科长汇报一下，盖科长听完后罚石小满再喝一杯，责怪他这么大的事也不报告。余副书记说石小满为难，犯事的是老江厂长的公子。盖科长不再吭气了。吃完饭石小满送余副书记回家，他说石小满不应该在酒桌上扯出这件事。石小满只有再认错，余副书记开导过他，说在很多事情处理上要讲艺术，要懂得唱红白脸。石小满聪明，好多时候主动地做了“红脸”。

潘局长从深圳回来了。张厂长被召到石化局去开会，傍晚回厂的时候来了一帮兄弟厂的厂长。总务科的办事员骑了车到商场去买扑克牌。

石小满暗底下骂了一声：蝗虫来了。

石化局没有多少供吃喝的经费，要开销吃喝，一是签了单由下面的企业去结账，二是将场子直接摆到企业，上门吃。按理说企业是没有这项义务的，对主管局是交了企业管理费的。问题是轻工业局总归是管着你的，你要贷款、减税、返费什么的没一样不通过局里批。企业间其实也相互吃请，厂领导不用说，石小满他们这样的中层每个月也摊上一两次，今天张三厂明天李四厂，开会或办培训班、搞活动，想得出来的名目都用。石小满也做蝗虫，小蝗虫而已。

潘局长回来四五天后石小满还没有得到有关处理江亚钧的指示。余副书记也急。他与一把手书记合办公室，平时也不能老待在办公室看文件读报纸，得到下面去。下面一是车间，二是他分管的部门。保卫科是他喜欢下去的部门，石小满总是有事情汇报，他也不时地给他们提意见。现在保卫科的办公室坐着两个让他皱眉头的人，他也就不太愿意去。石小满隔那么两天给他打电话请示如何处理江亚钧，他都不知道怎么回复他才好。

张厂长找余副书记，说江亚钧这件事由保卫科石小满拿处理意见。江亚钧是老厂长的儿子，处理不好是上打鼻子下打嘴——两头不讨好。他也说出了更深一层的担心，也不能让潘局长为难。潘局长下月作为副市长的候选人面临着进班子的大事，千万不能让这件事添乱。

余副书记这就打电话让石小满拿处理方案。不一会儿石小满就上楼来了，他早准备好了一份文件格式的报告，列出了江亚钧、赵光鸣的违纪性质：一是违反厂《职工守则》第十二条第2款；二是违法构成偷窃。建议给予记大过处分，每人罚款200元。余副书记不看前边调查部分，扫了一眼处理意见就劈口说轻了：“偷厂里东西，依惯例处予10倍的罚款。”石小满说保卫科不能罚这么多，厂里也没有这个权利。余副书记笑笑说：“你我都为难，谁都知道我俩与老江厂长关系不错，现在考验我们了。”

石小满说全厂的干部与老江厂长都不错，是不是大家都包庇江亚钧了。余副书记见石小满激动了就安慰他：“小石，别生气。别耍小孩子脾气。”

石小满问余副书记他能不能回避这件事情，由别人来处理。余副书记说不能，还批评石小满没有觉悟。

第二天余副书记将处理意见交还给石小满，告诉他厂务会没有能通过。

石小满去找陆主任了解情况。陆主任不是厂级干部，但是厂党委委员。潘局长调到厂里来时是书记，当时为了把握局面，扭亏为盈，发挥党员干部的生力军作用，定了规矩，厂务会参加人员包括厂党委委员。也就是说，厂党委委员从此享受副厂级待遇。石小满在陆主任面前先得装样，路过陆主任的办公室，进来说几句闲话。陆主任拿出11元钱一包的红南京烟给石小满抽，还给他泡了一杯茶。车间干部一般的场合都抽4元的红梅烟，陆主任尽管是党委委员却还和其他中层干部保持着一致，石小满知道他在陆主任这里是受到了款待。陆主任主动说到了厂务会上的情况。他说张厂长是把保卫科的处理意见拿出来说了，是说这个意见引起很大反响，有干部认为是处理不公，难以服众；有群众说是官官相护。张厂长表态要秉公办事，给大家一个说法。也表示相信保卫科这个职能科室能够将事情处理好。

石小满说："真是狗皮贴在后墙上——不像画，让我背着、扛着这些烂事。"

陆主任说："领导考验你呢。"

石小满刚进厂时在车间里做维修工，由于利用业余时间刻苦学习被作为自学成才的典型破格提拔到厂部办公室做秘书。尽管是行管人员，可秘书在厂里不算职务，划为班组长以上干部。说以上只是在班组长以上，在中层以下。为了进步，石小满费了九牛二虎的力气。老江厂长对他很好，工作上不说，他让三个孩子都叫石小满叔叔，家里有什么事让石小满帮着处理，厂里的人都认为石小满与老江厂长的关系不一般，不是简单的不一般，老江厂长都把他当家里人了。老江厂长说要提拔他做办公室副主任，说了很久，只是光打雷不下雨。有人提醒过石小满，对老江厂长要意思意思，石小满觉得俗。他认为这一套得看人使，为了表现自己，他在替老江厂长处理家事时倾心尽力，调动一切社会关系。帮他买最便宜的东西，做占尽便宜的事。得便宜是要付出代价的，为此他往里贴钱，还从不在老江厂长面前言语。

石小满没能提拔到厂办副主任的位置，由此失去了许多的好处和实惠。厂办秘书知道中层干部的奖金发放，了解他们明里暗里的好处，自己亏了多少明白得很。石小满在职工大学的同学因为在厂里提了中层，被调到石化局当了秘书，干一阵子被派到一家中型企业做副厂长。石化局的办公室主任老倪说这个机会本来是石小满的，认为他各方面条件都比那人要好，他甚至觉得石小满在单位不够努力。潘局长调到厂里来时找石小满谈话，也指出他在办公室没有发展是不求进步。石小满觉得冤，后来他听说那些被提拔的干部都给老江厂长的夫人送了好处。许多人背地里把他当作活生生的事例，说关系再好也要花钱，否则看石小满的下场。

石小满是潘局长提拔了他，保卫科长尽管不是什么好差事，但进了中层干部的圈子。当了保卫科长以后潘局长不止一次地表扬过他，石小满的能力还是很强的。有一些人说他被老江厂长耽误了的时候，他还是有些怨恨情绪的。

石小满把江亚钧和赵光鸣的处理建议重做了。建议留厂察看，罚款二百元。余副书记收下他的报告也没说什么，石小满不再追着厂部定处理结果，心想：看你们怎么样。一步步的你们的意思就出来了。

厂部召开的中层干部会第一次批评了保卫科，说他们劳动纪律的检查和处理力度不够。张厂长说保卫科现在搞“敞门入厂”。石小满没办法解释，张厂长是有证据的。做工作有失误是在所难免，可以原谅你，也可以处理你，追究你，查办你。

石小满觉得窝囊。他在会后迅速召集保卫科全体员工开会。保卫科实行“四班三运转”，开会的当儿有的班刚下班，有的班在休息，很难召集。开会时石小满发现江亚钧和赵光鸣还坐在办公室里，便很生气，突然间觉得是他们两个祸害弄得他不得安宁。

下了班余副书记把石小满叫到办公室谈江亚钧他们的事，说张厂长对保卫科近来的工作非常不满，连桩处理违法的事都摆不平。

“你看吧，我们谁出头做坏人，得罪人？”余副书记像是与他商议。

晚上石小满与一班同学聚会。见到了在市公安局经济案件侦查大队做大队长的同学郑茅，他说了江亚钧和赵光鸣偷轴承的事，郑大队长问了一下被窃物的价值，说是可以办的。

第二天上午郑茅打来电话，石小满按了免提接听。郑茅说公安局经侦大队接到群众举报，说格拉斯装饰材料厂有人偷窃。听到这儿石小满打量了一眼坐在长条椅上的江亚钧、赵光鸣，他拿起话筒，按掉免提，挥手让江亚钧、赵光明先出去。

接完了电话，石小满上楼去找余副书记。看见站在走廊上的两位说：“你们的裤子撕大了，兜不住了。”江亚钧不以为然，还笑。石小满想他真要是明白了就会哭了。

江亚钧、赵光鸣被经侦大队传去交代情况。郑大队长派人来调走了保卫科的谈话笔录，还有作为证据的轴承。石小满四下里对人说：“真是好事不出门，坏事传千里。就这么个事还被人揭发到公安局去。”

厂部对这件事没有表态。张厂长隔两天找石小满去公安局探听一下，让他在适当的时候请他们吃顿饭。石小满有点迷惘，问余副书记，张厂长是不是想让他到公安局去说情。余副书记问石小满有没有这个能力，是不是能这么做。他说江亚钧他们达到公安局处理的标准，又有群众举报顶着，说什么也不再是厂里的事。

石小满问郑茅，江亚钧他们的事会是一个什么样的处理结果。郑茅让他放心，说由他处理。石小满说了请客吃饭的事。郑茅说免了，没有必要。石小满买了两条中华烟送给郑茅，这样的事他不请示都敢干，做秘书时经他手送出的东西多了。郑茅问石小满这烟是老同学之间的往来还是单位的。石小满当然会说是他个人的。郑茅只收下一条，回赠了他一瓶茅台酒。郑茅说江亚钧的事情查下来算不上偷窃，也构不成非法侵占财物。石小满说怎么处理不关他的事，他现在倒也不是要公安局处理他们，想他们有点可怜。郑茅说事情到公安局就得依法办。还说，关心这件事的人很多。

石小满把中华烟拿到商店调了十条红梅烟，给了尤泽兵一条。尤泽兵问烟从什么地方来的，石小满让他住嘴，再问就把烟收回。后来他想，尤泽兵要是以为这烟是江亚钧他们送的就太弱智了。

市人代会的选举会刚结束张厂长就往厂里打了电话。潘局长进了市政府班子，人代会上的得票数高居第二，成了潘副市长。

没两天江亚钧和赵光鸣分别被公安局处予治安罚款五千元。厂里对他们两人给予了留厂察看的处理。

星期天潘副市长到厂里来请客，请全体中层以上干部还有几个职工代表。

格拉斯装饰材料厂是让潘副市长伤心的地方。他在这里走过麦城，他在扭亏为盈的那年年底在全厂职工中搞投票考评干部。没想到自己落了个不合格，只得到很少的一部分票，现在他做市长，不计前嫌，请大家吃饭，大家想到这桩事觉得有点对不起他。

潘副市长的宴请放在厂食堂，事先他交给事务长三千块钱作为餐费。

潘副市长的祝酒词说格拉斯厂是他成长的地方，与大家结下了深厚的战斗友谊，感谢大家对他的关心、帮助以及支持。请大家原谅他的不到之处。他表示，虽走上负责全市工业发展的领导岗位，仍牢记是厂里的一员，加倍地为格拉斯的发展做贡献。他要向在座的每一位敬一杯酒。大家热烈鼓掌，把手都拍红了。

在潘副市长给大家敬了酒后大家争先恐后地涌向他敬酒，石小满也插上去。他没想到潘副市长让他先敬坐在边上的老江厂长，说喝水不忘掘井人，说都是老江厂长培养的人，不能忘本。石小满红着脸敬酒，潘副市长分明是说他忘恩负义了，不由得想到江亚钧的那件事上，脸上就很尴尬。敬完酒回席上，石小满觉得周围的人都在看他，就起身离席去洗手间。

在处理江亚钧这件事上他是揣度过潘副市长以及张厂长等一班人的想法的。老江厂长在潘副市长那年的考评中做手脚，在职工中发布了潘厂长给中层干部大发奖金的消息。余副书记曾让石小满将调查的情况报告给潘厂长。石小满到洗手间后余副书记也跟着进来，他说老江厂长这次为潘副市长的竞选四处游说，立下了汗马功劳。他让石小满在酒席散了后送潘副市长回家。

潘副市长坚持不让厂里的小车送他，他还骑着那辆耷拉着车铃的自行车。路上石小满把话题拉到江亚钧身上，潘副市长说石小满这件事处理得毛糙，厂里教育一下就行了。石小满说江亚钧被公安局处理是有职工举报的。偷轴承的事是够不上处理，侵占企业财产三万元才够立案标准。公安局处理他们的真正原因是嫖娼。他们交代卖轴承钱洗桑拿找了小姐。

潘副市长说很惊讶，又有些好奇，他说想不到有这些事情。他让石小满到他家坐坐，仔细讲给他听。

石小满有些紧张，以前面对潘厂长的时候没有过这种状况，对潘局长也都没有过。他觉得面对潘副市长不一样了。

移 风

1

两个中年人在谈对象，确定关系在他们经人介绍认识后不久，而真正相爱和想结婚却是在两年以后，他们发现彼此身上动人的地方。

她是那种认定了有爱才能结婚的人，所以在两个人这两年的相处之中会不时地问他，我们是不是在谈恋爱？在得到他肯定的回答后她是相信的，但会感慨在他俩这个年龄说“爱”这个字都不自然了。也确实是的，他们到一起时总是先谈工作，谈各自的子女，谈家里老人身体的健康情况。话说得投机了，感情才热起来，身体的交流才会自然和舒适。他有天晚上见到她说整天都在想她，她脸一红，说听到这样的话不知道为什么全身汗毛都竖了起来，接着她问他上班的时候是不是心不在焉了。觉察她存疑，他便想以后不再做这种贸然的表白，有一种老态的想法，你不是小年轻了。

他们都有过爱，有过婚姻和家庭，因人因祸他们失去了。她在离婚以后发誓一定要再婚，找一个比前夫好N倍的男人。她预设的条件是，找一位丧偶的，坚决不要离婚的。他的条件完全符合她的要求，可他们相处的时候，她却一直不敢相信他们会有爱，会有那种真正想结婚的感觉。

2

朱蕴在与荀西宁相处以后非常想了解他以前的感情生活，但又怕伤害到他。荀西宁说过很爱前妻，要不是出车祸，他们一辈子怎么也不会分开。

她所不知道的是，他心里是打定主意的，只要她问到以前的问题他都如实回答，在他认为端着藏着掖着都不是好事情，说白了好，就没有了负担，哪怕有问题再去想办法解决。他相信朱蕴是个通情达理的人。

朱蕴还是想了解荀西宁的从前，有一天就让他说说结婚前的事情，过去还喜欢过还爱过谁？

荀西宁说上初中的时候爱上过班上的一个女同学，应该是他的初恋，以后这个叫周嫣的女孩转学到了苏州，前两年同学聚会的时候回来见过一次面。

朱蕴问他与这个初恋情人见面是在认识她之前还是之后？他回答是和她刚刚认识几天的时候。他给朱蕴叙述了见面的过程。

因为知道周嫣回来参加这场三十年同学聚会，荀西宁向召集这次活动的同学请假。

同学聚会开始后，马上就有几位女同学打电话来骂荀西宁，骂他冷血动物，骂他不讲情义，骂他胆小鬼。还有人用手机转播周嫣的抽泣声，告诉他周嫣在众多同学面前说了，这些年来一直在想着他。不说其他的，就冲是同学感情也不能轻慢。她们要荀西宁向周嫣道歉，以实际行动做出改正。

好事的班长替荀西宁和周嫣搞了一场约会。这位大姐班长交代荀西宁在去见周嫣时要穿着打扮得有格调，要显得志得意满，要有成功人士的模样，最好不要说现在在殡仪馆工作。她说身为处级领导太太的周嫣珠光宝气雍容华贵，一副在发达地区的样子。

荀西宁是想见见周嫣的，既然她想见他，是冲他才回来参加聚会的。只是他心里还是有点障碍，问大姐班长他能不能不去？大姐说不去是不行的，除非他不想和同学们来往了。

听到这里朱蕴笑了笑，荀西宁停下来望着她，她说没什么，你继续讲。

第二天下午下了班，荀西宁洗了澡，换了一身休闲装，整理衣服时他抬起袖口嗅了嗅，确定这件衣服没有一丝来苏水的味道。开着馆里的丰田皮卡，他比约定的时间早半个小时到了“八月酒店”。他想先她到那里，看着她向他走过来，而不是被她看着。

周嫣约他见面的地点是酒店大堂的咖啡座，他到了以后向服务员订了个两位的座，刚坐下来手机便响了，周嫣说她到了，看到他了，让他转过身来。

他转身看到了什么，活脱脱一个周嫣母亲从不远处座位上站起来，有所不同的是她笑吟吟地迎着他，而她母亲当年对他是一副脸不是脸，嘴不是嘴的模样。

这肯定是三十年没见的周嫣？她居然长成了他当年极为反感的那个人模样。

靠近她时，他的手向她伸过去，在伸一半时又收了回来。这是他近来出现的一种状况，到殡仪馆工作以后，要求自己不要主动和别人握手，而有时候总是情不自禁的。

周嫣说她是看着他进来的，变化太大了，实在不敢相认，和她想象的也不一样。周嫣没有见过他父亲，大概不会有他那种见到家长的感觉。

他问周嫣，在她预先想的，他应该是一个什么样子？她说："觉得你会腆着一个发福的肚子，迈着四方步，夹着一个公文包什么的。"

他说："那不是我，是你们家'官人'。"

他们都笑了起来。他看到了曾经刻骨铭心的表情，她那种紧盯着他看一眼后带着点羞涩，偏一下头的笑。

"回高沙来应该去吃土菜，要不要我挑一个地方？"他征询她意见。

她说再好不过，无数次的梦想，要有高沙咸鸭蛋、湖里的白米虾，还有菱塘盐水鹅。昨天同学聚会的酒宴上可能有过这些，但她没心思在意。

出酒店到了皮卡车面前，周嫣说："还是打车吧，总要喝点，酒驾不好玩。"

荀西宁看一眼车门上喷的"大旺殡仪馆"几个字，不知道她是不是在意这个，既然她提出来就听她的。

叫了一辆出租车，他带她到了一家叫盂城驿的清静小饭店。

坐下后两个人相视一笑，她问他是不是经常在外面应酬，他说倒也不是，不喜欢饭局，没有酒量，机会也少。

她叹了口气，说："安定要是这样就好了。"

荀西宁知道，安定是周嫣的丈夫，姓茆，在苏州郊区的一个区当区长。周嫣这些年的情况他略微知道一点，是班上与她有联系的女同学透露给他的。他的情况想也会有人去说给周嫣听。

周嫣点了陈年花雕，斟到杯子里即浅尝了一口，她微皱眉头说，家里有非常好的陈年黄酒，闻了酒坛的封泥就让人微醺。这个，太一般了。

荀西宁举起酒杯敬周嫣："见到你很高兴！"她说："我也是！"

吃饭不是他们聚一起的目的，周嫣对每样菜都只动一筷子，吃一点点，不停地在说话。

她说那年转学到苏州小姨那里后，有差不多半年的时间总是哭。先是想着荀西宁哭，后来毫无缘由地哭。为什么？在那个人生地不熟的地方，连一个说话的人都没有。她知道荀西宁在她离开高沙的那个寒冷雪天，跳到大运河里游到对岸；知道荀西宁结婚和以后妻子发生的车祸，也知道他现在的情况。

荀西宁不知道她听谁说的这些，冰雪天跳到大运河里游泳的事真有。他告诉她："从大运河里哆嗦着上岸时，我发誓要将你忘了，彻底忘了。应该说我做得不错。"

"这是我希望的，也有所不甘。"周嫣的神情有些不悦，她低下头说，"不说过去了，说现在吧，告诉你，我现在过得还挺好的。算是一个'成品女人'吧。"

荀西宁说："这就好！"放下手上的杯子，他双臂交抱在胸前看着她，希望她继续说下去。

一会儿她抬起头来问他："你信吗？"

见他没有吭气。她接着说："是我自己让自己过得很好。"

"安定做的那些出格事，我都知道一些，没必要全知道，那样的话我会被他气死。我让他知道我知道一些，这就够了。他很乖、知晓利害关系，懂危害。像我们这样的家庭现在很多，我得到我想得到的，然后在有些事情上装聋作哑，随他去。人想通了就有日子过。"

周嫣拿出一盒 CD 给荀西宁，说不算礼物，是让他回去听的。他看了一下，是一个叫樊桐舟的女歌手合集《绝色》。说实在话，他还从来没有听过这个歌手的歌。

荀西宁告诉周嫣，他现在很少听歌。她哼了一声说："借歌表达可是你的招数，现在不用了？"他说："当然。以后对谁都没有用过。这一招太好笑了。"

那时候，荀西宁没有给周嫣写过情书，要表达什么就找一个流行歌曲磁带给她，告诉她是哪一首。她以同样方式回应。在缺少通信工具和媒介的那个年代，不想面红耳赤地表达，这是一个好办法。

看着她送的礼物，荀西宁说很遗憾，他还是那么缺心眼儿，就想不起来带个礼物什么的。她笑了笑，然后稍稍摇头说："这张 CD 你回去好好听，我就不告诉你要听哪一首了，心情都在里面，你去找吧。"

荀西宁郑重地将光盘收起来放到包里，说回去一定好好听。

从饭店里出来等出租车的时候，周嫣让荀西宁到超市去买一盒纸巾。

接过纸巾她说：“要这盒纸巾，是要你还欠我的安慰，要知道我为你流过太多太多的眼泪，而你一点点的安慰都没有给过我。”

他笑了笑，还能说什么？

送周嫣到八月酒店门口，她让荀西宁坐出租车回家，馆里的车明天开回去。下了车她头也不回地进了酒店。

看着周嫣的身影，他知道目送已经不是三十年前的那种了，那时候目光里她就没有消失的时候，而现在却因一道酒店的门戛然而止。

回到馆里，荀西宁记得那天和朱蕴通了很长时间的电话，以后看到小秘书的提示，他有四个未接电话记录，都是周嫣的。

给周嫣打过去，听到她在电话里抽泣着。问她怎么了？她放声哭了起来。

到殡仪馆工作以后，每天荀西宁耳边哭声不断，而现在他听到的是一种截然不同的哭声，不是伤心悲痛的那种，有点委屈，更多地带着矫情。

他由着她哭了一会儿。他知道，劝她只会越发让她哭得厉害，过去的她就这样的。

过了一会儿，他对她说：“周嫣，用我送你的纸巾，擦擦眼泪，也擤擤鼻涕。”

她停了哭说：“我没有鼻涕，你送的纸巾我都擦完了，我就是看到那盒纸巾才想哭的……”

“不要哭，我现在的工作总是听到哭……”他的话听起来像是对周嫣的哭有点不耐烦，其实没有。

“荀西宁你这个混蛋，说到你的工作我正要想骂你呢，什么事情不好做，跑到火葬场去做场长，跟死人打交道，害得我连碰都不敢碰你，拉你手不敢，抱抱你更不敢……”

他说：“纠正你，我是在殡仪馆工作，不是你说的火葬场。我的工作是组织上安排的，我只有服从，去做了我就想把它做好，我还觉得这个工作很有意义。”

“你不要对我说冠冕堂皇的话，我是干部家属，有些事情我看到的比你多，知道的比你更多。你该花钱给自己铺铺路，我就不相信你真的喜欢这个工作。经济上我支持你，过个节人家送我们的，就够你用的……”

他打住周嫣的话，告诉她，他弯不下身子去做那样的事，也觉得那样很没意思。在殡仪馆工作没有什么不好的，是个公益单位，服务部门。“人是可以因为心而高贵的。”他甚至还搬出了他们过去一起抄在笔记本上的一句名言。

她带着哀怨的口气说：“要不是你在殡仪馆，我们这次，我希望发生很多事……”

看起来周嫣是回来后才知道他工作变动的情况。他笑了笑，在他看来，和她单独见了面，有很深的交谈，知道对方都有自认为不错的生活，这就够了。他知道他们不可能再回到少男少女的时代，也不可能在这个时候做那时候的事情。有的事情做了后或许会后悔，或许会觉得一点意思都没有。

“我们就这样挺好的！”荀西宁在结束电话前总结了一下。

第二天早上他六点起床，手机里有一条短信，打开一看是周嫣的。

哪一天我觉得自己要死了，就回高沙来，在你的殡仪馆里火化，你替我化一个淡淡的妆，你必须是最先和最后接触我身体的男人。

荀西宁告诉朱蕴，他不想回这个短信。

朱蕴问荀西宁："你们恋爱的时候关系很深吗？周嫣说你是最先接触她身体的男人。"

荀西宁知道朱蕴不仅听得认真，而且很注意一些细节。

他告诉朱蕴，初二时他摸过周嫣的脸，在一个冬天的夜晚，她露在围巾外面的脸蛋被冻僵了，她要他用手焐一焐，他于是使劲搓热双手，用发烫的掌心捂到她冰冷的脸上去。后来她让他摸摸她的脸，再用脸贴一下她的脸。

3

朱蕴说她突然想问荀西宁过去的事情是因为前两天在医院里又看到了康超。

康超是朱蕴前夫，他和妻子庄春芽带着孩子在儿科门前待诊，路过那里的朱蕴碰巧被一位医生叫住说事情，她站下来就看到了康超一家亲热的一幕，夫妻俩对着孩子鼓腮帮子、捏鼻子翻眼睛，一个扮狗脸，一个扮猪脸。才四岁多一点的男孩高兴地咯咯笑，还用胖乎乎的小手摸了摸爸爸的脸。他们很快看见了不远处的朱蕴，愣了一下的庄春芽抱起孩子跑到了朱蕴面前。

庄春芽对抱着的孩子说："庄庄，这是你的大恩人朱医生，没有她就没有你。"朱蕴要庄春芽不要这么说，她对着庄庄拍拍手道："庄庄也让我抱抱。"庄春芽高兴地将孩子递到朱蕴手中。

朱蕴看庄春芽欲言又止的样子，问她是不是有话对她说？庄春芽说："嗯，就是还想谢谢您，谢谢您作为医生所给我的帮助。"

朱蕴说，这话我要听，收下了。接下来在将孩子还给庄春芽时，她居然还叮嘱了一下："好好过日子！"她搞不清楚自己怎么就说出了这句话。庄春芽眼睛红红地"嗯"一声。

朱蕴在对荀西宁说了见到康超一家的情况后，忽然想起来荀西宁还不知道前因后果。她告诉荀西宁，康超的孩子康庄庄是她帮着接生的。

荀西宁"哦"一声，并没有说什么，他只知道朱蕴离婚时康超负她的，有了婚外恋。

朱蕴问荀西宁："你说我是二，还是心太好了？"

荀西宁笑了笑，说事情肯定是有原因的。朱蕴这就问他想不想听那一段故事，荀西宁连忙说想听，并站起身来给朱蕴沏了一杯茶端到她面前。

朱蕴是妇产科医生，每周有那么两天要坐门诊。她第一次见到庄春芽的时候，先是看到病历封面上讨人喜欢的三个行书体的字，庄春芽这个名字好听也有点特别。

坐到朱蕴面前来的这位病人很年轻，有着一张姣好的脸庞和端庄的职业坐姿，她的举手投足看得出，她很在意自己的一举一动。

朱蕴问到庄春芽有什么不适，她的脸红了一下，说月经推迟了十多天。问到她婚姻状况，她未婚，有一个男朋友；以前也有过月经推迟的情况，大概可以理解为工作压力比较大造成的。朱蕴给她开了张检验单，让她先去做一个尿检。

这应该是一个很快的过程，在高沙市人民医院检验中心做尿检不出三十分钟就能够拿到报告单，而过了两个多小时，到了中午的时候庄春芽都没有将检验单拿过来。朱蕴也没有特别奇怪，这样的事情经常有，妊娠尿检证明没有怀孕也就没有再来看医生的必要了。要是怀孕了，当作好事，先向未来的父亲报个喜，改日再由他陪着来医院做认真的检查；当作坏事，通报给罪魁祸首，谴责一番后再问他怎么负责任，由此开始一场交锋。妇科妊娠检查对象不将检查结果拿过来给医生，无外乎这两种情况。

庄春芽是在傍晚朱蕴快下班的时候将检验报告拿过来的，她的妊娠尿检呈阳性，是怀孕了。如果她上午就拿到了报告，这一大段时间里她与男朋友有什么样的交流不得而知。

朱蕴打开庄春芽的病历，对她的妊娠史做了了解，庄春芽介绍她曾经怀过孕，问到她有过几次、都采取过什么样的措施，她不具体回答，只说药流和人流都做过。

“医生姐姐，我有麻烦了，这对我可能是个大麻烦！”庄春芽可怜兮兮地对朱蕴说。

“你在婚龄育龄，有什么麻烦的？”朱蕴能给她的最好建议就是赶紧和男朋友结婚。

庄春芽说那是几乎不可能的，并说出原因：他有家庭，是个已婚男人，是她的顶头上司；她不想拆散他的家庭，也不想让单位里的人知道。

“我怎么说你呢？你得爱护自己呀，得知道什么事情能做，什么事情不能做。你是个成年人……”朱蕴在门诊遇到意外怀孕的很多，但这么陈述隐私的不多。大概是因为庄春芽叫她姐姐，知道庄春芽是婚外恋朱蕴忍不住想说她两句。

庄春芽对朱蕴的话没有半点的不自在，倒反而要朱蕴多说她几句，她说她成长在一个单亲家庭，和父亲生活在一起。有些事情没有人能够告诉她该怎么做。这么一来，朱蕴倒说不出口，对她有了恻隐之心。

说话间快到下班时间，朱蕴要为庄春芽做一个常规的子宫探查，庄春芽一听到要她躺检查台上连连摇头。朱蕴安慰庄春芽，说只是一个简单的检查，即使是终止妊娠也只是个小手术，处理得越早对身体的伤害越小。

庄春芽点点头，说：“姐姐，我还是下次来的时候再做检查吧。最后，最后的处理，一定只有你能够帮我。”见朱蕴没有立即表态，她有点冲动地抓住朱蕴的手说，“没有任何人能够做到这一点，只有你能够帮我，姐姐你要答应我？！”

朱蕴实在不知道这个女孩为什么会提这样的要求，她谨慎地说：“我是个医生，所能够给你的最好帮助只能是医学范畴以内的，其他方面的我真的无能为力。”

庄春芽说：“不是的，一定不是的！只有你能够帮助我！”

朱蕴不理解，这个素昧平生的女孩，她的无数病人中的一位，为什么一定要强调只有她才能够给予帮助。直到庄春芽第二次来看她的门诊，她才知道是怎么回事。

庄春芽来的时间是朱蕴接下来的那个周一门诊，是在下午快下班的时候，外面下着雨。妇科门诊有一个特点，就诊的人“刮风一半，下雨全无”。因为雨下了有一阵子，诊室的另一位医生去住院部安排她第二天要做的一台手术。朱蕴在见到庄春芽进来后，下意识地看了一眼她的身后，以为她的那一位男友会显身。但她身后没有人，庄春芽随手将门掩上。

见庄春芽头发和肩头湿漉漉的，朱蕴将桌上的纸巾盒递给她，问她男友怎么没有和他一起来？

庄春芽莞尔一笑，轻声说了声谢谢后回答：“他哪敢啊！”

朱蕴问庄春芽有没有和男友商量，怎么处理怀孕的事，她摇摇头说没有结果：“他听我说了这件事以后，什么话也不说，一个劲儿地喝水，小半桶纯净水都快喝光了。”

朱蕴说：“男人紧张的时候猛喝水的，看来不是个别现象，我们家那位也是这样。”

她这么对庄春芽说，是想让她放松一点，她感觉到庄春芽听到她的话以后身子有微微的颤抖。到这个时候她还仍然没有想到，庄春芽怀孕的事与他们家那位遇事紧张猛喝水的人有关。

朱蕴要给庄春芽做一个身体检查，示意庄春芽躺到屏风后面的检查台上，庄春芽迟迟地不动弹身子，最后是无奈地躺了上去。

检查完，朱蕴问庄春芽怀孕过五次还是六次，庄春芽迟疑一下回答，是五次。

朱蕴告诉她，这个孩子是她最后的机会，多次人工流产致使她的子宫内壁已经像纸一样薄。庄春芽坐起来，说她知道，上一次做人工流产的时候医生就警告过她，说以后恐怕很难怀孕了。

庄春芽整理好衣服，坐到朱蕴面前，待她写完病历后一字一句地说：“我来找你，其实挺不要脸的。”

朱蕴说：“我是医生，你找我十分正常！出了这样的事情，正确对待就是。身体健康对每个人来说都很重要，你应该保护好自己。正视那个人对你的感情，权衡事情处理的方式会不会给他人家庭带来伤害，也要考虑到在社会上的影响……”

庄春芽点点头，很为难的样子。在朱蕴做医嘱时她打断了，像从牙缝里挤出来一句话：“朱蕴姐姐，我对不起你！”

朱蕴抬起头，有点奇怪地看着庄春芽，庄春芽说她自己不要脸，又说对不起她，都什么事啊？

“我是圩禹镇财政所的，我的领导是康超……”

“哦！”朱蕴马上明白了，一瞬间她觉得自己的血液骤然热了，涌到了脸上，又马上凉了，凉到要哆嗦。她将写好的一张处方笺夹进病历里，推到庄春芽面前说：“你先出去吧，我工作时间不好与你谈个人的私事，下班以后或者找一个其他的时间我们谈。”

庄春芽默默地站起来，拿起包后还想说什么，见朱蕴走到水池去洗手，看都不看她，便知趣地走了出去。

朱蕴站在水池边上，不知道洗了多长时间的手，洗得手皮都要破了，直到同诊室的那个医生进来，用奇怪的眼神盯着她。

朱蕴打消了给康超打电话的念头，决定晚上见到他的时候再说。

庄春芽没有离开医院，一直在门诊部的大厅里等着朱蕴。见到下班的朱蕴，她甚至跟着到存放电动车的车库。

“你骂我吧！”见朱蕴不理她，庄春芽改口说，“姐姐，你骂我吧！”

朱蕴听到她称呼姐姐，恼怒地想斥责她，又厌恶地想尽快抽身而去，无奈她亦步亦趋。

朱蕴不得已站下来，对庄春芽说：“你太聪明了，聪明过头了。”

她现在终于明白，庄春芽第一次看她门诊时口口声声地说只有她能够帮她是什么意思。

庄春芽听朱蕴这么一说，默默地站在那里。突然的，她哭了，是一下子爆发出来的那种哭。

她呜呜地，咧开嘴说：“我不求你……有什么办法？”

周围有几个下班的医生和护士，看到这一幕都云里雾里的，盯着她们这边看。

“看什么，又不是医患矛盾！”朱蕴气恼地、声嘶力竭地冲他们叫喊了一声，推起电动车头也不回地出去。

骑车回家的路上，朱蕴不由得自个儿苦笑，看得出康超和庄春芽是做了一个局，不仅仅打劫她尊严，羞辱她感情，更让她对婚姻彻底失望，是来了招釜底抽薪。

难道只有成全他们这对狗男女不成？

她对自己说不行，坚决不行。庄春芽一定以为她好说话，会败下阵，会拱手相让，庄春芽是找准了她的弱处来的。

回到家康超已在，看来他已经有所准备，女儿被送到了奶奶那里。

朱蕴平静地对康超说：“我知道了！”康超装作若无其事地应声：“噢。”

“你怎么对人家负责，有没有想过？”朱蕴见他这样，声音严厉了起来。

“我错了！”康超为了更好地表达，低下了头。

“错了，就一句错了？你又怎么对这个家庭负责，怎么对我、对女儿负责？”

“我错了！我真的错了！我很后悔。没有后悔药卖！”

康超抬头打量朱蕴一眼，接着低下头说：“身为领导，我没有抵挡得住来自单位女同志的诱惑，我和她也就是贪一时之欢，造成了终身遗恨。我对不起你，对不起女儿。我对你才是有感情的，对她根本谈不上，只是……”

朱蕴知道康超一定是事先打了草稿，他在单位不论大会小会的发言都要准备稿子。她不想和他磨嘴费牙的，只提醒他们有过的约定，出轨的代价是滚出家门。

康超看来是巴不得滚出家门，立即就开始收拾自己的东西，他还为自己找理由，说知道朱蕴饶不了他，说他还真是走了好，要是不走她接下来会对他搞化学阉割。她说过的。

朱蕴知道她是罚人吃肉，正中了康超下怀，她也不拦他，由他去。出了这样的事情还要再在一起过日子，还要装作什么事情也没有发生，她做不到。所以她当初就对康超画过底线。

从医院回来的路上她想好绝不让他们得逞的，但在康超离家出走以后没几天，她就不再坚持了，同意了和康超离婚。难以对别人诉说的是，这几天她每天夜里都会做同样一个梦，梦里庄春芽哭哭啼啼地站在她面前央求她。而白天上班的时候，她只要接触到产妇，眼前就呈现出一双白皙光滑的双腿，那是庄春芽的，年轻，富有弹性，这双腿与康超毛茸茸的腿纠缠在一起，勾搭在一起。

她恶心，只想尽快地摆脱这一切。她恨自己当初瞎了眼，宁愿没有与康超共同度过的这十多年。

4

那天晚上朱蕴并没有将事情全部讲完，是荀西宁让她不要再讲下去的，他见她开始责怪自己并情绪激烈。

接下来朱蕴也没有对荀西宁再讲，相隔十多天以后她对荀西宁说："什么事情都会有报应的，有人相信这点，她想着也有点相信了。"

这句话让荀西宁以为朱蕴一说到过去心里就不舒服，就放不下，与其这样他不想朱蕴再讲下面的事情，他宁愿不知道。

哪知道情况不是这样的，她是又看到了康超而有感而发。这天她看到康超骑自行车送小孩上幼儿园，这在过去他们的婚姻生活中是一次也没有过的，他们的女儿楚楚都是由朱蕴或者外公外婆接送。唯心的老人认为一个人吃苦享福是有定数的，享多少福就要吃多少苦。康超看起来是享福在前面了。

不过朱蕴也不能肯定这一点，她告诉荀西宁自己的想法，或许康超现在是幸福的，以苦为乐的，认为有了真正的爱情和希望的生活。康超过去说过朱蕴在婚姻生活中的不是，只一点，就是少情调。朱蕴心里要说的是，情调能够当饭吃呀，我一天到晚没里没外，照顾老老少少的，哪有心思去想这些搞这些？

朱蕴同意和康超离婚后，康超就迫不及待地办了手续，没隔几天就和庄春芽结了婚。婚后庄春芽的肚子一天天大了，她在市人民医院预约生产，产前体检也就在门诊上，她知道朱蕴上门诊的时间，每次还是找朱蕴给她检查，朱蕴没有将她推给别人做，但做的时候动作免不了有点机械，医嘱也小心翼翼。

朱蕴不止一次地建议庄春芽，应该找其他的医生也看一看。庄春芽说不用，说只相信朱蕴。

庄春芽这么做是什么意思呢？荀西宁在听到这儿的时候想。庄春芽的做法确实有悖常理，但一定是有目的的。把她往好处想，经历过那些事，她是真的相信朱蕴，认为可以依靠。或者，可以利用。

朱蕴说庄春芽婚后第一次来找她做检查时，她当时其实差一点控制不住情绪。幸亏她具有的职业素养使她能够冷静下来面对，作为一个处于她这个位置的职业女性，要有优雅的姿态对待这个特殊的孕妇，接受她医疗服务的对象。她做到了，要知道，一个女人做妇产科医生，能够上手术台是经历无数的坎过来的。到庄春芽第二次来找她，朱蕴也就习以为常，将她当作一个普通的孕妇对待了。她只是对庄春芽在每次结束后的一声“姐姐，又麻烦你了！”很不入耳，有过一次制止但没有作用。

这件事还是被妇产科的医生、护士知道了，她们自然为朱蕴鸣不平，觉得庄春芽真是过分。欺负人不能到这个份上，也忒嚣张了。一位护士长说：“这种人就是朱主任遇到的，要是换了我……”接下来的话她省略了，只意味深长地用鼻子哼了一声。

庄春芽是突然住院生产的，早预产期五天，因为羊水破了。她一定要朱蕴为她的孩子接生，还说母子俩的命就交到朱蕴手上。康超也来找朱蕴，说庄春芽一定要在市人民医院生这个孩子，因为她是在这家医院出生的。他知道这样对朱蕴很不公平，暗地里联系了扬州的医院，哪知道计划不如变化，遇到了早产。要是在高沙分娩的话，还是市人民医院条件最好。

“我央求你了，帮一下他们母子吧！”康超对朱蕴说。他过去可是从来没为什么求过朱蕴。

朱蕴说：“央求什么啊，只要进我们的产房我们就要尽职，要央求岂不是我们没有职业道德，你这是来找我帮忙还是指责我来了？”

对康超，朱蕴就没有对庄春芽那么客气，她一改平常的温和语气，变得凌厉起来。康超连连认错，说他知道朱蕴不会对庄春芽怎么样，但其他的医生护士就难说了，进产房要是将庄春芽搁一边，听她痛苦地呻吟喊叫，让她多受折磨；剪刀在医生手上，开个大口子也说不准；针也在她们手上，少缝几针多缝几针倒也算了，就怕将不该缝的也缝上。

朱蕴对康超说，不要因为自己的心理灰暗就觉得天是黑的。她刚才了解过了，庄春芽的各项检查很正常，很有可能是顺产。她不可能帮庄春芽助产，怎么也不可能。妇产科里经验比她丰富，技术比她好的医生多得是。

不过，经康超这么一说，她还是进了产房，不顾大家对她投来的奇怪目光。她大大方方地说：“你们最二的朱姐来了，我将庄春芽拜托给大家！”此后她一直在产房里盯着，直到庄春芽顺利分娩。

庄春芽出院前对朱蕴说：“姐姐，谢谢你！我以为我这样做我就安全了，我是说婚姻安全。我一直以为我不如你好，除了年轻什么也比不了你，我只是希望这样做……能够……”她没有说出来。

朱蕴说："你放心，康超我是无条件转让的，不会有后悔的一天，天下的好男人多得是。生儿子比生女儿责任更大，要教育好，不要让他长大了害人！"

朱蕴问荀西宁，她最后对庄春芽说这番话，是不是过分了一点。荀西宁说，没有。相对于庄春芽所做的、说的、想的，她真的不算什么。

朱蕴对荀西宁说，作为女人，她努力地要求自己不要脆弱，不要自私，哪怕屈让庄春芽这种人，被这种人利用也不足惜。事情到这一步，她真心地希望庄春芽和康超的日子过好，好好地养育孩子，也能够对楚楚好一点。她觉得她这个想法很实际，康超和庄春芽过得不好对她没好处，起码牵扯到女儿的未来，关系到她的一个同父异母的弟弟。

"我这样的女人可能没有情调，但不会没有优雅。"朱蕴说。

5

接下来康超一家发生的事，说与报应无关真是很难。

二〇一二年的最后一天，康超一家三口因煤气中毒死在住宅里，康超和庄春芽两个人裸死在浴缸里，应该是燃气热水器故障而造成的煤气中毒。因为是在洗鸳鸯浴，死者是老夫少妻——事业成功人士与曾经的婚外恋第三者，一时间高沙城里街谈巷议。津津乐道的人倒是很少关心那个四周岁不到的可怜孩子，也很少同情一个家庭的悲惨毁灭，还有两对家庭四位白发人的痛不欲生。在高沙城里他们被人说成"现报"，还定义是大人做坏事连累了孩子。

荀西宁先朱蕴知道了这件事，倒不是康超的家人联系他们殡仪馆，而是荀西宁的同学打电话给他的。康超是荀西宁读在职本科时的同班同学，这一点上荀西宁从来没有对朱蕴说过，这种同学关系本来也区别于上正规中学和大学时的，只是这两年被注重关系的同学利用了，时常活动一下、增进联络。

同学会的召集人问荀西宁，他们要去康超家集体吊唁，问要不要带上荀西宁的名字？他们是考虑到他和康超的关系。自打荀西宁和朱蕴好上以后，抑或是由于荀西宁到了殡仪馆工作，同学之间聚会邀请他参加的少了，他和康超也就再也没有见过。他们要是在同学聚会上遇到会是一个什么情景？荀西宁没有想过，但绝不会是有些同学想的那样，他对康超没有意见，倒要感激康超给了他这么一个机会。

荀西宁说他参加一切哀悼康超的活动，并帮助安排殡仪馆的所有事宜。同学说，康超出事后，他年迈的母亲已经哭晕过去两次，他父亲是个脾气极坏的人，骂骂咧咧地手一挥，要立即将康超家三口送殡仪馆火化，说他们死了还连累家里老人，要一大家子死三代了。现在是康超的一帮同学在帮他们家料理丧事，组成了一个治丧小组。

荀西宁放下同学的电话以后就又打电话将这件事告诉了朱蕴，他也不得不说他与康超的党校同学关系了。

电话里荀西宁看不到朱蕴那头的表情，但她一定非常震惊。她沉默了，好一会儿才问荀西宁消息是不是确实。在荀西宁肯定了以后，她挂了电话。

三个多小时以后的下午朱蕴打电话给荀西宁，要他晚上务必到她那里去。荀西宁就说由他去做饭，他下班买了菜带过去。

晚上荀西宁到朱蕴那里时，见她家里灯火通明，她好像将家里所有灯都打开了。朱蕴要荀西宁先不要做饭，陪她坐一会儿。

她说她非常害怕，下午一台剖宫产的手术怎么也不敢做，以身体不好推掉，由别人替她做了。

“不应该发生的事，真的不应该，我想到那个孩子就要哭。”朱蕴满脸恐惧，说接了荀西宁的电话腿就软了，倒吸了一口凉气，要是楚楚在康超那里，怕也一起遇难了。不是没有可能，楚楚要是在她奶奶那里，没准会被康超接到那里去过元旦。

荀西宁安慰朱蕴，这只是一桩意外，生活中总是有这样的不幸发生，只不过这一桩很特别。他要她不要害怕，就当作这件事没有发生，或者不认识这几个人。

朱蕴问他：“可能吗？”

荀西宁缄默，他知道这不可能！

他知道朱蕴还有一个怎么样让女儿面对的问题，他问朱蕴女儿楚楚有没有知道这件事？朱蕴说还没有让楚楚知道。那头已经有人打电话来告诉她康超的噩耗，说孩子的奶奶希望孩子过去。她没有同意，她不知道怎么办，就带着孩子躲到这边来，怕孩子和姥姥在一起时她不小心对孩子说漏了嘴，也怕康超家到那边要接走孩子。

这个时候，朱蕴特别怕面对女儿楚楚，刚刚给孩子服了小剂量的安眠药，这时候已经在她的卧室睡了。

这样也不是个办法，荀西宁想。

在楚楚外公去世的时候，朱蕴就遇到过这样的问题，怎么样告诉女儿家里的一个亲人死了，死究竟是怎么回事？会不会让孩子惊恐和心理上留下阴影？都是朱蕴考虑的问题，她觉得没有把握处理好，就先向孩子隐瞒了，就像遇到危险的母亲将孩子藏到身后一样。很多家庭并没有像她这么做，让孩子知道，让孩子参与到亲人的丧礼中，也很少出现大问题的，但朱蕴不想冒这个险，她是医生，总能够看到这个事情上最坏的一面并力图避免。在她的眼里，女儿是幼小的，不能受一点点的刺激和摧残。

朱蕴对自己还有自责，她告诉荀西宁，在知道康超的婚外情，在知道经她多次检查的孕妇庄春芽是第三者的时候，她在心里诅咒过康超。她不能不怀疑康超是幕后策划，他们合伙利用了她的善良。庄春芽分娩前康超来找她时，她是想问问他这个问题的，话到嘴边上她忍住了，她当时想的是，就当是的吧！

朱蕴将家里电话线拔了，手机也关了，怕的就是再有人来和她说要女儿去送葬。但荀西宁的手机开着，有人找到了他。是党校的同学，一位老大姐，现在的市妇联主席。

她让荀西宁做朱蕴的工作，让楚楚明天去给父亲送葬，高沙这地方有风俗，白发人不送黑发人，只有亡者的子嗣送葬。楚楚要是不去，庄家也就没有人能够给康超他们送葬。她以为朱蕴不同意楚楚去是还记恨着康超，说天大的仇也要因为人死了一了百了。

荀西宁对她解释，朱蕴对康超和庄春芽的大度不是一般人能够做到的，也不是任何人都能够理解，她可以说是在以德报怨。不让楚楚去送葬实在是因为孩子小，她才七岁，怕她受伤害。证明这一点的是，朱蕴的父亲不久前去世，她也没有让孩子去给姥爷送葬。至今还背着不知道怎么样向孩子解释姥爷不在人世的思想包袱。

无奈之下荀西宁还是先将事情答应了下来，由他来做朱蕴的工作。打电话的大姐很担心，楚楚的奶奶说了，朱蕴要是不答应，她明天就到门上来跪下求。

荀西宁接电话的时候朱蕴离他很近，电话里说的她大概都听见了，荀西宁放下电话她已经在抽泣，怨气十足问："为什么都在逼我？我为了我自己的孩子就不讲理一回，行不行？"

荀西宁说当然行。起身倒了一杯水给她。他轻手轻脚地推开楚楚睡的卧室，看了看她。

朱蕴也过来看了看，孩子在熟睡，她说明天早上要叫醒孩子，她明天请假在家不去上班。

朱蕴回到沙发上坐下，说家庭的变故、家庭的灾难，只要牵涉到孩子，最不幸的就一定是他们，孩子是最无辜的，也最经不起伤害。康超和庄春芽的祸即使躲不过去，也不能带上孩子。她忽然觉得女儿楚楚很可怜，本来以为只要有她的爱怜楚楚就是幸福的，现在的变故让她意识到，楚楚得到的爱永远不会是整个的了，以前是破损的一个，现在只留下半个。

荀西宁小心翼翼地说："楚楚不给她父亲送葬，就怕将来会成为她终身的一个遗憾。"

朱蕴马上拉他到一边，压着声音、五官变形地、冲他用指头点着说："你也这么想，这么来对我说？"荀西宁无语。

"那我怎么办？我不可能让楚楚小小的年纪，去看死人的恐怖面孔，去听悲惨的哭叫，去看她父亲进你们熊熊燃烧的火化机，去捧那个还有骨灰温度的盒子……"

荀西宁无奈地对她说："没有这么恐惧，你可以搀着楚楚，抱着楚楚，护着楚楚，可以……带着她一起去啊……"

荀西宁马上意识到，冒出来的这句话是一种方法，一个解决问题的途径，朱蕴可以带着楚楚一起去。

“为康超和庄春芽，你那么大的苦都吃了，就算我……”

“你打住！”朱蕴打断他的话说，“我现在最怕的就是谁求我，我们之间杜绝‘求’这个字眼，你以后永远不要在我面前说这个字。”

荀西宁告诉朱蕴，不能让孩子回避死亡这个生命之痛，他也遇到过这个问题，在儿子母亲遇难的时候。当时他也很矛盾，很纠结。他觉得应该引导孩子去接受这一事实，不仅仅在告诉他的那一刻，还有在以后日子里要有开导，启迪孩子正确认识死亡的意义，理解和热爱人生，那样就是化茧成蝶，化负面的东西为积极的了。

朱蕴最后没有肯定地答复荀西宁去还是不去，只说她要考虑一下。

荀西宁从朱蕴家出来后即给参加康超治丧的同学打了电话，说朱蕴基本上答应，让楚楚的奶奶放心。

他相信朱蕴能够过这道坎。

荀西宁睡了很短的一段时间，凌晨五点的时候醒来，比平时生物钟唤醒他的时间稍早一些，有重要的事情他的身体就这样，应该是一种紧张的表现。

朱蕴的电话来了，像是知道他已经起床，她对他提了一个条件，她可以带楚楚去给康超送葬，但荀西宁要始终和她们待在一起，帮她照料楚楚。

这当然不是问题，昨天晚上荀西宁回来后想到，朱蕴出现在康超的葬礼上会是一个焦点人物，他也会自然地被牵涉进去。不过，这没有什么可怕的。

朱蕴在她临出门前，又打了个电话给荀西宁，说了一下她为楚楚做的。她给楚楚换上了一身素服，告诉她今天不去学校，要去参加一个很特别的仪式，送她的爸爸、庄阿姨、庄庄弟弟去一个很远的地方。她问荀西宁这么说是不是合适？荀西宁觉得挺好，对孩子可以说得模糊一点，等他们以后懂事再慢慢地解释也行。

荀西宁让朱蕴用电话及时告诉他康超家那边的情况，他差不多也要出发了，随馆里的灵车一道过去。

这天是殡仪馆从来没有过的，往一家发了三部灵车，看到康超三口之家的棺柩陈立在一起，殡仪馆司仪李芸也受不了了，每天看到别人悲痛欲绝都淡定无比的她，在主持告别的时候声音有点颤抖。

那些对康超和庄春芽做道德评判的人，追逐他们风流韵事的人，幸灾乐祸的人，要是看到这一家三口出殡的情景会有什么态度呢？法律对死者的罪恶都是一笔勾销的，何况康超和庄春芽只是道德的错误，用死来结账还带上他们的孩子，代价太大太大。那些持报应论的人，为什么就无视孰轻孰重？

这是荀西宁看到这样的场景想说的。

朱蕴送了一只很大的白菊花篮，摆在告别大厅的最显眼处，花篮的挽联上写着：安息，往生极乐！

她一直抱着女儿楚楚，不知哪来的那么大力气，默哀的时候放下，默哀毕又马上抱起来。

后来荀西宁在休息室里陪她们母女坐着，楚楚要等到骨灰盒抱回去。

楚楚对陌生的环境很好奇，问这问那，殡仪馆里的事物有什么好说的，朱蕴支支吾吾，不时地拿目光向荀西宁求援。

荀西宁打开电视，调到一个频道，希望能吸引楚楚的注意力。

楚楚只安静地看了一会儿电视，就想起什么似的问妈妈，她爸爸和庄庄他们为什么会在一个玻璃盒子里，为什么一动不动，为什么不说话？他们可一点也不像睡觉的样子。

朱蕴看到电视里播的科幻动画片是遨游太空的，便说那个玻璃盒子是飞行器。

楚楚接着问，他们要乘飞行器飞到什么地方去，什么时候回来？

朱蕴为难地皱起眉头，想了想说，是很远的一个地方，暂时不会回来。

看到女儿失望的表情，朱蕴说在夜晚的时候可以看到他们，他们就是天上的那些星星中的三颗。

楚楚高兴起来，雀跃着说，晚上一定要看天上的星星。

朱蕴转过脸来看荀西宁，她的表情很是无奈。荀西宁点点头，示意她这样说很好。

6

晚上荀西宁一直没有朱蕴的电话，短信也没有。

想起白天馆里的整容师在为康超整容时的情景，站在一边看着的荀西宁，忽然想起朱蕴说过的，康超在医院里对儿子庄庄扮猪脸鼓起的腮帮子，觉得有一点人们可能是忽视的，就怕朱蕴也不一定愿意正视，那就是康超是从庄春芽那里找到了爱情和家庭的幸福。为了庄春芽的分娩他甚至可以去求朱蕴，这不仅仅是勇气；他能够送孩子去幼儿园，也不单单是他发生变化。还关乎很多，别人是很难一一洞悉的。

第二天到中午朱蕴都没有和荀西宁联系。他便打电话到医院去，如果她还没有上班就一定是在家里休息，果然她没有上班。

傍晚的时候荀西宁去朱蕴的住所看望她，他见到了一脸倦容的她，她说累死了，这次从殡仪馆回来比上次为父亲守灵送葬还要累。

昨晚楚楚还记着白天对她说的星星，一定要到阳台上去看，问妈妈哪三颗星是爸爸和庄庄他们?

朱蕴说她为难死了，真不知道怎么回答孩子才好。都说一个谎要用十个谎来圆，对孩子来说十个可能还不够，他们有蹊跷古怪的想法和问题。

她对女儿说，楚楚爸爸和庄庄他们还在飞行器里，有漫漫的旅途，还没有到达目的地，只有到了那里他们才是亮灿灿的星星，所以现在看不到。

女儿说她也要乘那种玻璃盒子的飞行器，要到很远很远的地方做一颗星星，给幼儿园的小朋友们看。她明天就要告诉他们。

荀西宁想知道朱蕴怎么回答女儿的，她说她回答得可能不好，也确实想不出该怎么对孩子说。

她说：“楚楚你还不能去做天上的星星，妈妈爱你，希望你始终在身边，看着你长大。到妈妈这个年龄，你可以像妈妈这样做一个医生，接生很多可爱的小宝宝，也可以做其他的事情，成为电视里的漂亮姐姐，一个人见人爱的大明星；你会活得比你奶奶和外婆还要长，你会给你的小孙子、小孙女儿讲故事，带他们到公园和游乐园去玩；你会……

女儿在呢喃中睡着，而朱蕴抱她在怀里一直没有放下。妈妈数说的希望，她不一定记得，但她会记住妈妈的拥抱，妈妈的温暖，妈妈在耳边的呢喃。

朱蕴要荀西宁什么时候也抱抱楚楚，她说："轻柔地将这个小东西搂在怀里，有淡淡的带奶味的肤香闻着，细匀的呼吸痒酥酥的，当觉得和她有一样的体温时候，会有一种甜美的体贴，一种唤都唤不醒的沉沦。"

荀西宁微笑着点点头，他说："这一定是一种非常美好的感觉。"

他看着她，她也看着他。这时候他们觉得心中有难以言表的东西，在她的眼里，他神往的表情很温柔，甚至迷人；而在他眼里，她此刻的神情是神圣和庄重的，她是奉献出了她一直呵护的爱，让他一起去保护，去珍爱。

这时候他们都想到了结婚，居然是朱蕴说出来的："我们结婚吧！"

以后朱蕴告诉荀西宁，那个抱孩子的感触其实是康超对她说过的，她曾经为这段话而陶醉，以为她是一个幸福的母亲，有一个深爱她和孩子的丈夫。结果这一切都是不确定的，最终风流云散，没有恒常。

荀西宁说，爱是个看不见摸不着的东西，当她像风一样抚上你的脸时，你要在心里感受她，好好珍爱她，不要怀疑她的是否存在，不要去想哪一天你会没有了，爱在当下你才会永远有爱。朱蕴说这话也好，她要记下来。

易俗

1

九零在学校放寒假前给荀西宁发了则短信，说他谈了个女朋友，不是上次说的那个，想带回家让父亲见见。荀西宁学儿子以往回复他说事的口气，来了个“嗯”字，心里叽咕：“见见，为什么不是看看？”这种口气听起来似乎没有征求他意见的意思。

九零这是铺垫，一放了寒假他就将女朋友带到了高沙，到家后打电话告诉馆长父亲：“我们到家了，我和她。买好了菜，等你回来做饭。”

荀西宁电话说了声好，对面前向他请示工作的陈副馆长说：“我要走了，儿子回来了。”他有点着急回家，要看看儿子的女朋友。

回家一推门他就看见了，女孩子给他的第一印象很好，看着就觉得一团喜气。九零介绍她叫白砚，黑龙江佳木斯人。白砚在手机上拼出“砚”字给荀西宁看，说明是砚台的“砚”字，不是艳丽的“艳”。她总是乐呵呵的，咯咯咯地笑，看得出性格的直率、开朗。

待荀西宁在厨房里忙着洗洗切切的时候，白砚和九零打闹到他面前来，搂着看做菜。他们没声音的时候是在沙发上抱成一团，厨房与客厅的隔断是玻璃门，他们的小动作一目了然。

都说人的性格从小定八十，喜好大概也这样。白砚长得白白胖胖的，圆圆的脸，圆圆的眼睛，开阔的额头，小翘鼻子。九零上幼儿园的时候就喜欢胖胖的小女生，敢上前拉人家的手，大着胆子摸人家的脸。对瘦小的女生从来就没有过。

九零问父亲朱阿姨什么时候来，说要介绍父亲的女朋友给白砚认识。荀西宁听儿子这么对女朋友说到他的女朋友，觉得尴尬又不好指责他说得不好，只得用严肃的口气说："朱阿姨今天不来！"

荀西宁接到九零回来的电话后就约朱蕴过来，可她怎么也不肯。她和九零还没有见过面，说先让他们父子团聚，没几天就过年了，节日间找个合适的场合见面会更好。荀西宁知道她的为难之处，是不想让九零觉得她在这个家已经像女主人了。九零很失望，说这次见不到朱阿姨是件遗憾的事，他和白砚明天就离开高沙回扬州。

三个人坐下来吃饭，九零站起身来到厨房拿出一瓶红酒和一只酒杯，替父亲斟上酒。他见白砚奇怪地看着他，解释说："我爸爸不让我喝酒，我在他面前从来不喝。"转过来又对父亲说："学校里同学聚会时，我有时来点啤的。"

白砚揭发九零："还来点啤的，像喝水一样的大口喝白的。"说完她咯咯笑起来。九零尴尬地看了父亲一眼，白砚收住笑，打开一听饮料放在他面前，给自己也开了一听。

荀西宁端起酒杯说："小白，欢迎你！"白砚很斯文地双手端起饮料罐说："谢谢叔叔。"

荀西宁对九零夸白砚懂礼貌，九零说她就一会儿，马上就藏不住掖不住了。

白砚说想问荀叔叔一个问题，她是不是荀叔叔希望的九零女朋友样子？

荀西宁越发觉得她的直率，倒也更喜欢了，说他的要求简单，只希望九零有一个爱他的女朋友，这是他很注重的一点。

白砚说她要是有不好的缺点就是胖点，在他们佳木斯，她算苗条的，她姥姥是苏州人。

荀西宁用一双公筷给白砚夹菜，向她介绍："这是有名的咸鸭蛋，清蒸的高邮湖的白鱼，茶干炒水芹……"

白砚用手捂住碗说："够了，够了，叔叔我吃得很少的。这个咸蛋还是双黄哎……我好喜欢扬州，春节前我还会过来，我要在扬州过年，要沐浴瘦西湖，听平山堂钟声，转后街小巷，看节日里的花灯，要瞧瞧扬州城里有多少俊男靓女。"

荀西宁说："十年一觉扬州梦，我们也很恋扬州，所以九零选了家门口的扬州大学去读书。"转而他疑惑地问白砚怎么不是在扬州读大学？

白砚说她在东北沈阳上学，九零也就接着介绍，他这个女朋友是从网友转为恋人的。

荀西宁嘴上不说什么，心里便只有感慨的分了。儿子用最现代的方式颠覆了父辈当年谈情说爱的套路，父辈们甚至更往前的一代代，每一步都执守着那些社会常规、习俗、程序，恋爱过程中的私密进展是很难避开父母、社会、单位的无形监督之下的。相比他们的长辈，他们真是天上地下啊。既然他们从虚拟世界走到线下了，那么，她在沈阳，他在扬州，下一步是什么呢？将来做如何打算？荀西宁不敢往下想，估计“将来”太长，也会是一个变数。

白砚说：“叔叔，我上辈子，或者上上辈子一定是扬州的女子，是扬州的‘瘦马’。”

九零不好意思地赶紧替白砚解释，说她不懂“瘦马”是什么人物，她是想说自己是古时候的扬州美女，是看穿越小说看得脑袋进水了。

白砚不恼，咯咯地笑得停不下来。到九零制止她，要她不要巨笑，她才有点不好意思地憋住了。

荀西宁对白砚说：“你笑吧，尽情地笑，叔叔平时很少听到这样的笑声。喜欢你这么开心地笑，听着心情都好。”

白砚很奇怪地问：“叔叔的工作很严肃吗？”荀西宁看了九零一眼，知道他没有对她说到父亲的职业。

九零说：“岂止是严肃，还要扮悲情。”白砚没有追问，用一个小碗给自己倒了红酒，站起来给荀西宁敬酒。她好酒量，一次次地敬酒，一大口接一大口地喝，像喝到嘴里的是白水一样，一瓶红酒很快喝光。

饭后九零指使白砚收拾桌子洗碗，拉父亲坐到沙发上说：“东北的老爷们儿在家里都是甩手掌柜，我现在是东北女人的男人，所以得由她去刷锅洗碗。”荀西宁一丝苦笑，这小子，都已经开始拿大老爷们儿的架子了。

荀西宁和九零两个人一起生活时，也就是他母亲去世后，定过规矩，他做饭儿子必须洗碗。有了女朋友的九零学会显摆了，还居然在父亲面前来这一套。荀西宁不得不教育他，说一个男人不能只嘴上说对爱人好，要落实在行动上，具体的表现就是做家务，爸爸可是一直在家里做家务的。

九零说能者多劳，话音刚落就听见厨房里哗啦一声巨响，紧接着又是白砚的笑声，笑得要岔气了。她说她打碎了三个盘子两只碗，还好没有划伤自己。荀西宁白了九零一眼，看样子白砚也不是勤劳能干的人啊。

荀西宁酒喝得多了一点，是因为很高兴，九零回来了，还带回来一个漂亮活泼的女朋友，家里欢声笑语其乐融融，所谓天伦之乐大概就是这样吧？他很享受他们带来的一切，哪怕是摔锅砸碗。他对九零说："你爷爷、奶奶和你妈妈要在世，看到这样，不知道要高兴成什么样子！"

九零"嗯"了一声，有点心不在焉的样子。荀西宁让他们早点休息，他又"嗯"了一声。荀西宁只以为刚才说了他两句，他故态重演。

一会儿九零在父亲面前转来转去，欲言又止。荀西宁以为洞悉儿子心事，说家里还有一个卧室和客厅的沙发可以睡人，他要先休息了。

把女朋友带到家里，能在沙发上搂抱亲吻，到这种程度估计他们该做的都做了。荀西宁觉得他应该做那种开明的家长，暗示儿子可以在家里适当安排，这等于给他们开了绿灯。也想定下九零和女朋友可以在一起的话，他还要提醒一下儿子注意安全和保护女生，毕竟他们还没有毕业。

哪知道九零说，他们还是住到外面去，找一家宾馆。荀西宁大感意外，问为什么？好好的家里不住，住什么酒店宾馆。九零说：

“白砚……她笑个不停。这个，……大家都不方便啊。”他与父亲商量，问父亲能不能住到朱阿姨那里去。

要将老子扫地出门还巧舌如簧。荀西宁笑笑，说那他就回馆里去。九零得寸进尺地提出今年的春节不回来了，要陪白砚在扬州过把年。

荀西宁无奈地摇摇头说：“好吧，你就一个人在外面过次年看看。”九零厚着脸说：“我们都不是一个人了，你有朱阿姨，我有白砚陪着。”

喝了酒开不成车，荀西宁打电话给住在馆里的窦亚，要他来接一下，不要骑摩托车，开什么车都行。到这个点，打车往殡仪馆去会为难出租车司机的。

窦亚很快开着灵车来接，到了小区门口发了短信。荀西宁向白砚告别，她送他到门口，大大方方地摆手说再见，让荀西宁恍若在朋友家做客向女主人告辞一样。

一会儿，荀西宁收到儿子的短信，他告诉女朋友父亲在殡仪馆工作，她脸都吓白了，要将室内所有的灯都开着睡觉。

2

春节殡仪馆没有节假日休息一说。进腊月荀西宁和副馆长陈喜国商量怎么过春节的事。这是他当馆长的第一个春节，总想有点新气象。

兼着馆里工会主席的陈喜国说能怎么过？殡葬工的春节是最革命化的，连年味都没有，大家五天年假只轮到一两天休息，不好去给别人拜年，也少有上咱们这些人门上拜年的，干上这个行业以后大家便都习惯了，反正他是这样的。就怕窦亚、伊春娜他们这些今年刚参加工作的新人不适应。不只他们，还有他们的父母亲戚，也有个适应这种变化的过程。照陈喜国说，多给大家发些钱，年就是好年。

荀西宁想，多发点钱就算过好年也太没追求了。他联系了局工会、党办、团委，邀请他们在节日期间去殡葬工家里做客，让馆里的职工、党员、团员的春节过得与往年不同。什么事情想到才能做到，他这么一来，局长、书记就都表了态，要分别在春节期间去殡葬工家拜年。排节日值班表的时候，荀西宁为自己排了除夕和初一两天的夜间值班。

到除夕这天上午，有三家丧户出殡，死者的死亡时间有两位是头天，一位是当天夜里。按照高沙至少停柩三天的风俗，都不应该在这天出殡。事在人为，丧户赶日子也是有道理的，在年前送葬等于送走了晦气和悲伤，真正的辞旧迎新。如果除夕这天还不火化，就要一直摆灵堂过新年，灵堂是不好跨年的。要说在大年初一的节庆喜气中，家里还布设着灵堂；新年的第一天就让殡仪馆灵车到门上来，确实不是个滋味，谁都会觉得非常不吉利。因此，死者和家属都避着这一天。实在避不过去，死者遗体尽可能留在医院太平间，或者送到殡仪馆来。正月里的丧事都很急促，丧户会选择从简，淡化哀伤，尽可能地不惊扰左邻右舍和领导同事。除了去世的是子孙满堂的高寿老人，在家办的是挂红彩的喜丧。

尽管这样，殡仪馆也不会像银行那样在正月初一歇业，还要留人值班，能够完成整个流程。

荀西宁问到馆里的老职工雍大贵，大过年的馆里贴不贴春联，放不放鞭炮？雍大贵说，没贴过，没放过。荀西宁想，既然今年这个年要过得与往年不同，就多些花样，让大家快乐一下，喜庆一番。

下午殡仪馆在职工之家搞了一个联欢会，会后有一个贴春联、放爆竹的活动，新鲜事大家都有兴趣，热热闹闹地一起参加了。

春联是荀西宁拟的，写在红纸上，贴在职工之家的门柱和门楣上，远远地就能够看到。

上联：盼国家和谐鼎盛

下联：祈人民健康长寿

横批：安居乐业

春联刚贴好，还没有放爆竹，荀西宁就接到民政局宋局长的电话，他说看到馆里的对联了，“盼国家和谐鼎盛，祈人民健康长寿”，祈福求安，内容挺好，他先给大家拜个早年，祝大家新年吉祥，阖家欢乐！

神了！宋局长哪能够看到对联，一定是谁给他打电话汇报了。荀西宁向宋局长解释，对联贴在职工之家，丧户是看不到的。大过年的，也想喜庆一下。

宋局长要荀西宁不要想那么多：“移风易俗，改造中国。这是一位伟人说过的，是我们的工作，是我们的重任。”他交代荀西宁也要尊重民俗，丧户万一要是看到还是不好，妥善的做法是在红对联上贴上个手指宽的白纸条。

荀西宁说："马上照办，那我们就接着放爆竹了？"宋局长说："你们放吧，只要不面对丧户，注意安全就行。我们的殡仪馆的年也要过好，也要过得热热闹闹的。"

荀西宁对身边的陈喜国感慨，接近过年的这两天，看到高沙市电视台在播市领导慰问春节期间坚守工作岗位的干部职工消息，也看到了各大媒体上频频出现的各级领导深入基层送温暖的报道，有慰问交警、慰问边防战士、慰问医护人员、慰问流水线上工人和扫马路的清洁工人的镜头，就想怎么也不会有慰问殡葬工的。在举国欢庆团圆祥和、唱赞歌迎喜接福、家家户户杯盘碗盏红火热闹的时候，殡仪馆的工人不也坚守在第一线吗？这样的岁末坚守，虽不是在为国家创造物质财富，但减少的是社会和家庭的痛苦。殡葬工在这里不能欢笑，不能祝福，不能庆贺，只面对痛苦、泪水和生离死别！谁来给他们送一点温暖呢？而他，去年不在这个岗位上，不设身处地是没有这个感想、感慨的。

放完爆竹大家就都回家过年了，荀西宁独自留下来值班。

他忽然感到腰疼，他不敢相信是真的，症状出现了？

3

荀九零和白砚在扬泰机场候机，边上放着极简单的行李，一只双肩背包和小巧的拉杆箱。

白砚要过九零的手机打电话。九零不满地说："看来一定是要把我的手机也打爆了。"白砚可怜兮兮地说，她与爸爸妈妈说说话，心里才好受一点。刚才她难受得胸闷，气都喘不过来了。

白砚边拨电话边对九零说：“你说我咋的，上午还好好的，怎么到吃饭的时候，一下子就特别想我家那疙瘩的，恨不能立即就在家里的大炕上。”

九零有点气恼地说：“好好好，马上安检了，晚上你就到家了，就在你的大屯子过大年了。”

白砚拨通电话，喊一声“妈……”眼泪就哗哗下来。九零见状摇摇头，起身去找充电器替白砚的手机充电，机场服务小姐热情地带他过去。

九零守着充电的白砚手机，看了一下腕表，用白砚的手机给父亲打电话，电话语音提示占线。他发短信，拼出：爸爸，我回来和你过年……想想他停住了，取消短信。

二十多分钟以后九零回到白砚身边，将充好电的手机交到她手上。白砚将九零的手机还给他说：“不好意思，你的手机真的被我打爆了。你路上怎么办？我们要失去联系了。”

九零说：“你待会儿上飞机要关手机，我们反正要断交一段时间。我也不给爸爸打电话了，这时候回家，给他一个惊喜。”他焦虑地看看电子信息屏，对白砚说，“差不多了，你去安检吧。”

白砚不满地说：“你是急着要我走，巴不能要我走是不是？”九零说：“我巴望的是你不走，和我一起回家，在我们家过年。”

白砚说：“我回家就不会想爸爸妈妈了，就只想你一个人。”她对舍弃九零有些歉意。

九零上前拥抱她一下，拍拍她后背，松开她，倒退着向她告别。

白砚站在那里，一动不动。

九零从候机楼出来，已近傍晚，昏黄的天上飘着雪花，地上已经有积雪。

汽车站里旅客已经不多，他还是赶上了一趟开往高沙的车。上车后见车厢里只有一个空位，上面放着一个鼓囊囊的旅行包。挨着这个座的是一个漂亮女孩，围裹着围巾，只露出一双扑闪着的会说话的眼睛。九零绕过走道里密密匝匝的行李，挪着身子走到围巾女孩面前。

他指着旅行包问：“小朋友，这个包能不能由我抱着？”围巾女孩说了声NO，拿起包抱在自己腿上，为他让出座位。九零谢了她，局促地坐在围巾女孩身边，女孩挪了挪身子，为九零让出稍大一点的空间。这过程中她一直没有再说话，眼睛盯在手机上。九零瞄一眼，看她在玩微博。

有乘客对司机说：“师傅，人满了，开车吧！”众乘客跟着说：“开吧，都下雪了！”“早点让我们回家过年吧。”

司机打开保温杯慢吞吞地喝了一口说：“马上，马上。”可就是没有发动车子。九零转过脸看车窗外雪花飘舞的天空。

直到又上来几个打工者模样的，将过道的空间也塞满了，客车才缓慢地启程，一路上还在招揽路边等车的。

九零边上的围巾女孩还在看手机，不时地偷笑着。她的手机响，她拉开一点围巾接电话：“爸，我还在路上，快了，还有半个小时到高沙。”电话里的声音九零能听到，“不着急，我们等你，要司机慢点开，下雪天，注意安全……好，好，我挂了。”

一位乘客看了看腕表说：“师傅快点，我们回去要看电视。”司机大声说：“好咧，《新闻联播》都耽误不了。”接着九零听见司机在小声叽咕，“快慢不是你决定。”

九零拿出手机试着开机，揿了几下都没有反应。他转过脸对围巾女孩说："小朋友，能不能帮忙给我父亲发一个短信？我手机没电了。"

围巾女孩看看九零手中的手机，白了他一眼说："这一套，太老土了。"说完拉上围巾将脸捂得更实，还背过身去。

九零摇了一下头说："那你能不能帮我发一个私信，我爸爸有微博，你搜一下咏归者，歌咏的咏，归来的归，之乎者也的者。"

围巾女孩转过身对九零晃了一下手机，鄙夷地说："偷窥狂，看我手机信息。"九零礼貌地对她解释："我不是有意的。"

围巾女孩在手机上悄悄地搜索到咏归者，对九零翻一下白眼，翻看咏归者的一条条微博。看着看着，她笑了起来，转过身对着九零说："你爸爸的工作很特别吧？"

九零回答她："说出来吓死你。"他看看四周，又说了句，"过大年的，不和你说。"

九零要过围巾女孩搁在腿上的旅行包，放到自己腿上来，她又笑了，得意的那种，她说："你爸爸今天没有待在家里，在单位值班。我微博上看到的。"

客车到站，九零将围巾女孩的包拎下车交给她。女孩对九零说："我粉了你爸爸，你应该互粉一下我，我替你发了私信。"

九零调皮地说："我待会儿见到我爸爸要他粉你。"见到一辆出租车开过去，他赶紧伸手拦车并迎着车跑过去。

出租车在他前面停下，围巾女孩也拎着包紧跟过来。出租车司机探出头来问他到什么地方？九零脱口而出："到大旺殡仪馆。"

出租车司机说："呸，不去！"立即开车走了。

围巾女孩用包撞了一下发愣的九零，说要是她叫车就不会说到殡仪馆，只说到大旺镇。

九零继续寻找出租车，围巾女孩一直跟着他。他不时地回头看她一两眼，心想你跟着我干什么？

围巾女孩果真是有目的的，她讨好地对九零说："你带我去你爸爸那里玩吧，除夕夜到殡仪馆，多有意思啊。我们车费AA制。"

九零眼睛都瞪大了："你要到殡仪馆玩？"围巾女孩轻声地说："是的。""那儿有什么好玩的，变态啊！"

围巾女孩见他这样口气变得凶巴巴的："你才变态呢，哪有这么说人的。"

九零觉得自己是有点不好，换了口气："你不回去和爸爸妈妈一起吃年夜饭？"围巾女孩摇摇头。九零接着问："你不看春晚？"围巾女孩说："不看。"

九零无奈地说："要不我送你回家吧，那地方真不是好玩的地方。"

围巾女孩立马高兴起来："好啊，但是……"她停顿了一下，不容商量地要求，"你要送我到家门口。"

"好吧。这是可以考虑的。"九零站了下来，问围巾女孩家住在什么方向。

4

天渐渐地黑下来，荀西宁将殡仪馆内巡查了一遍，能上锁的地方都锁上，过道灯一盏盏打开，不让有一处地方黑着。

到传达室他利用微波炉热了食堂留下的年夜饭，打开从家里带来的一瓶红酒，将两个玻璃茶杯倒满。平时他不喝酒，但除夕夜的年夜饭，九零的母亲戎蓉总要他喝点红酒，要满杯，讨红红火火的吉利。

荀西宁将一杯酒泼在四下里的地上，举起另外的酒杯对着空中敬了一下，然后一扬脖子喝得点滴不剩。到殡仪馆工作以后酒量好像比过去大多了，一瓶红酒没喝几口就空了。

窗外下雪了，飘着南方城市很少见的鹅毛大雪，看着看着，他在室内就再也待不住，搁下吃一半的饭到外面去。鼻子里猛然窜进尖利的冷气，纷纷扬扬的雪花落在裸露着的物体表面，在身上的感觉是脸和眉毛有化为水滴的冰凉，脖子不由得一缩。

一个人在馆里走走停停，馆内的灯光或灰暗或昏黄。一望缟素的世界，远远的天空有火树银花；四周里空寂无声，远处有鞭炮声轰隆。孤寂清冷是衬托对比出来的，忽然就让他感觉到有远离人群的那种绝对孤独。

从殓葬间出来穿过告别厅，看到一张告别棺，他想了一下自己躺在上面的情景，上午他在医院的时候想到的是自己面如枯槁地躺在病床上。

他对自己说，这不过是最不好的结局而已。朱蕴安慰他，大医院的复检或许会是另外一回事。这件事从上午他知道以后就让他有各种的情绪。

多么特殊的夜晚啊——

这时候的他，胸腔里一会儿觉得胀满，一会儿又觉得空虚到无以支撑，脑子里时而热烈时而冷静，冷静是那种通透彻骨的。

他想起一首名为《请柬》的诗，那是年轻时读过的席慕蓉的诗。当时并没有太多的体会，这一瞬间，却字字清晰，似排列在天空的大屏幕上：

我们去看烟火好吗
去　去看那
繁花之中如何再生繁花
梦境之上如何再现梦境
让我们并肩走过荒凉的河岸仰望夜空
生命的狂喜与刺痛
都在这顷刻
宛如烟火

怀着这样的诗情站在停车场中间，他想到这是除夕夜的殡仪馆，想到是孤零零一个人在这里，不由得百感交集。他用手指着告别厅、殓葬间的方向大声说："谁，谁与我做伴？"转了一圈无应答，他哈哈大笑起来，转而脸上冰冷，有热泪涌出。

他到休息室将那台电视打开，央视的春晚已经开始，他把电视的音量调得低一些，熄了灯半开着门。

回到传达室，他将桌子收拾干净，沏了一杯安吉白茶放在面前，打开看了一半的史铁生的《命若琴弦》。

手机提示微博上有私信，他打开看，"爸我快回来了，马上到你这里来！"发私信的是"开心无果"，有着很漂亮的年轻女孩头像。

他自言自语："你发错了。我这地方，除了给别人送葬，最好谁也别来。还粉我，我应该互粉，这是礼尚往来。"

他写了条微博：

"除夕夜，室外飘雪花，面前有热茶，手上有好书，甚是惬意。××馆也有春晚，祝大家远离我们，新年平安！"

微博还没有发出去手机响了，是副馆长陈喜国打来给他拜年的。陈喜国问他现在坐在什么地方？他回答是坐在传达室里。陈喜国问他不看电视将休息室的电视打开来干什么，是不是给自己壮胆？

荀西宁愣了一下，想想陈喜国有过除夕夜在馆里单独值班经历，大概也是这样的。他笑了起来，说打开电视给死去的人看，增加点节日气氛。荀西宁还想和他聊两句，他说挂了，电视有好节目了，他在看春晚。

几乎是陈喜国的电话刚结束，桌上那部黑色的尾号 161 电话响了，荀西宁立即拿了起来。这时候这部电话的铃声和 119 的值班电话一样惊人，就怕高速路上出车祸或者燃放烟花爆竹有人员伤亡。

电话里没有声音，只有粗重的呼吸声，荀西宁好几声"你好！"的问候后仍然没有语音传过来。他没有马上搁下电话，在心里默数着数字，准备在数到五的时候挂电话。陈喜国说过，161 电话夜里响，大多是酒喝多了的人搞恶作剧，找刺激。

"你是 161，殡仪馆啊？"电话那头终于说话了，是个年老的声音，缓慢、嘶哑。

荀西宁说："是的，这里是高沙市殡仪馆。我是值班馆长荀西宁。”

“哦，你还是领导，接电话不专业，为什么不问有什么……什么需要帮助的？”对方露出教训人的口气。

难道真的遇到搞恶作剧的了？荀西宁还不能肯定，他说：“抱歉，我们这个单位有特殊性。您有需要请提出来，我们一定提供您优质的服务。”

“这还差不多。”对方的口气轻松起来，“我叫左双全，你知道吧？”

荀西宁迟疑了一下，选择了说知道。在心里他马上问自己：“左双全是谁？”他知道以这种口气问人的人很自信，要是他告诉这个人不知道，他会觉得很没面子。

“你们殡仪馆立项是在我手上批的，我那时候是市领导，是我帮助你们将馆建起来的。”

荀西宁想起来了，高沙市多年前是有过一任副市长姓左。他工作的二十多年间，市政府有过多届领导，除了有政绩和这两年送到殡仪馆来的，其他的他哪记得住？

“我这个时候打电话给你们有两件事。”他停下来，而荀西宁则希望他快点说，想知道他究竟有什么事情。

稍后他不紧不慢地说：“我要死了，拖不过明年。就是过几个小时以后到来的新年。”

荀西宁马上说不会的。他说：“这个，我比你清楚，预约你们是一件事；还有，就是要向你们表示道歉，”停顿了一下他说，“你们开馆的时候找我来剪彩，我没有答应。”

原来他说得打起停顿的是这么两件事，荀西宁不敢说这位老领导喝高了，也不想妄估他此刻的心态。值此新年到来之际，他祝老领导健康长寿，并告诉他剪彩的事情根本不算什么，不要往心里去。

“有人向我汇报过，你们殡仪馆有一个人对这件事气得很，说我总归要到殡仪馆来。这下好，我马上来了。”

接着他说当时不来剪彩的原因还真是怕惹晦气，现在知道自己来日无多，倒是不怕了。

荀西宁看出他打电话并不是对死英勇无畏，只有安慰他，说像他这样不怕死的人是死不了的。

他的情绪还是没有好起来，问荀西宁这话是不是真的？荀西宁说：“肯定真的，我看到的这方面事多了。说要到我们这里来的往往没这么容易。”似乎是为了进一步证明这一点，荀西宁说他其实也这么对自己说，这么鼓励自己的，刚拿到的医院的体检单说自己患上了肾细胞癌。

他要荀西宁赶紧住口，感谢荀西宁为了安慰他而用心良苦，但大过年的不要找这种借口安慰别人，瞎说这样的事情，会触霉头的。荀西宁说真是这样的，尽管还没确诊，他不抱有希望奇迹发生的幻想，只要求自己要有好的心态面对。

他谢谢荀西宁，还是不相信荀西宁说的。他拜托荀西宁记住他，以后他来的时候照顾一下，就当作提前和荀西宁开了后门。

荀西宁安慰他，说到那时候怕是还要老领导提前来提醒一下，时间长了哪能够记得住。

他说荀西宁这句话说得真好，哈哈大笑后挂了电话。

5

九零和围巾女孩步行到一个小区门口，女孩掏出手机打电话，让父母下楼接她一下。

走过几幢楼九零看到前面的单元门前有人站在那里向他们这边望着，是一对五十多岁的男女，正想问围巾女孩是不是她父母，围巾女孩慌忙将九零拉到一边。她小声、急迫地对九零说："快告诉我你名字，要不我爸爸会以为你是坏人。"见九零疑虑的样子她声音小下来，"我爸爸是警察，最喜欢盘问人。不过你见到他可以保持沉默。"

九零不知道怎么回事，跟着她倒是紧张起来，结结巴巴地说了自己的名字。

围巾女孩又交代他："我们过去时，你对他们要有恭维的笑容，这关系到两位老人过年的幸福指数，你不要太残忍哦。你要有礼貌哦！"

九零不解地问她："你爸爸妈妈都是当官的呀，喜欢人巴结？"

围巾女孩嗔怪地说："不要问这么多。"紧接着她哎哟一声说，"路这么滑，麻烦你扶着我一点。"

围巾女孩不由分说地挽住九零的胳膊，九零满脸堆笑地和她向两位老人走去。

围巾女孩脆生生地叫了爸、妈！她妈妈疼爱地说："果果，终于等到你回来了，不对，不对，是终于等到你们回来了。妈心焦得在家里直打转，怕你路上着急，你爸爸不让我给你打电话。"

九零有点奇怪，围巾女孩的妈妈在说话的时候目光始终落在他的身上，她爸爸好像也是的。觉得围巾女孩还真的没有瞎说。

围巾女孩拉了九零一下，对她爸爸妈妈说："这是我朋友荀九零，你们就叫他九零。"九零礼貌地跟着说了声："叔叔、阿姨好！"

围巾女孩父亲和九零握了下手，母亲则说："你好，九零你好……我们快上楼，赶紧吃年夜饭。"

九零说："谢谢叔叔、阿姨，我要赶紧回家，我父亲是一个人，我得陪他。"围巾女孩赶紧帮腔说就是的，也都打过几次电话催了。

围巾女孩父亲又捞起九零的手握了一下说："好，九零，我和你阿姨都是讲理的人，不勉为其难，明天你再过来。"

九零困惑地："我……"他不知道说什么好。

围巾女孩过来要过九零替她提着的包，亲热地说："赶紧回家吧！"

九零礼貌地告别，转身离去。围巾女孩父母满意地看着他的背影。

围巾女孩得意地对父母说："让我带男朋友回来过年的任务我完成了吧？"

女孩父亲说："部分完成，算是在个人问题上有追求了，有进步。"

女孩母亲说："小伙子眉清目秀，身条子也高，不丑不丑！"

围巾女孩说："何止是不丑，是高富帅。"

女孩父亲有点疑问，他问女儿："刚才，这个叫什么九零的，说他父亲一个人，果果，你要弄清楚他这个单亲家庭是怎么形成的，是父亲不好还是母亲不好，这方面似乎是有影响的……"

围巾女孩推着上楼梯的父亲后背说："快走，快走，真烦人啊！"

6

有摩托车的轰鸣声传来，荀西宁擦了一下面临馆前路的窗户玻璃，看到远处的灯光和在雪地里慢吞吞开过来的车影。他知道一定是窦亚过来了，赶紧穿上大衣，拿上手电筒站到门外去接。

待窦亚到面前他打开门，问窦亚怎么不在家过年？

窦亚说年夜饭是在外面酒店吃的，父亲给他在酒店订了房，说他也不回去住。解释是多余的，他知道是怎么回事。

荀西宁拍了拍窦亚湿漉漉的肩膀，说窦亚这是有意要来陪他的。窦亚说不是。他把摩托车熄了火，一直坐在车上不动。荀西宁知道他肯定还有什么心事，要他回宿舍去看电视，想聊天的时候再过来。他点点头，启动车往后面缓缓开去。

雪已经下得覆盖了路面，窦亚这时候开车过来很危险。他也只有殡仪馆这个去处了，父亲和母亲离婚以后母亲也组成了家庭，他父亲一直认为窦亚做殡葬工是和他斗气，是报复他。他被父亲拒之门外，也不好去母亲那里。

荀西宁忽然急切地想知道在扬州的九龄和白砚，下午就希望他们能够有一个电话过来，可一直没等到。打九零的电话竟然一直是忙音，后来干脆打不通了。

荀西宁拿出烟花爆竹做准备，并找到了一只打火机，他要以此来迎接新年。

以前馆里从来没有在春节放过烟花爆竹，他今年就是想放一下，上午他从医院出来更是坚定了这个念头，他要跟自己拗一把。体检单其实是可以年后去拿的，赶上到医院看望住院的退休职工，这就让自己提前知道了。其实也无所谓，在殡仪馆，天天都在别人的悲伤里，现在只是又加上自己的一份而已。

正想着要不要将窦亚早点叫过来，和他聊聊再一起放了烟花爆竹，兴许他就快乐起来了。

馆门外响起了敲门声。荀西宁擦擦窗户朝外看，不知道这时候还会有谁过来。

他一惊，看到竟然是浑身落满雪的九零站在外面。他赶紧开门，看了一下九零的身后。没有白砚，馆前路上留有一长溜歪歪斜斜的脚印。

进到室内九零跺跺脚，拍掉身上的积雪，嚷嚷着赶紧找东西给他吃，肚子饿穿了。年夜饭有剩下的，荀西宁赶紧拿微波炉里去热。九零说吃什么都行，就是要快。

热饭菜的当儿荀西宁问到九零，白砚呢？

九零说："她啊，只怪我们在扬州的小巷里乱逛，看到家家户户都忙碌过团圆年，杀鸭子宰鹅，回宾馆一下子就觉得无家可归，心情马上坏了，她哭哭啼啼地要马上就回家，说扬州再好也不如家好，要回家和父母过年。我是将她送到扬泰机场以后赶过来的，一路折腾，手机又没电了。"

荀西宁问儿子是不是跑家里扑空了？九零狼吞虎咽地吃了两口菜，口齿不清地说："你还能去哪里？我还能回哪里呢？"他笑笑，"知道你在这里。微博上知道的。"

荀西宁不敢相信地："知道我有微博？"九零说："知道，早知道了，我都粉了你。我请人家给你私信了，告诉你我要过来。"

荀西宁说这是他感到纳闷的一件事，一个女孩的微博发私信叫他爸爸，他以为错了，又不好回人家。“不是白砚发的吧？”他问儿子，不等他回答就笑了笑，摇摇头说，“她对我没这么亲热。”九零说是另外一个女孩，他们同车的。

“爸，你不要可怜我噢，我不是被人家甩下的，白砚可是央求我和她一起去东北的。我没有同意是因为，她有她的父母，我没妈了可还有爸呢。我爸在哪里，哪里就是我家，哪怕它是殡仪馆，我也要过来。把这里当家也不是不可以，和你一样，以馆为家。是不是，好不好？”说着他脱下羽绒服，从怀里拿出一瓶红酒递给父亲，“以为能够和你一起吃年夜饭的，特地在路上买的。”

“爸爸再和你一起吃。”儿子让荀西宁有些感动，他洗了两只杯子说，“没有高脚杯就用茶杯吧。你陪我喝酒。”

九零不敢相信：“我和你一起喝酒？让我升级了，可以喝酒啦？”荀西宁：“是的。”

九零见父亲还要给他倒酒，赶紧要过酒瓶，他给自己只倒了浅浅的一点。荀西宁不满地说：“你的，倒到和我一样，不要装了，不要像喝水一样就行。”

荀西宁端起杯子，腰好像又隐隐地有点疼，他挺起腰杆说：“儿子，让你到这个地方来，委屈你了吧……”

九零说：“到殡仪馆来度过这么一个除夕夜其实挺好的，替我发私信给你的那个女孩死缠我，要一起过来呢。”他四下里看了看说，“一点也不觉得这是个阴森的地方，往这边跑的路上我心里想，人不能到这里来时什么都没有了，人生要有作为，要在世界上留下物质的痕迹。所以我鼓励自己来年要努力，要奋斗。”

九零和父亲碰杯：“爸爸，新年快乐！”荀西宁杯子迎上去说：

“新年快乐！新年吉祥！”

喝了酒，荀西宁拿着手电筒要到馆里去巡查一下，九零一定要跟着。

九零对父亲说：“爸，有件事你不要在意，你年初调到殡仪馆来工作的时候打电话告诉我，我当时问你到这样的地方上班难受不难受？你说，难受。我也是难受的，所以才问这个问题，问这个不应该问的问题。”

荀西宁：“一直希望你长大，又一直不敢相信你长大。平时和你打电话，想和你商量事情，你听了总是哼哼哈哈的，就连爸爸和朱阿姨准备领证这么大的事情，告诉你，你也只嗯了一声表示知道了。”

九零：“我不敢相信自己能替爸爸主张什么。”

荀西宁：“这就是个问题，我们少交流。我还一直向往我们多年父子成朋友的那种境界。”

九零：“爸，你是我唯一的亲人。今晚就是跑到这么个地方来，有你在我还是有到家的感觉。”

荀西宁：“现在你或许是这样，你结婚了就不是了。你要把爱人，在婚姻里，在你组织的家庭里当最亲的人。这是必须的，这样你就能过得很好。”

九零：“嗯。”

荀西宁：“又嗯了。”

九零：“你现在有了朱阿姨，还想妈妈吗？”

荀西宁：“想！”

九零："我又问了不该问的问题。"

荀西宁："没事。你妈妈出事以后，你问我，为什么不是我送奶奶去姑妈那里？我回答你，因为爸爸单位有事走不开，还有一件没说的是，那天你妈妈买了带鱼，你只喜欢我做的油煎带鱼，你妈妈交代我，你放晚自习回来一定要吃上。没有告诉你，是怕你更难过，会有自责，会背上包袱。其实，如果我去的话，事情或许不会发生，车开得慢一点或者快一点都不会在那个弯道遇到开疲劳车的山东司机，我和她处理险情的方法也不一样。事后做各种推想，说什么话都没有意义，无可挽回，没有后悔药可以吃。现在想来，你好多时候心里有答案还问我的事情，是要一个证明，是不是？"

九零："嗯。那时候我小，以为爸爸妈妈非要死一个，现在要我做这种选择，我宁愿这种祸事摊到我而不是父母身上。"他停下来，望着父亲说，"爸爸，我们都要好好地活着，真的不要再有什么不幸降临到我们身上了。"

荀西宁沉默了，默默地将儿子带到火化机面前。

他说："死是自然规律，每个人自打出生就是一个向死的存在，没有谁能够不死，只是生与死不应该是一个点与点之间的直线，而应该是一个尽可能的圆，生命即使没有长度也可以有宽度和厚度，用这个圆来体现圆满和充实。那样才是有价值的生命吧。

"你那会儿说到，人要在这个世界上作物质留存、对社会有贡献，这是必须的，这是体现人尊严和生存价值。

"到殡仪馆来工作以后，我思考过很多，刚才在你过来之前我也在想，撇开那些大而化之的思想理想，我们在家庭、在小我之间也要有留存。

“怎么留存了？我要录一段视频留给我未来的孙子或者孙女，让他们看到爷爷的模样，知道我盼望他们降临人世和爱他们。当然，如果我看到你结婚，能够看到你的孩子出生那是再好不过的事情，我一定要亲亲小家伙粉嫩的屁股，争取活到送小家伙上学，接他放学回家……”

九零：“我打断，我结婚，我有孩子，这些都是肯定要在我们生活中发生的，我们一起参与的，你活到九十岁、百岁，都能看到你孙子结婚……

荀西宁：“哦，考虑一下自己的后事并不是坏事，起码能够在人生的最后阶段把控住一些，将希望做的，做到一些。

“在这里工作，看到人家的殡葬，我就想我将来一定要做环保。我交代你，我的骨灰先装在一只百元的经济适用型骨灰盒里，以后分成 N 份，装在可以在土壤、空气、水分里降解的袋子里，在我们这里的高宝湖里撒一半，其他的由你带到你去的，那些我再也无法光顾的城市，伴着你和子女以后的生活。

“你要是大学毕业后在南京工作生活，就将我的一份骨灰树葬在那里，我喜欢南京这座城市遍植的挺拔的雪松；你要是到武汉，我的骨灰就江葬，我一直想到浩浩荡荡的长江里去畅游；你要是到广州，我的骨灰就海葬，大海是人类的故乡；你要是到东北去，这极有可能，我的骨灰就到林海雪原里去雪葬；要是你到北京或者上海，我的骨灰就空葬，伴着花瓣播撒向最伟大和最繁华的城市上空……”

九零目瞪口呆地看着自己的父亲，看到他近乎沉迷地在说自己的后事，说得神采飞扬，说得像是在勾画他人生美好的蓝图。他不解地问父亲："你说这些干什么，我们在殡仪馆就一定要说这些吗？"

荀西宁："一定要说的。爸爸在设计自己的死亡。"他停下来，看到儿子有着不可思议的表情。

"要告诉你的是，爸爸的身体有点不妙，查出了癌症。你不要难过，现在有这样病的人很多，也不会一得了这个病就会死了。我知道这件事后也在调整着自己，我那会儿还劝说了一位怕死的老干部。我现在能平静地对你说这件事，是我真的想通了，我知道怎么去面对，去治疗，去体现生命的顽强。

"好了，对你怎么说这件事还曾经是我的负担，这下子我彻底轻松了，你要拿出一个好的姿态来支持我。我不希望你从今往后在我面前有悲情的脸，你脸上要有阳光，要有笑容，像白砚那样在生活中总是感受到愉悦和快乐。因为你年轻，你健康，你拥有着生命给你的一大笔钱，你是高富帅……这就对了，笑起来。和我一起平静地对待，心平气和是一种多好的状态。"

他抬起手臂看看腕表："新年的钟声要响了，我叫窦亚来，我们一起去放爆竹，放烟花。我给馆里的全体员工群发恭贺新年的短信，你知道是什么内容吗？不是在网上下载的，是我动脑筋想出来的。"

九零点点头："我知道，在传达室看到你写在纸上的草稿了。祝大家新年里办理公益，主持快乐，告别不愉快，火化不幸，引导新生活。"

"多好的句子啊，都是我们的专业术语。"荀西宁乐呵呵地拿出手机。